LE FINESTRE

Dello stesso autore presso Bompiani

L'uomo di fumo

STEVEN PRICE

CASA LAMPEDUSA

Traduzione di Piernicola D'Ortona e Maristella Notaristefano

LE FINESTRE

Price, Steven, *Lampedusa*

ISBN 978-88-301-2005-1

www.giunti.it
www.bompiani.it

Via Bolognese 165 - 50139 Firenze – Italia
Via G.B. Pirelli 30 - 20124 Milano – Italia

Prima edizione: ottobre 2020
Prima edizione Le Finestre: maggio 2023

A Lorna Crozier,
e alla memoria di Patrick Lane

“E il sonno si allarga nel sonno
come un secondo corpo intollerabile.”
Valerio Magrelli

VICINO AL MOSTRO

Gennaio 1955

Nella biblioteca piccola conservava un rametto di pietra bianca, simile a corallo, che un mercante di zucchero aveva preso nel porto naturale di Lampedusa. Di pomeriggio lo teneva in mano alla luce del sole, saggiandone la pesante, affilata verità. Di Lampedusa era principe ma, come tutti i principi di quell'isola, non aveva mai visto le sue sponde e mai vi aveva messo piede. Agli ospiti diceva sardonico: È un'isola di fuoco, ai confini del mondo, chi ci andrebbe ad abitare? Non aggiungeva: Nell'amarezza di una grande famiglia si abita sempre. Non mostrava quel pezzo di pietra dicendo: Questa cosa è morta eppure mi sopravvivrà. Era l'ultimo del suo casato e dopo lui non c'era che l'estinzione.

Quand'era bambino la governante gli raccontava che la polvere della Sicilia veniva dal Sahara, e per tutta la vita se l'era ripetuto senza sapere se fosse vero. Se la figurava, quella polvere, varcare il mare dentro lucenti cortine rosse, sospinta a nord dai venti torridi di scirocco, e sferzare Lampedusa nel percorso. Ogni mattina, uscito sulla terrazza di via Butera, lasciava orme sulla sabbia che si era posata nottetempo, fino a un basso muretto di pietra sopra il Foro Italico, dove i passi s'interrompevano come quelli di un fantasma; se ne stava lì a scrutare il giorno nascente, voltando le spalle alla Sicilia, e al mare del Sud più in là, e ancora più in là a quella fiammeggiante isola del suo sangue.

Non amava Palermo, i lastricati polverosi, le macerie dell'ultima guerra. Sapeva che sarebbe morto in quella città dov'era nato, e tuttavia ciò che provava non era amore ma una violenta desolazione che dell'amore prendeva il posto. C'erano passioni più grandi dell'amore. L'amore era meschino, effimero, troppo umano. Aveva amato l'Inghilterra, amava Parigi; aveva amato come uno sconfitto i suoi patimenti nei campi di prigionia austriaci durante la Grande Guerra; aveva viaggiato in treno e in carrozza verso nord, verso la Lettonia, amando le foreste cupe che gli sfilavano davanti agli occhi. Eppure tornava sempre lì, a una città non amata, alla principessa madre finché era stata in vita, e dopo alle antiche strade del proprio nome. Pure da bambino, nel palazzo paterno, la città gli era parsa demoniaca, acquattata, rovente. La polvere ribolliva dal mare mentre i traghetti da Napoli s'accostavano indolenti con il loro carico di anime intontite dal caldo. Solo quello non era cambiato. Adesso, già vecchio, a metà di un nuovo secolo, dominava il porto dal suo fatiscente palazzo affacciato sul mare, osservava i ponti bianchi durante gli sbarchi, come cercando qualcuno che avesse perduto.

E così, ancora in pantofole e veste da camera, spazzando granelli di sabbia dal muretto e strofinandosi distrattamente le dita, cercava di scacciare l'infelicità della notte e farsi strada nel nuovo giorno.

Da quando gli americani avevano liberato l'isola, viveva con la moglie Alessandra nella metà di un piccolo palazzo che sorgeva nel centro storico di Palermo, nella stretta via Butera, con le finestre invetriate dirimpetto al mare. Gliel'avessero chiesto, avrebbe ammesso che era la sua abitazione ma non la sua casa. La sua vera casa si trovava, dietro spesse mura, qualche strada più in là: un franare di pietra spaccata e murature disfatte dal vento, per via di una bomba che aveva attraversato l'Atlantico, una bomba che aveva il solo scopo di cancellare il vecchio mondo. Era caduta nell'aprile 1943, quando la tenuta della moglie a Stomersee, nella Lettonia lontana a nord, veniva presa dai russi. D'un colpo erano rimasti orfani, senza casa. Quello che ora camminava per le vie della città era un uomo diverso, un uomo oppresso, e non libero, a causa delle sue perdite. Perché era venuto al mondo su un tavolo di mogano in quel palazzo perduto di via Lampedusa, e in quella stessa stanza dov'era nato aveva dormito da solo in un lettuccio per tutta l'infanzia e fino all'età adulta, e per altri dieci anni persino dopo che si era sposato, e non avrebbe saputo dire chi era senza quella stanza in cui tornare.

La guerra s'era portata via tutto. Nella loro metà del palazzo non c'era acqua corrente e il soffitto della sala da ballo era crollato dodici anni prima sotto i bombardamenti. Lì dentro aveva stipato il mobilio messo in salvo dal palazzo di famiglia. E ogni mattina si lavava con una bacinella di acqua torbida conservata dalla sera prima, in un bagno dove filtrava l'acqua ogni volta che pioveva. Una stanza assai singolare, scherzava con amarezza: rubinetti a secco, eppure non manca l'acqua corrente.

Ci pensava spesso ora, di primo mattino, quando si svegliava solo e con una coperta sulle spalle superava a passo leggero la camera da letto della moglie. Dopo l'armistizio la madre morente era tornata a palazzo Lampedusa e tra le sue rovine aveva trascorso l'ultimo anno di vita. La moglie invece non era attaccata al vecchio mondo di Palermo. Quando entrava in una stanza, Alessandra Wolff sbarrava la luce come una porta che si chiude. Era coltissima, appassionata di letteratura, l'unica donna psicoanalista in Italia, e lavorava fino a notte coi pazienti nella biblioteca storica, e lui l'amava per la sua intelligenza e per la solitudine che condividevano. Era figlia della cantante Alice Barbi, ultima musa di Brahms, e dopo le seconde nozze della madre a Londra era diventata la figliastra dello zio Pietro. Quando l'aveva conosciuta, ricordava, non era riuscito a spiccicare parola. Puoi chiamarmi Licy, gli aveva detto lei subito. Lo avevano colpito i suoi capelli scuri e gli occhi ancora più scuri, le spalle larghe e forti, quel vigore di un soprano sul palcoscenico. Gli era bastato vederla una volta a Londra, trent'anni addietro, quand'era ancora insieme al primo marito, per considerarla bellissima e distante. Si stupiva di quanto tempo fosse passato. Adesso in lei vedeva la donna che aveva visto allora: una donna più grande, più mondana, una donna che per strada lo precedeva sempre e gli parlava senza voltarsi, dotata di una grazia austera che poteva sembrare arroganza. Ma in lei c'era una tale tenerezza. Siccome era intelligente e di una bellezza non convenzionale, spesso gli uomini ne trovavano intollerabile la compagnia a causa delle sue opinioni, e anche quello gli piaceva di lei.

Una mattina di fine gennaio lo richiamarono dal gabinetto medico, per i risultati di una spirometria. S'era svegliato in preda al dolore e, attorcigliate le lenzuola in un nodo, aveva posato i morbidi piedi bianchi sul pavimento, allarmato da un capogiro nuovo, una fame d'aria, come se il suo corpo si fosse infine risolto a tradirlo.

Quella sensazione era passata; ma poi, quand'era pronto a uscire per colazione, in cima alla lunga scalinata di marmo, sotto i ritratti dei suoi antenati avvolti nella penombra, il dolore l'aveva trafitto ancora, sicché si era aggrappato al corrimano e, sentendosi mancare il fiato, aveva lottato col nodo della cravatta. Se erano solo fantasie non lo sapeva. S'era premuto due dita sul cuore e aveva preso un respiro. L'ansia nuova che sentiva però era vera, e non la riconosceva. La sera prima, a cena, non aveva parlato con la moglie dell'appuntamento col medico: le aveva solo rivolto un sorriso pacato, chiedendole quando era diventato così vecchio.

Gli alberi sono vecchi, aveva risposto lei, impassibile. I principi sono antichi.

Nel vestibolo, davanti alla consolle, si sistemò il cappello scrutandosi allo specchio, confuso. Un dolore gli montò nel petto, si affievolì.

Ah, pensò.

E si passò un dito mesto sopra le rughe che gli incorniciavano gli occhi.

Era un uomo che si era lasciato alle spalle la mezza età come altri lasciano una stanza, senza pensarci, come se potesse tornare indietro in qualsiasi momento. Aveva cinquantotto anni. Era dall'armistizio della prima guerra che non passava un'ora sveglio senza fumare. Una tristezza gli increspava gli occhi, una timidezza, si notava perfino nelle fotografie di quand'era ragazzo. Si sentiva sciocco in compagnia degli adulti, lo ricordava bene, e quella sensazione non l'aveva abbandonato. Pacato, ironico, da sempre lo scambiavano per un buon ascoltatore, benché più di qualsiasi vergognosa confidenza gli fosse sempre interessata la qualità della luce. Era un uomo incline alla solitudine e agli appetiti, e si era imbolsito di ritorno dall'Inghilterra, negli anni trenta, e poi ancora di più a Palermo, a furia di mangiare pasticcini. Le automobili non gli piacevano; camminava per il suo quartiere con un bastone, goffo, curvo, nel corpo sofferente di un uomo più vecchio di vent'anni, sempre con un libro o due sotto il braccio. Portava i baffetti ben curati, come quand'era giovane, i capelli grigi impomatati all'indietro, e indossava ogni mattina un bell'abito blu da tempo fuori moda. Leggeva avidamente, in italiano, francese, inglese, e da oltre cinquant'anni. Il Mostro, così lo chiamavano i cugini per la sua capacità di divorare i libri.

Arrivò all'appuntamento alle dieci in punto e il dottor Coniglio lo fece entrare subito. Notò nei modi del medico una stranezza, una rigidità che lo preoccuparono e gli fecero presagire la gravità delle notizie. Conosceva Coniglio da anni. Erano coetanei. Un uomo elegante, dalle spalle robuste; colletto lindo e inamidato, maniche invariabilmente rimboccate. Lo apprezzava, apprezzava il suo parlare cordiale, l'espressione schietta come la luce del sole su un lastricato. Quando sua madre stava morendo tra le macerie di casa Lampedusa, Coniglio l'aveva curata, ogni settimana aveva affrontato il lungo viaggio in auto da Capo d'Orlando a Palermo. Prima della guerra era stato il medico di fiducia dei cugini Piccolo, che andava a visitare a Vina, nella loro villa, e solo da cinque anni a quella parte riceveva a Palermo. Ora, trovandosi nel suo nuovo gabinetto medico, gli tornò in mente lo sguardo che la madre era solita rivolgere a Coniglio, il giudizio rigido, freddo che le si leggeva negli occhi. Anche lei lo reputava un brav'uomo. E non le piaceva vederlo accanto al figlio.

Non si riteneva timido ma una certa timidezza lo prendeva quand'era in compagnia di uomini come il dottore: uomini che gli portavano rispetto per il suo rango, uomini che s'erano prefissi uno scopo e l'avevano realizzato, uomini tenaci, uomini di mondo. Avevano modi disinvolti che lo mettevano a disagio, una sicurezza che lo faceva vacillare. Cominciava a sentirsi annebbiato, diventava guardingo, esitante, e gli sfuggiva il momento per la risposta a tono o la battuta caustica che sempre aveva pronte. Allora batteva le palpebre pesanti, abbozzava un sorriso e incrociava inerme lo sguardo dell'altro.

Aspettò un cenno del dottore prima di sbottonarsi il cappotto e accomodarsi. Si tolse il cappello, all'interno del quale ripiegò i guanti, e appoggiò il bastone sulle ginocchia. Posò con cura al proprio fianco la borsa di pelle mezza aperta; si intravedevano nel loro involto di carta i biscotti glassati della colazione al Massimo e il lucido dorso del libro che s'era portato per dopo, *Il Circolo Pickwick*. Subito allungò una mano alle sigarette che teneva in tasca, ma incrociò lo sguardo del dottore.

No?

Ah, Don Giuseppe, sorrise Coniglio con aria di disapprovazione, non tutti i piaceri della vita sono vietati. Ma alcuni lo sono o dovrebbero esserlo. Sembra stanco, amico mio.

Giuseppe ritirò la mano e accavallò le gambe, facendo gemere la fodera porpora. Il dottore si era seduto sul bordo della scrivania, con una gamba sollevata, le mani intrecciate sulla coscia, quelle mani che rivoltavano, esaminavano, incidevano la pelle di altri uomini, in cerca dei segreti della loro carne. Lui ne incrociò lo sguardo senza scomporsi.

Ebbene?

È come temevo. Ora il dottore scandiva le parole. Enfisema. Forse si può tenere sotto controllo, ma il decorso non si può arrestare. Mi spiace.

Giuseppe sorrise appena. Non sapeva cosa dire.

Naturalmente non sempre l'esame spirometrico è decisivo. Possiamo farne altri.

Lo ritiene necessario?

Coniglio lo guardò negli occhi. Direi di no, disse infine con dolcezza. È venuto solo? Speravo che la principessa l'accompagnasse.

Giuseppe scosse il capo, calmo.

Doveva farsi accompagnare. Il dottore andò a sedersi alla scrivania, aprì un cassetto e tolse il cappuccio a una stilografica. Le prescrivo un farmaco per alleviare un po' il dolore. Ma, intendiamoci, l'unica vera cura è eliminare il fumo.

Dalle tende filtrava la luce grigia del mattino invernale. Giuseppe chiuse gli occhi, incassò il colpo.

Serve a far regredire gli effetti?

È una malattia cronica, Don Giuseppe. Far regredire gli effetti è impossibile, non può che avanzare. Ma si può tenere sotto controllo. Deve cambiare stile di vita: deve fare moto regolarmente, camminare, mettersi a dieta, evitare il più possibile stress e preoccupazioni.

Non c'è altra cura?

Be', cominciamo con questa.

Mi ucciderà? insisté Giuseppe.

Coniglio lo guardò placido. Una miriade di cose potrebbe ucciderla prima.

Giuseppe sorrise a malincuore.

Le do un farmaco che allevierà il dolore e l'aiuterà a dormire. Il dottore impiegò qualche minuto a scrivere la ricetta. Dopodiché da una cartellina rossa estrasse due fogli dattiloscritti e li scorse prima di rimetterli a posto. Stiamo invecchiando, Don Giuseppe, disse. È questo il punto. Forse non ce ne rendiamo conto, ma è così.

Già.

E il nostro corpo farà in modo che non ce lo dimentichiamo.

Si capisce.

Coniglio congiunse le dita, pensoso. Era chiaro che non sapeva bene come proseguire. Un istante dopo, però, con stupore di Giuseppe, cominciò come se nulla fosse a parlare della moglie. Aveva una moglie francese che lo trattava in malo modo, era risaputo. Disse: Jeanette è a Marsiglia. Ora che la sorella è malata vuole stare con i suoi. Vorrebbe che la raggiungessi, mi ha scritto. In pianta stabile.

Ah.

Lei e la principessa siete stati a lungo lontani, vero?

Sì, negli anni trenta.

Ricordo che sua madre me ne parlava. La principessa Alessandra era in Lettonia?

Giuseppe annuì. Preferì non pensare a ciò che aveva potuto dirne la madre.

Coniglio picchiettava la stilografica sulla fede, clic, clic. Ma aveva un'espressione calma, i capelli ordinati, la camicia rosso corallo impeccabile, immacolata. Sì, riprese, andò tutto per il meglio nel vostro caso. È il mondo moderno, Coniglio, mi dico. Animo! Abbiamo telefoni, aerei...

Giuseppe non aggiunse altro. Licy era sempre andata dove voleva, quando le pareva. Era tornata in tutta fretta in Sicilia solo quando l'Armata Rossa, che avanzando aveva messo a ferro e fuoco le case dei signori, si avvicinava ormai al suo castello. Lui non s'era illuso che la moglie avesse ceduto ai suoi desideri.

Secondo Jeanette, un medico trova da lavorare ovunque, aggiunse Coniglio. Persino un medico siciliano. Suppongo che ci sia del vero in quello che dice.

Che cosa intende fare?

Coniglio guardò fuori dalla finestra, un vago sorriso sulle labbra. Mi preparo al peggio e m'accontenterò del meno peggio, rispose. Ma è per i miei pazienti che mi preoccupo, Don Giuseppe. È chiaro che a molti dovrò dire addio.

Sempre meglio partire che essere abbandonati.

Già. E certi viaggi non si possono rimandare.

Giuseppe chinò il capo.

Coniglio si pizzicò l'attaccatura del naso, e in quel gesto c'erano angoscia e smarrimento improvvisi. Si sfilò gli occhiali, batté le palpebre, gli occhi azzurri inumiditi. Quella commozione spiazzò Giuseppe, lo mise a disagio. Sa, disse il dottore, da anni quando mi trovo di fronte a una decisione difficile mi torna in mente una cosa che mi diceva sua madre. Scelga sempre la strada più facile, dottor Coniglio, così mi diceva. Eppure non l'ho mai fatto. Chissà che cos'ho nella testa.

Fu come se una moneta sfolgorasse nella luce fredda.

Aveva una forte personalità, sua madre, continuò Coniglio. Era ferma nelle proprie opinioni. Ricordo come parlava di Mussolini.

Alla fine era piuttosto confusa.

Disapprovava le ghette. Si ostina a mettere le ghette, diceva. Coniglio sorrise, scosse la testa. Ricordo che una mattina mi afferrò la mano e disse che Mussolini non aveva cambiato nulla, eppure per causa sua era cambiato tutto.

Pensava alla sua casa, disse piano Giuseppe.

Un palazzo bellissimo, convenne il dottore. Non c'era alcun bisogno che gli americani ci scaricassero addosso tutte quelle bombe.

Non credevo che conoscesse il palazzo, dottore.

Coniglio si mostrò perplesso. Ci sono andato diverse volte a visitare sua madre.

Era tutt'altro che bello a quei tempi.

Be'.

Una volta era una bella casa, prima che cadesse in rovina.

Ma lo era anche dopo, Don Giuseppe. Da bambino passavo di lì ogni domenica mattina. Mio padre aveva un banco del pesce alla Vucciria. Prendevo la strada più lunga. Non avevo fretta di arrivare.

In quelle parole non c'erano né vergogna né imbarazzo per le sue umili origini e Giuseppe non poté che annuire vagamente. D'un tratto ogni cosa gli parve priva di senso. La madre, gli veniva in mente adesso, verso la fine non si fidava più di Coniglio: tossiva e torceva la bocca, dicendo che il suo buon dottore era un mafioso. Giuseppe stava per dire qualcosa, ma tacque. Non boccheggiare come un pesce, gli diceva sempre la madre. Si alzò di scatto.

Voglia scusarmi.

Coniglio fece per alzarsi a sua volta. Prego.

Ho perso la cognizione del tempo.

Ci mancherebbe. Ci risentiremo presto, ne sono sicuro, Don Giuseppe. Mi ricordi a Don Casimiro e a Don Lucio, la prego. E naturalmente alla principessa.

In quell'espressione antiquata Giuseppe sentì echeggiare lo stile di un romanzo inglese, come fosse una traduzione all'impronta di Meredith o di George Eliot, e fissò il dottore da dietro le palpebre pesanti. Quell'uomo era stato il testimone più intimo dell'agonia di sua madre: le tensioni, l'amore aspro che esprimeva al figlio, il rancore, le imprecazioni a mezza voce, gli insulti velati. Lui ne era uscito, lo sentì con pungente chiarezza, vulnerabile e sciocco. Ma poi la sensazione sfumò e rimase la voglia di allontanarsi da quello studiolo che sapeva di limone, vernice e canfora, odori che avrebbe sempre associato alla propria morte.

E così Giuseppe Tomasi, ultimo principe di Lampedusa, indossò con cura il cappello, infilò le dita nei guanti di capretto del defunto padre, prese il bastone e la vecchia borsa di pelle. Sulla porta si fermò.

Quanto tempo mi resta, dottore?

Coniglio teneva le mani intrecciate sulla scrivania e inclinò leggermente il capo, al che la luce si riflesse sulle lenti degli occhiali, nascondendogli lo sguardo. Dipende da lei, rispose. Preghiamo che siano ancora molti anni.

In tal caso non dipende affatto da me.

Il dottore sorrise, ma con mestizia, allora Giuseppe uscì, lasciandosi alle spalle il debole tintinnio del portone a vetri smerigliati. Si avviò lentamente nell'aria fredda e tersa, curvo sul bastone, come fosse lo stesso mattino di prima, lui lo stesso uomo.

Si fermò stupefatto a guardare le automobili e le motorette strepitanti che procedevano piano in mezzo alla gente, tra fumi di scarico e luci dei freni e grida. Lo colmò l'improvvisa, netta consapevolezza che sarebbe morto. Pensò a Licy che dormiva in via Butera, le tende chiuse a tenere fuori il giorno e, pur sapendo che Coniglio aveva ragione e che doveva andare a parlarle, non si mosse. Una certa indolenza si era impadronita di lui, sicché non voleva andare da nessuna parte né pensare a nulla; voleva solo restare dov'era, tra la gente che gli passava intorno e i motociclisti che berciavano in piedi sulla Lambretta e gli ambulanti ai loro banchi che decantavano la mercanzia. Il gabinetto medico incombeva alle sue spalle, nebuloso, un'immagine di sogno. Si disse che lasciar dormire Licy era una gentilezza. L'avrebbe vista quella sera.

Ma adesso per te è sera, per sempre. A quel pensiero chinò il capo fino a sfiorarsi il petto col mento e prese un respiro brusco, doloroso. Dunque. Sarebbe morto prima di sua moglie. Ecco che cosa significava l'incontro con Coniglio, ora lo capiva: la certezza che lei avrebbe continuato a vivere, sola al mondo, dopo di lui. E per un istante doversene andare per primo gli suscitò una sorta di rancore; allora si appoggiò al bastone, sentendo lo spesso cappotto di lana che gli stringeva i fianchi, e d'un tratto si vergognò.

Figli non ne avevano. A Licy che cosa sarebbe rimasto di lui? Il patrimonio era disperso, al punto che la sua non si annoverava più tra le famiglie in vista di Palermo; era scivolato in una decorosa povertà; la guerra s'era portata via quel poco che era rimasto, e adesso la sua presenza al Circolo Bellini attirava solo, così gli pareva, occhiate in tralice e mormorii. I grandi palazzi erano venduti o ridotti in un cumulo di calcinacci. L'ultima potente Lampedusa, l'ultima vera Lampedusa era stata sua madre e Licy non le era mai piaciuta.

Giuseppe alzò il viso nell'aria fredda. Sua madre. Era vero quello che aveva detto Coniglio, aveva creduto in Mussolini. Come molti. La rivedeva sulla terrazza di casa Lampedusa, in piedi con un quotidiano che frusciava nel vento, a leggere a voce alta che il duce aveva marciato su Roma, il tono secco, teso, compiaciuto. Il cognome da nubile era Cutò; da ragazza era stata una bellezza, da adulta una formidabile aristocratica. Sotto la crudele sicumera, la vivacità e l'intelligenza celava una tristezza che lui rivedeva in sé. Delle quattro sorelle, tre erano morte in rapida successione e quei lutti l'avevano braccata per il resto dei suoi giorni. Lina era morta sotto le macerie del terremoto di Messina del 1908; tre anni dopo Giulia, la prediletta, era stata uccisa dal suo amante in un infimo alberghetto di Roma, e qualche tempo più tardi il clamore della vicenda aveva indotto al suicidio la più giovane delle sorelle. Maria non l'avevano sepolta insieme al resto della famiglia, e Giuseppe ricordava la fredda chiesa vuota, l'assenza del padre, le ruvide preghiere del parroco che frusciavano come i piccioni tra le cupe volte sovrastanti. Pensò a quegli anni, al laudano nelle boccette azzurre della madre, al girovagare per l'Europa e all'anno che aveva trascorso a Napoli; a come, quando infine avevano fatto ritorno, Palermo era cambiata, almeno per lui: una città di volti ostili, di tende chiuse e porte serrate, dove non restavano che la penombra silenziosa e le rilegature in pelle della biblioteca del palazzo. Sì, la madre aveva creduto in Mussolini, ma quando il governo era entrato in guerra, nel 1940, vagheggiando un impero in Africa, aveva accartocciato il giornale schifata e tolto la spilletta fascista dal cappotto.

Ma ciò che voleva custodire nella memoria era la sua eleganza, il biancore liscio e soffice del collo e delle braccia. Il braccio sinistro che si tendeva in un gesto ampio quando la sera si pettinava i capelli davanti allo specchio, la spazzola dorata che sibilava a ogni colpo. Aveva il collo lungo e sottile, la vita stretta; portava i capelli raccolti e scollature profonde secondo la moda della Belle époque. Lui ricordava le passeggiate al fianco della governante Anna nei giardini di Santa Margherita Belice: la madre e la zia Giulia li precedevano di una ventina di passi, le aggraziate gonne pallide che ondeggiavano sulla breccia bianca sotto il cielo infuocato. La sua risata, come un cucchiaino d'argento che tintinna sul vetro. L'amava di quell'amore grande violento potente che lei esigeva, e riceveva, una creatura adorata e temuta da chiunque la conoscesse, da lui più che da chiunque altro.

Quando pensava a lei un ricordo s'imponeva sugli altri. Doveva avere quattro anni. Erano ospiti dei ricchi e influenti Florio, a Favignana. Anni più tardi gli sarebbero giunte all'orecchio voci su sua madre e il capofamiglia, Don Ignazio. Un sabato mattina presto, spalancate le tende, la governante senese l'aveva buttato giù dal letto e pettinato, gli aveva pulito la faccia e il collo con una spugna ruvida, l'aveva infilato nei suoi vestiti più belli. Poi avevano sceso la scalinata che dava sul giardino per raggiungere la terrazza principale dirimpetto al porto. Ricordava lo schioccare e il gonfiarsi delle tende arancioni montate per riparare dal vento, la diversa qualità della luce all'ombra delle scogliere bianche, l'accostarsi di sole e mare nero. Su una morbida poltrona che veniva dal salone sedeva una vecchissima signora francese, in un abito da vedova che s'agitava al vento, il velo scostato, un'espressione sorpresa negli occhi azzurri socchiusi. Anni più tardi avrebbe saputo che era l'ex imperatrice Eugenia, moglie di Napoleone III, ospite dei Florio in procinto di ripartire a bordo del suo panfilo. L'aveva salutata con una riverenza e aveva sentito il graffio delle sue labbra secche sulla fronte, dopodiché lei gli aveva posato sulla testa una mano leggera, come di carta, dicendo *Quel joli petit*. Ricordava di aver gettato uno sguardo alla madre, rivedeva l'enorme figura irsuta che le sedeva accanto, i denti bianchi e forti scoperti in un sorriso. Era Ignazio Florio, il loro ospite, signore e grande industriale. Allora Florio s'era alzato possente ed era bastato che battesse una volta le gigantesche mani perché il piccolo Giuseppe venisse congedato.

Questo avrebbe custodito nel cuore, in qualche modo, sempre: un'apprensione, una giornata assolata e ventosa, una vaga incertezza quanto al senso di ciò che aveva visto, spettatore di grandi eventi che s'inginocchiava frastornato nella luce color miele della Sicilia, un bambino.

Camminando piano per il borgo vecchio, diretto alla libreria Flaccovio, non desiderava che perdersi indisturbato tra quegli scaffali, dimenticare Coniglio e la diagnosi, l'attecchire della malattia nei polmoni, anche solo per un'ora. Vagava per le stradine; oltrepassava ambulanti incappottati, presi a montare i banchi, automobili fumose cariche di pacchi legati sul tettuccio, con i conducenti che tentavano di farsi strada sporgendosi dallo sportello mezzo aperto, cavalli da tiro con i paraocchi, e donne col fazzoletto in testa che s'affacciavano sonnolente ai balconi per calare un paniere con le monete e ricevere dai garzoni in Vespa pane e pesce freschi. La luce invernale era piatta, senza ombre. Da qualche parte una radio mandava rock'n'roll a tutto volume. Lui sentiva nel petto un'inspiegabile stranezza, una leggerezza, quasi non avesse mai visto Palermo così brulicante di vita. Nonostante tutto, pensò, è una città bellissima.

Svoltato l'angolo, attraversò via Ruggero Settimo e intravide i ragazzi, ma ormai era troppo tardi per scansarli.

Lo aspettavano al freddo. Con quel misto di indolenza e vitalità tipico dei loro anni, stavano appoggiati alla vetrina della libreria, battevano le mani per scaldarle, dondolavano le braccia. Gioacchino e Orlando, i suoi amici studenti: giovani, sfrontati, lo accoglievano sorridendo.

Li aveva conosciuti due anni prima con Licy, nel salotto di un libraio antiquario. Gli erano piaciuti per l'umorismo, la parlantina spassosa, polemica, vivace, e per come la moglie li osservava, annuendo in segno di approvazione. Si era sorpreso a invitarli in via Butera, per parlare di Stendhal, Shakespeare e Chaucer; poi, la primavera addietro, s'era ritrovato a preparare appunti per le loro conversazioni sulla letteratura inglese e quelle conversazioni erano diventate una serie di lezioni informali. Aveva già preparato più di un migliaio di pagine. Quei ragazzi sapevano essere ambigui ed eleganti, in modi che non avrebbe mai immaginato quando aveva la loro stessa età. E benché dapprincipio fossero stati la letteratura, la musica, il cinema a farli entrare nella sua orbita, vedeva in loro qualcos'altro, qualcosa di assurdamente moderno che voleva avere vicino. Alessandra l'aveva capito per prima: quei ragazzi appartenevano a un mondo che l'aveva lasciato indietro, un mondo dove per quelli come lui non ci sarebbe stato posto.

Dell'appuntamento con il medico non aveva parlato a nessuno dei due e se ne sentì improvvisamente sollevato. Il più alto si alzò e agitò le braccia per salutarlo. Gioacchino: non ancora vent'anni, esuberante, provocatorio, figlio di un cugino alla lontana. Con le maniche del cappotto tirate su fino ai gomiti nonostante il freddo, le dita lunghe e affusolate e il cravattino sghembo, aveva l'aria di un giovane fotografo di Milano. Giuseppe lo fissò nella strada assolata come volesse divorarlo, energico e acerbo com'era. Gli si era affezionato molto, anche Licy del resto, e d'istinto gli fu grato per il semplice fatto che fosse lì, quella mattina.

Zio! lo chiamava a gran voce Giò, senza che ce ne fosse bisogno. Agitava le braccia. Una signora carica di sacchetti della spesa si girò per lo spavento, affrettò il passo.

Abbiamo pensato che l'avremmo trovata qui, disse l'altro giovane, andando incontro a Giuseppe per camminargli accanto. Aveva la voce gracchiante, come irruvidita dal vino. Siamo passati al Mazzara, ma non c'era.

E così abbiamo seguito la polvere, disse Giò sardonico. L'ho detto a Orlando che il vecchiume viene a finire tutto qui.

Francesco Orlando si sistemò il pesante zaino di cuoio sulle spalle, senza battere ciglio.

Gioacchino si fece avanti, afferrò un biscotto dalla borsa di Giuseppe e lo addentò sgraziatamente. Sembri un medico inglese, zio, disse con la bocca piena. Con tutto l'occorrente nella borsa.

Giò, disse brusco Giuseppe. Basta.

Ma non era veramente in collera. Non era lo zio di quel ragazzo, ma aveva accettato l'appellativo per affetto. Per quanto fosse irriverente, Giò ai suoi occhi non aveva alcun torto. La colpa era del mondo moderno, che insegnava ai giovani così poca creanza.

Suo cugino era qui, stava dicendo Orlando. Al Mazzara. Gli abbiamo detto che l'avremmo cercata.

Casimiro è a Palermo?

Non Casimiro, Lucio.

Giuseppe tossicchiò, si sbottonò il cappotto per prendere una sigaretta. Gli si affacciarono alla mente le parole del dottore, ma era troppo tardi: i ragazzi lo guardavano, sicché accese la sigaretta e aspirò profondamente. Squadrò Francesco Orlando: il fisico forte, gli occhiali un po' storti, la testa grande e tonda, la fronte segnata da piccole cicatrici, uno studente di giurisprudenza che nutriva un vivace interesse per la letteratura. Si stava facendo crescere sottili baffetti e continuava a passarci sopra un dito, come per accertarsi che non fossero spariti. Aveva perso un bottone del suo pesante cappotto e una punta del colletto era rivolta all'insù.

Giò si leccò le dita, accartocciò l'involto. Di' a Orlando che deve venire con me alla Marina, zio. A te dà retta.

Perché è rispettoso.

Gioacchino alzò gli occhi, quegli occhi neri sornioni e sorridenti.

Che cosa c'è alla Marina? domandò Giuseppe.

Poker. Facciamo ancora in tempo, se ci spicciamo. Zio, tu non sei in vena di giocare?

La luce grigia parve spostarsi. Un camion militare dismesso passò con un rombo, lasciando una scia di fumo: Giuseppe strizzò gli occhi e abbassò la sigaretta per coprirsi la bocca con il fazzoletto. Temendo un attacco di tosse, rimase in silenzio, ma i ragazzi non ci fecero caso.

Devo studiare, Giò, ribatteva Orlando. Non posso venire.

Ma per studiare c'è tutto il tempo. Zio, diglielo tu. Siamo giovani. Dovremmo studiare come gira il mondo. Non era Stendhal che lo diceva?

Non proprio.

Ah, no?

No.

Giò sorrise, aveva le guance arrossate. Be', di solito lo leggo, un autore, prima di citarlo a sproposito. Che c'è, zio? Perché quella faccia?

Giuseppe non rispose. Se li stava bevendo con gli occhi, quei due ragazzi, con una disperazione di cui si vergognava. Orlando aveva una muscolarità rude che ne avrebbe sempre tradito le origini borghesi, non c'era nulla da fare. Era troppo concentrato, troppo serio. Giò invece era tutto leggerezza e grazia, come un levriero, i capelli scompigliati, gli occhi socchiusi, i denti affilati. Giuseppe pensò a Licy, cercando di immaginarsela seduta, impettita, silenziosa, mentre le riferiva la diagnosi del medico.

Scegli sempre la strada più facile, Gioitto, disse infine, ma senza rimprovero. Buttò un occhio alla vetrina appannata di Flaccovio. Non entrate?

Giò rise. Oh, zio. In questo preciso istante, chissà dove, una contessina sta avendo un mancamento, bisogna correre a salvarla. Orlando, se cambi idea, mi trovi dal conte Alfonso. Sarò quello seduto vicino alla stufa, con un mucchio di dollari vicino al gomito.

S'incamminò, al che Francesco Orlando scosse il capo. Gioacchino non è serio, disse. Non vuole imparare, non lo sa che cosa significa avere le tasche vuote. Pensa che il mondo starà ad aspettarlo.

Perché è così, disse Giuseppe. Nessuno è mai arrivato alla grandezza con le tasche vuote, Orlando.

Il ragazzo tacque. Don Giuseppe...

Cosa c'è?

Non posso venire alla lezione stasera. Devo studiare. Domattina ho un esame.

Giuseppe aveva dimenticato che la lezione era stata rimandata. Gli era passato di mente, per via dell'appuntamento con il medico, e si rese conto che quella sera avrebbe dovuto parlare con Licy, dirle della diagnosi. Per la lezione non avrebbe avuto tempo. Ma per nascondere l'imbarazzo replicò brusco: Solo lei può stabilire le sue priorità, Orlando.

Il ragazzo arrossì. L'aveva già preparata... mi perdoni.

Be'.

Non è che non apprezzi le sue lezioni, Don Giuseppe. Non è quello.

Di colpo Giuseppe si pentì di essere stato tanto duro. Gli diede una pacca sul braccio. Vada, disse, torni ai suoi libri, non si preoccupi della lezione. Riprenderemo la settimana prossima.

Non ne perderò altre, glielo prometto.

Va bene.

Grazie, Don Giuseppe.

Vada, vada pure.

Dopo un attimo di esitazione, Orlando andò per la sua strada.

Giuseppe rimase davanti alla vetrina, all'ombra, a fissare l'indistinto fluire del traffico. Aveva voluto stare solo ma ora che i ragazzi se n'erano andati si sentiva stranamente esposto, come se avesse il cappotto sbottonato, come se le sue faccende privatе fossero lì in bella vista. Indugiò a capo chino, pensieroso, poi schiacciò la sigaretta sotto la punta della scarpa e fece per attraversare, diretto al Mazzara, da Lucio. Non che avesse voglia della sua compagnia ma, taciturno e tutto preso da se stesso com'era, in un certo senso il cugino non era affatto una compagnia. Anziché passare per via Ruggero Settimo, però, seguì un percorso strano che non aveva mai fatto da quando frequentava quelle strade: prese via Cerda e dopo qualche centinaio di metri s'infilò in un vicoletto. D'incanto il rumore e il fumo della città svanirono. C'erano pozzanghere, immondizia e cartacce abbandonate dal vento davanti agli usci. Chinò la testa all'indietro e guardò la striscia di cielo argenteo tra i balconi che sporgevano da un lato e dall'altro. Com'era sfuggente il mondo. Notò le gabbiette di ferro appese fuori dalle finestre, vuote nella stagione fredda, e su diverse ringhiere il giallo e il rosso vivace di tappeti che parevano stesi ad asciugare. Era questa la vera Palermo? Oltrepassò un crocchio di scolaretti coi capelli lisciati all'indietro e la camicia fuori dai pantaloni: palleggiavano contro una porta facendola sbatacchiare, a ogni pallonata un rumore sordo come i colpi di martello su una bara. Proseguì.

Muri chiazzati di umidità, ruggine che affiorava sui cardini delle finestre. Oltrepassò un casamento bombardato: un mucchio di calcinacci, le macerie visibili attraverso lo scheletro del portone. I palazzi confinanti erano intatti. Il vicolo sbucava su uno slargo dove sorgeva una chiesetta malconcia, e si fermò davanti alla scalinata. Dal portone di legno intagliato filtrava il basso mormorio della preghiera. Dall'altra parte dello slargo un vecchio sedeva su una panchina, la bianca testa reclinata, il cappello poggiato sul ginocchio. Giuseppe prese la borsa e il bastone con la sinistra e salì le scale tenendosi al corrimano. Oltrepassata la soglia, batté le palpebre nell'improvvisa penombra e pensò che era ormai giunto al declino.

In chiesa c'era tepore. Stette ad ascoltare la bassa litania delle voci che si levava dai fedeli inginocchiati sui banchi, poi distinse l'ossessivo ondeggiare dell'Ave Maria. Perché era entrato? Non era certo un credente, a messa non andava da trent'anni. I suoi occhi si adattarono lentamente alla luce tenue. L'orrore della crocifissione sull'altare, la smorfia di dolore e agonia sul volto di un brutto Cristo di legno. Lo turbava quanto poco sarebbe rimasto di lui una volta che se ne fosse andato. Quanto poco avrebbe lasciato. Non credeva alla vita dopo la morte e quando diceva una preghiera per la madre sapeva che le sue parole erano solo parole. Lei non era più da nessuna parte. Guardò le umili schiene degli inginocchiati e i suoi pensieri tornarono alla lezione che aveva preparato per Orlando. Riguardava Rousseau, Proust e Stendhal, scrittore che ammirava più di tutti. Stendhal credeva nella vita eterna? Aveva scritto che ogni uomo, per quanto insignificante, avrebbe dovuto lasciare qualche cronaca del tempo che aveva trascorso su questa terra, una raccolta di ricordi ed esperienze. Era quella la sola vita eterna. Lui, Giuseppe Tomasi di Lampedusa, non aveva creato nulla. Tutto ciò che aveva conosciuto – le grandi case della sua infanzia, i ricordi, le paure, le fugaci fioriture primaverili sugli alberi di St James's Park a Londra –, tutto sarebbe svanito con lui. Il bambino in braghe corte che correva con un cerchio, il vecchio grasso e malinconico che fissava stupito l'agonia di un Cristo intagliato nel legno: Giuseppe avrebbe cessato di esistere e di lui al mondo non sarebbe rimasta traccia. Il rammarico che provava lo lasciò sbalordito. Comunque decidesse di trascorrere le giornate, il suo tempo si andava esaurendo. Gioitto e Orlando non potevano capirlo. Erano ancora troppo giovani. Lui, Giuseppe, non era solo se stesso, lo capì provando un'improvvisa amarezza, ma tutto ciò che ricordava, tutto ciò che aveva fatto e conosciuto. E tutto era destinato a svanire insieme a lui.

***

Che strano, pensò, che Lucio sia qui.

Il Mazzara occupava il piano terra di uno scialbo palazzo moderno a pochi passi da via Ruggero Settimo, molto vicino a Flaccovio; varcata la porta a vetri, Giuseppe si fermò a scrutare la sala immersa in una luce soffusa, sbottonandosi il cappotto. Gli piaceva quel caffè solitario, dove poteva dedicarsi indisturbato alle sue letture pomeridiane. Sbirciò il cugino, seduto in un angolo a scribacchiare su un quaderno. Teneva accanto una torretta di pacchetti legati con una cordicella bruna. Giuseppe si avvicinò piano piano.

Lucio, chiamò a bassa voce, posando la borsa con un tonfo, senza volerlo. Il tavolo traballò, facendo tintinnare il cucchiaino nella tazzina del caffè.

Lucio gli fece cenno con un dito di aspettare; quando ebbe finito di scrivere alzò gli occhi.

E così il Mostro si presenta, disse, quasi avesse avuto un appuntamento col cugino. Masticava uno stuzzicadenti, come un artista francese. Saranno almeno due ore che sto qui ad aspettarti, Giuseppe. Ma vedo che ti sei rifocillato. Accavallò le gambe e, frugando tra i biscotti nella borsa del cugino, tirò fuori *Il Circolo Pickwick*, diede un'occhiata al dorso.

Che cosa scrivi? domandò Giuseppe. Non una poesia, mi auguro.

No, non una poesia, rispose Lucio pomposo.

Ma Giuseppe voleva solo scherzare e, dato l'equivoco, sedette in un imbarazzato silenzio. Al cameriere che s'era avvicinato ordinò un caffè e un vassoietto di pasticcini. Lucio si era sempre preso troppo sul serio. Non solo leggeva il persiano, il sanscrito e il greco antico, ma eccelleva in matematica, astronomia e composizione musicale; eppure a Giuseppe sembrava quasi un bambino, per quant'era suscettibile, e quindi, a suo modo, pericoloso. Non aveva importanza che fosse un poeta affermato. Quando erano ragazzi, ricordava Giuseppe, dei cugini era sempre Lucio a proporre i giochi, la nave da guerra da costruire con gli stuzzicadenti, come disporsi durante le loro colazioni in campagna. Non era cambiato molto. Giuseppe invece era diventato come le grandi case bombardate della vecchia Palermo: un cumulo di macerie della storia, un imbarazzante memento che era meglio sbarrare e lasciarsi alle spalle. A quel pensiero, sorrise tristemente. Ma ora doveva tirare dritto, come sempre, sforzandosi di non deludere quelli che si aspettavano di vederlo com'era sempre stato: costante, fermo, mansueto.

Non una poesia, ribadì Lucio facendo spallucce. Sto solo annotando impressioni.

Impressioni, ripeté Giuseppe.

Già. Appunti *in preparazione* di una poesia, forse. Che è pane quotidiano per un poeta, suppongo. Lucio mescolò il caffè, diede due colpetti col cucchiaino sul bordo della tazzina. Li passerò al vaglio più avanti, cugino. Per ora mi limito a scrivere. Alla fine siamo tutti tenuti a rendere conto delle nostre parole, no?

Alla fine, sì, disse Giuseppe.

Sapeva che per Lucio il mondo non era un oggetto sensuale, un insieme travolgente di profumi intensi e vorticosa bellezza. Il cugino a malapena ne vedeva la superficie e diffidava del proprio cuore, sicché la poesia gli richiedeva fatica e concentrazione immani. Ma dopo che l'estate prima aveva ricevuto l'apprezzamento di Montale, la raccolta di poesie che aveva pubblicato da sé sarebbe uscita entro l'anno per i tipi di Mondadori, e Giuseppe supponeva che, *alla fine*, i limiti del cugino non avessero poi tanta importanza. Si strofinò adagio le mani mentre il cameriere gli serviva pasticcini e caffè.

Lucio aveva una cravatta rosa e una giacca grigia, e quando si tolse il cappello si lasciò cadere i capelli scompigliati sulla fronte. Da bambino era stato di salute cagionevole ed era diventato un uomo con le spalle strette e la testa grande. Giuseppe osservò i piccoli occhi, il naso lungo, le sopracciglia alte, di un uomo sempre sbalordito dal dolore del mondo. Il fratello Casimiro, al contrario, aveva lo stile di un gentiluomo. I Piccolo vivevano a est dell'isola, a Capo d'Orlando, e durante la guerra non avevano perduto la loro villa sul mare. Giuseppe li amava come fratelli, nonostante le loro manie. Non solo credevano negli spiriti e nella comunione con i morti, ma quella fede la vivevano con passione artistica: partecipavano a sedute spiritiche a lume di candela, coprivano gli specchi con lenzuola per richiamare i defunti. Tutto questo, nella sua magnifica insensatezza, Giuseppe lo ammirava. Gli sembrava che quell'assoluta innocenza venisse dalla solitudine, che Lucio e Casimiro e persino la sorella Agata Giovanna credessero che dopo la morte avrebbero continuato a vivere in quella splendida villa sul mare, a passeggiare tra limoni, poiane, agapanti, e che i domestici e i mezzadri sarebbero morti con loro e avrebbero continuato a prendersene cura nell'altra vita.

L'ora si fece tarda, il vassoio si svuotò, Giuseppe chiese un altro caffè. L'appuntamento con Coniglio sfumava, come un sogno.

Sono sempre sorpreso di vederti a Palermo, cugino, disse.

Be', laggiù finisco per sentirmi solo, ho nostalgia della città.

Non è vero.

Lucio sorrise. Casimiro è a corto di colori. E i tuoi giovani amici dove sono? Gioacchino ha detto che sarebbe tornato con te. Un po' imprevedibile, il ragazzo, non trovi?

Noi Tomasi abbiamo una viva simpatia per tutti i fanatici, Lucio. Specialmente per quelli che hanno il nostro stesso sangue. Ti fermi a cena?

Lucio esitò. Cucina Licy?

Insisterà che ti fermi. Cancellerà gli appuntamenti con i suoi fobici e nevrotici e insisterà per averti a cena.

Allora temo che non mi sia possibile, ribatté subito Lucio. Devo tornare a Capo d'Orlando nel pomeriggio. Casimiro aspetta i rifornimenti.

E se non fosse Licy a cucinare?

Tu discendi da una famiglia di asceti e mistici, cugino. Noi Piccolo siamo dominati dai nostri appetiti. Perché sorridi? Sono più giovane di te, ho bisogno di nutrirmi.

Perfino le pietre sono più giovani di me.

Notò che Lucio gli rivolgeva uno sguardo intenerito. Tutti e due tacquero.

Improvvisamente a disagio, senza volerlo Giuseppe disse: Il dottor Coniglio mi ha chiesto di portarti i suoi saluti. Di farti sapere che sta bene. La moglie è tornata a Marsiglia.

Coniglio?

Sì.

Quando l'hai visto?

Giuseppe mescolò il caffè. Licy era all'oscuro dell'appuntamento col medico e solo allora gli venne in mente che una volta informata si sarebbe insospettita; avrebbe pensato al peggio, senza credere alle sue rassicurazioni. Avrebbe chiesto con insistenza di essere *tenuta al corrente*. Alzando gli occhi, Giuseppe colse nell'espressione di Lucio la gioia maliziosa del pettegolezzo e si pentì di aver parlato.

L'ho visto questa mattina, disse con riluttanza. Solo brevemente. Di sfuggita, in realtà.

Qualcosa non va?

Cosa non dovrebbe andare?

Lucio lo fissò. Non hai una bella cera, cugino.

Grazie.

Qualcosa non va?

Giuseppe scosse il capo. Vagò con lo sguardo dai tavolini affollati alla staffa di ottone lungo il bancone del bar. Il tempo era un precipizio di stanze che si aprivano come i cassetti della sua infanzia, una successione di squarci di luce e polvere e silenzio. Questo nessun romanzo lo sapeva esprimere. A volte gli sembrava che, se anche lui l'avesse desiderato, il mondo non l'avrebbe accolto. Cercò di spiegarlo a Lucio ma non ci riuscì. Rimase a fissare il cucchiaino in un silenzio corrucciato, poi domandò al cugino se si chiedeva mai che cosa sarebbe rimasto di lui dopo la morte.

Da questa parte, vuoi dire?

Sì.

No, non me lo domando.

Giuseppe osservò i piccoli occhi neri di Lucio e capì che quell'imperturbabilità era un dono. A questo serve la fede, pensò.

Non me lo domando, ripeté Lucio. Rimarrà la poesia.

Dalla borsa che teneva accanto, estrasse un volumetto e lo tenne con delicatezza tra le lunghe dita sottili.

Hai portato le tue poesie, disse Giuseppe.

Lucio fece finta di nulla e riprese a parlare. I nostri, cugino, sono ricordi inconsueti. Siamo figli di un mondo che non esiste più. E che ne sarà se non ne scrivo, se non lo affido alla carta? Mosse pigramente una mano, alzò le spalle. Tutto un modo di vivere se ne andrà con noi. Ha preservato una Sicilia che sta già svanendo, mi ha detto una volta Montale.

Erano sorvegliate quelle parole, quasi teatrali, e Giuseppe si domandò se il cugino non se le fosse preparate. Ma era vero che il mondo avrebbe conosciuto ben poco di ciò che si era perduto. Il lungo declino dei principi di Lampedusa, lo sperpero, la facilità con cui veniva stroncata una stirpe di antica bellezza: quei pensieri lo rattristarono.

Si passò un dito sul labbro per pulirsi il caffè dai baffi. Ho sempre pensato che avrei scritto un romanzo, disse con poca convinzione.

Già. Il tuo *Ulysses* siciliano.

Mi sorprende che te ne ricordi.

Ricordo, disse Lucio, che ce ne scrivevi dall'Inghilterra. Saranno passati vent'anni. Ventiquattro ore di vita del tuo bisnonno astronomo, o sbaglio?, durante lo sbarco di Garibaldi a Marsala. Lucio accavallò le gambe, aveva un'espressione indecifrabile. Il premio che ricevette dalla Sorbona mi è sempre parso materiale più interessante. Ebbe a che fare con le camicie rosse il tuo bisnonno?

Non quanto avrebbe dovuto, pare.

Non starai pensando di scriverlo adesso, un romanzo?

Giuseppe sorrise. Sono vecchio, Lucio. Troppo vecchio.

Lucio parve sollevato. Sciocchezze. Vivrai per sempre, cugino, a meno che tu non decida di scrivere un libro. Non è vita, te lo assicuro. L'editoria è un mondo spietato.

E scosse il capo, sfogliando delicatamente le pagine della sua raccolta.

Nel tardo pomeriggio Giuseppe prese un autobus dal Mazzara fino ai Quattro Canti e poi s'avviò a passo stanco verso via Butera: camminava curvo nel vento gelido, una figura pingue, trasandata ma dignitosa, con la borsa pesante in pugno; in viso un'espressione compresa, gli occhi pronti a scansare chiunque incrociasse il suo cammino. Pensava a quella giornata, alla malattia, a Licy che di certo si preparava a ricevere i pazienti. A mano a mano che annottava, dopo la partenza di Lucio, era scivolato in un'inquieta malinconia: incapace di tenere a bada i pensieri, era riuscito appena a leggiucchiare. Aprì il portone e, attraversato il cortile di pietra, prese le scale ed entrò. In biblioteca diede un bacio sulla testa alla moglie, che leggeva uno studio sulla depressione infantile. Lei si posò il libro in grembo, alzò lo sguardo. Un intrico di rughe intorno agli occhi; sulle labbra un sorriso fermo, enigmatico; i capelli corvini spruzzati di grigio, accuratamente tirati indietro a scoprirle la fronte. Teneva un po' discosta la sigaretta nel lungo bocchino e aspirò guardando Giuseppe, il quale si sentì arrossire, come fosse stato colto in fallo.

Sei in anticipo, disse Licy dolcemente. Il primo paziente non è ancora arrivato.

Giuseppe si versò un bicchiere d'acqua da una caraffa poggiata sul tavolino da caffè. È quello che ha paura delle api?

Il signor Mireau, il violinista. Un narcisista aggressivo, con una nevrosi infantile alle spalle.

Ah, già.

Lo guardò sedersi sulla poltrona. Cos'è quella faccia?

Nulla, che faccia?

Mmm.

Ho visto il dottor Coniglio oggi.

Licy sorrise. Non di proposito, spero.

Giuseppe allargò le braccia, mostrando rassegnazione. Ahimè.

Licy chiuse il libro di malavoglia, infilandoci un dito per non perdere il segno. Non eri stato da lui il mese scorso?

Sì.

Ci vai spesso. Che ti ha detto? È grave?

Gravissimo, temo. A quanto pare sono in fin di vita.

Licy rise. A me Coniglio dice che camperò fino a cent'anni. Pensiamo davvero che ne sappia qualcosa?

Forse non è neanche un medico, rispose Giuseppe con un sorriso mite.

Parlando si spianò le pieghe dei pantaloni, dopodiché accavallò le gambe e prese una sigaretta dall'astuccio d'argento che teneva nella tasca della giacca. Non l'accese. Capì che era il momento per dire a Licy della malattia, ma per qualche motivo rimase in silenzio, e il momento passò.

Pensava a quanto gli piacevano le loro conversazioni tranquille, disinvolte. A come sarebbero cambiate. Tutto sarebbe cambiato tra loro quando le avesse dato la notizia. La gradevole quotidianità della loro vita, sedere assieme, fumare, ignorare la morte come se avessero vent'anni di meno: sarebbe stato tutto diverso. E capì che non era pronto, non era pronto a vivere come un malato, come un uomo con la morte in tasca.

Pensavo ai figli, disse a bassa voce.

Licy si protese per scrollare la sigaretta nel posacenere e un raggio di luce accese le perle che portava al collo. I figli, disse. E cosa pensavi?

Che sono una gran consolazione, rispose lui alzando le spalle. Sono il futuro.

Non vorrai dire figli nostri?

Le sorrise.

Credo che non abbiamo più l'età, Giuseppe.

Ah, disse lui, e abbassò la voce. Ma non siamo troppo vecchi per provare.

Ma lei non rise e si voltò, soffiando una lunga scia di fumo, poi lo guardò di nuovo. Era diventata improvvisamente seria. Che cosa avremmo fatto con un figlio? domandò senza scomporsi. Saresti venuto a stare con noi a Riga? Tua madre te l'avrebbe permesso?

Lui si accigliò. Pensavo che un tempo ne volessi uno.

Non importa. Non è successo.

No.

Abbiamo Giò e Mirella. Vanno e vengono quando vogliono, prendono i nostri libri, siedono alla nostra tavola.

Non è la stessa cosa.

Capì che Alessandra stava resistendo all'infelicità che gli trapariva dalla voce e ne fu grato. Tra le qualità che più amava di lei c'erano la fermezza baltica e la sensibilità ai suoi stati d'animo; sapeva che non gli avrebbe permesso di lasciarsi andare.

Non so cosa ti passa per la testa, disse lei, guardinga. Ma non mi piace.

Ho bisogno di qualcuno con cui parlare.

Sì, di un professionista.

Ma a chi posso rivolgermi?

Già, a chi?

Giuseppe si tolse una briciola di tabacco dalle labbra. C'era Lucio al Mazzara.

Lucio è a Palermo?

Anch'io ero sorpreso di vederlo.

Viene a trovarci questa sera?

Ah, be', gli ho detto che avresti preparato tu la cena.

Licy rise. Sei perfido, amore.

Suonò il campanello, Giuseppe spense la sigaretta e si alzò. Anche Licy si alzò, si lisciò il vestito azzurro.

È arrivato il tuo narcisista, mormorò Giuseppe.

L'altro mio narcisista, disse lei, facendogli un cenno di saluto con la mano.

Giuseppe andò nella biblioteca piccola al piano di sotto. Si chiuse la porta alle spalle e vi rimase appoggiato, prendendo un respiro, il sorriso che gli si spegneva. Era all'improvviso stanco, deluso da se stesso per non essere riuscito a parlare dell'enfisema. Ora sarebbe stato solo più imbarazzante. Allentò il nodo della cravatta e si tolse la giacca, che posò sullo schienale di una sedia; era grato che Orlando non venisse per la lezione. Preghiamo, aveva detto Coniglio. Pregare, pensò stancamente. *Nunc et in hora mortis nostrae. Amen*. Gli sovvenne un'immagine, la chiesetta di pietra che aveva visto quella mattina, e pensò che quella chiesa era sopravvissuta per secoli: un'identica mattina di novantacinque anni addietro si sarebbe sentito lo stesso lento, carezzevole altalenare di voci, prima che l'Italia diventasse l'Italia, prima che Garibaldi cominciasse la conquista e i Lampedusa il loro declino.

Sedette, aprì il quaderno e tolse il cappuccio alla sua biro blu. Dalla tasca della camicia prese gli occhiali da lettura e li inforcò. Quella mattina, mentre parlava con Lucio, aveva trovato tra i suoi pensieri una visione vivida, che era simile a un ricordo, ma un ricordo non era. Non gli era mai capitato. La visione di un uomo, calmo e taciturno e potente, un uomo sensibile alla bellezza inattesa, dominato dalla propria sensualità. Quell'uomo lo vedeva nel pomeriggio dello sbarco di Garibaldi, al riparo dal caldo e dallo strepito delle schioppettate, immerso nella quieta penombra di una preghiera in famiglia. Aveva sempre immaginato che il suo bisnonno fosse un uomo che trovava intollerabile il pensiero di invecchiare, che nella morte vedeva l'estinzione, ma non aveva compreso che sensualità e rovina erano inscindibili, e che vivere dominati dal passato equivaleva a suo modo a estinguersi. Gli parve ora che per l'uomo della sua visione – un tipo burbero, solenne, dispotico, che era e non era il suo bisnonno – la passione stessa per la vita dovesse essere la causa del declino.

Dopo che ebbe cominciato, le frasi s'inanellavano con una facilità che lo sorprese; scriveva come angosciato, timoroso di perdere il filo o di vedere le parole avvitarsi su se stesse. Non aveva mai scritto prima con l'immaginazione rigorosa che l'arte richiede e aveva sempre creduto che a guidare l'artista fosse un'indispensabile intelligenza, ma adesso la storia veniva quasi pronta, sicura di sé, quasi lui ne fosse a un tempo autore e strumento. Il suo impeccabile principe astronomo sarebbe stato ritto sul limitare della terrazza inondata dal sole e, guardando il mondo mutevole, avrebbe capito che ciò che sembrava accadere in realtà era già accaduto. Un vortice di polvere e calore ai suoi piedi nella luce dorata.

Quando si fermò, la penna sospesa poco sopra la carta, gli doleva la mano. Si accorse con stupore di aver riempito diverse pagine. Si alzò e si avvicinò alla finestra, dove s'impresse una sagoma corpulenta e arruffata, le maniche rimboccate; a mente compose la frase successiva, cercando l'espressione giusta, poi tornò alla scrivania e rilesse ciò che aveva scritto. Barrò la parola *ondeggiante* e la riscrisse. Sentì Licy chiamare il suo spaniel nero nel vestibolo, il raschiare delle zampe sulle assi di legno, il cigolio dei cardini della porta della terrazza, come suoni lontani di un sogno. La sera era argentea, immota. Lavorava con sobria lucidità, una parte di lui s'era come staccata; sentiva crescere una concentrazione che dopo la giovinezza non aveva più conosciuto – liquida e poderosa e fredda e totale – e quando le parole rallentarono, rallentò anche lui; rimase in attesa, calmo, finché le parole tornarono e la mano ricominciò a muoversi, risoluta, ferma, morbida sulla morbida carta, i polpastrelli che bruciavano nell'ora tarda e furiosa.

PALMA DI MONTECHIARO

Settembre 1955

Per tutta una ventosa primavera e fino a estate inoltrata lavorò al primo lungo movimento del suo romanzo, osando appena respirare, temendo che l'esercizio quotidiano della scrittura non gli riuscisse, che la pagina rimanesse bianca. Quell'esperienza insolita lo spaventava, lo sbalordiva, lo faceva sentire a un tempo fragile e vivo, ed era sconcertante. Aveva in mente di scrivere un romanzo alla maniera di Joyce: ventiquattr'ore della vita del bisnonno astronomo durante lo sbarco dei Mille, nel maggio 1860. Il principe, Don Fabrizio, avrebbe assistito inquieto al tramonto del proprio mondo, del proprio ceto, e all'avvento del nuovo Regno d'Italia. Il nipote Tancredi – bello, ammaliatore, volubile – avrebbe fiutato l'occasione e si sarebbe unito alle camicie rosse. Dapprincipio Giuseppe immaginava che dal rapporto tra quei due personaggi sarebbe scaturita la tensione del romanzo ma poi, quando vi mise mano, si sorprese a scriverne con l'affetto e l'ammirazione che nutriva per Giò e Orlando. In aprile ormai gli era chiaro che il suo non sarebbe stato un romanzo di facile conflitto, che quella storia chiedeva altro. Tremula e mutevole, si mostrava attraverso il velo del tempo e della memoria, come i primi film che aveva visto da ragazzo, nel teatro privato di Santa Margherita. Alla fine di maggio le prime ventiquattr'ore erano scritte: aveva seguito il principe sin dalle orazioni mattutine nella cappella di famiglia e per il resto della giornata a palazzo; aveva assistito alla partenza di Tancredi che si univa agli uomini di Garibaldi; aveva seguito il non più giovane Don Fabrizio in un'avventura galante a Palermo, per finire con le orazioni del mattino dopo, e ciò che da ventiquattro anni immaginava come un romanzo intero s'era rivelato in realtà solo un inizio. Dopo che lo ebbe capito, non sapeva come proseguire. Mancava qualcosa. E continuava a rivedere e limare il suo unico capitolo.

Sul finire di un luglio ancora infuocato, quelle pagine avevano un'interezza, una compiutezza che lo spiazzavano. C'erano sere in cui prima di mettersi a letto andava nella biblioteca piccola e alla luce della lampada da scrivania le rileggeva come se le avesse scritte un altro. Del romanzo non aveva detto a nessuno tranne che alla moglie, ma non le leggeva nulla e quando ne parlava lo faceva in modo beffardo, chiamando quelle pagine i suoi scarabocchi, scuoteva il capo dandosi dello sciocco. Le giornate erano interminabili, il caldo opprimente. Nel pieno dell'estate rosseggiante e polverosa andava al Mazzara e sedeva per ore curvo sul suo quaderno, vedendosi come dovevano vederlo gli altri: un vecchio placido e trasandato tutto preso a scrivere, forse una lettera a un amico lontano. L'umore gli s'incupì e certe mattine, appena sveglio, la pochezza del suo lavoro lo disgustava, finché rileggeva le pagine della sera prima e si scopriva sorpreso, redarguito da una bellezza che non aveva colto.

Col passare delle settimane sentì dentro di sé l'attecchire di qualcos'altro. Non sapeva dargli un nome. Se avesse a che fare con la malattia o con il romanzo che s'era messo a scrivere o se fosse conseguenza naturale dell'età non lo sapeva. Ma il mondo gli pareva più luminoso, più intenso, più animato di come lo ricordava. I colori erano più accesi, brillanti; gli odori – il lastricato umido, i mattoni al sole, le pesche acerbe – racchiudevano sfumature, una vertiginosa complessità. Gli rapiva l'attenzione persino il nastro argenteo d'acqua che scendeva dal rubinetto, il suo schioccare e tintinnare sulla ceramica del lavello in cucina. La mattina, andando al Mazzara, talvolta intravedeva un vecchio all'angolo di piazza Marina, seduto a mangiare una scodella di semplice pasta all'olio, e al sentirne l'odore rallentava il passo, stupito. Quante volte era passato accanto a quell'uomo senza notarlo? Quando in primavera i giardini fiorirono, passava ore seduto su una panchina, a occhi chiusi, a ricordare i grandi fiori roridi dell'infanzia. Era più incline a sorridere con Gioacchino e Orlando durante le loro visite serali ed era ansioso di vederli dopo una giornata passata a scrivere.

No, non aveva ancora detto dell'enfisema a Licy; sollevare l'argomento gli risultava sempre più difficile. Sulle prime non era riuscito a trovare il momento giusto; poi, col passare delle settimane, aveva cominciato a temere che si sarebbe adirata perché l'aveva tenuta all'oscuro, e così era passato altro tempo, e parlarne era diventato più arduo. Nei pensieri di Giuseppe la bellezza prorompente del mondo e la verità sottaciuta si univano, s'intrecciavano, quasi che la seconda non facesse che rendere più dolce e delicata la prima. Adesso, nelle mattine già luminose, prima che il sole arroventasse il palazzo, Giuseppe si svegliava e soffocava la tosse nel gomito. Né lasciava intuire quanta fatica gli costavano le scale, o il capogiro che a volte lo assaliva sul pianerottolo, facendogli quasi perdere l'equilibrio. Quando nei pomeriggi assolati usciva con Licy per andare in pasticceria respirava con naturalezza, camminava con passo sicuro, trovando un pretesto per indugiare davanti alla vetrina di una bottega o all'angolo della strada, a prendere fiato.

E così quella che al principio era solo una brutta notizia che aveva tenuto per sé a poco a poco divenne una cosa più sinistra, finché l'enfisema si trasformò, quasi di sua spontanea volontà, in un vero, doloroso segreto.

***

Intanto continuava a impartire le sue lezioni serali a Orlando e a Giò, che qualche volta si faceva accompagnare dalla fidanzata, Mirella. Arrivavano alle sei e mezzo, mai un minuto di ritardo, i ragazzi in giacca e cravatta, Mirella coi capelli castani chiari legati in una coda di cavallo. Giuseppe li aspettava nella biblioteca storica, con una bottiglia di vino aperta sulla scrivania, in sottofondo il mormorio delle conversazioni di Licy col paziente di turno, in qualche altra stanza del palazzo. Parlava della storia della letteratura inglese: Chaucer e Shakespeare, ma anche Sir Walter Scott e i poeti cavalieri, Dickens e Meredith. Si avvicinava alla finestra che dava sul cortile, indugiava a fumare, si girava a guardare gli allievi, riprendeva il discorso. Parlava di autori scomparsi, ne descriveva la personalità come se una parte di loro sopravvivesse, quasi si aggirassero nelle camere serrate del palazzo. Dapprima si era prefisso di arricchire l'istruzione di quei giovani, di offrire loro qualcosa che non avrebbero trovato altrove sull'isola, ma presto le cose erano cambiate e ogni incontro era diventato un'occasione per rivivere nei libri che conosceva, per scoprire accostamenti inattesi, nuove reazioni alla corrente che attraversava la letteratura dei suoi amati grandi autori inglesi. Diceva ai giovani amici che Tennyson era il maestro della punteggiatura in inglese, in parte perché la usava come se di quei segni la lingua avesse paura. Diceva: Per capire la prosa di Gibbon dovete leggere Montaigne in francese. Non si stancava di ripetere che gli unici inglesi ad aver scritto vera poesia religiosa erano stati Donne ed Eliot, e che nessuno dei due a suo parere era cristiano. Una volta, mentre tra le imposte la luce si smorzava, aveva confessato di essere pronto a dare dieci anni di vita per il privilegio di incontrare Sir John Falstaff in carne e ossa e, appena le aveva pronunciate, s'era reso conto che quelle parole erano vere. Vi invidio, diceva ai ragazzi, voltando le spalle. Vi aspettano ancora tante letture.

Una sera di fine estate stava parlando dei rapporti che Graham Greene aveva con la religione, di come nei suoi romanzi più potenti fosse tornato al cristianesimo delle origini; gli sembrava che nella fascinazione di Greene per tutto ciò che di ripugnante c'era nel mondo si potesse scorgere un riverbero della carità dei primi cristiani. A mitigare l'orrore che suscitavano i dannati era la somiglianza di tutte le creature a Dio. Ma è vero anche, ammise poi, che quella fascinazione per il male pareva talvolta un po' troppo intima, quasi che Greene ne godesse, quasi non desiderasse altro che arrivarci più vicino.

Giuseppe non aveva ancora concluso il discorso. Ma udì un fruscio insoddisfatto, al che si voltò e vide Orlando che giochereliava mestamente coi fili tirati dei calzoni.

Anche Giò se n'era accorto e guardava l'amico con aria interrogativa. Ritirò il braccio che cingeva le spalle di Mirella, si sporse in avanti. Disse: A Orlando tutto questo parlare di religione non piace. Il socialista che è in lui non apprezza.

Ah, disse Giuseppe.

Non sono socialista, ribatté Orlando. La prego, Don Giuseppe, vada avanti.

È un senza Dio, continuò Giò.

Lascialo in pace, Giò, disse Mirella piano, posandogli una mano sul braccio. Poi si rivolse a Orlando: Scherza sempre anche con me. Non te ne curare.

Ma non se ne cura. Ti importa di quello che dico, Orlando? Di che cosa importa ai socialisti?

Giò...

Ai socialisti importa solo del progresso che non c'è, rispose Orlando. Si aggiustò gli occhiali con un dito. È la loro chiesa, il progresso. Perché tutti hanno una chiesa. In Sicilia, se non ce l'avessimo, saremmo persi. Ma le chiese non hanno niente a che vedere con la fede. Il loro unico scopo è mantenere il potere nelle mani del clero.

Agnello sarebbe allibito, commentò Giò.

No, Agnello sarebbe d'accordo. Ma s'infilerebbe una mano in tasca per stringere un rosario.

Giò rise.

Giuseppe scrollò la sigaretta in un posacenere sul davanzale, in ascolto. Ricordò i suoi vent'anni: pensava le stesse cose quando era tornato dal campo di prigionia di Szombathely, la Sicilia piccola e meschina che aveva ritrovato lo sconvolgeva. Ma un'epoca in cui qualcuno si sentisse libero di esprimere quelle opinioni così apertamente non la ricordava. Il mondo stava cambiando. Pensò a Francesco Agnello, quel ragazzo alto che con Gioacchino e Orlando faceva parte del terzetto di giovani diventati suoi allievi. Agnello aveva lasciato l'afa di Palermo per passare l'estate nella villa di famiglia, vicino ad Agrigento. Carattere dolce, fisico ben piazzato, aveva il titolo di barone e qualche anno in più di Giò e Orlando, che di persona lo trattavano col rispetto dovuto a un fratello maggiore.

Graham Greene era stato dimenticato. I ragazzi continuavano a parlare e intanto Giuseppe fumava, guardava Mirella. Portava un abito rosso con una scollatura profonda sulla schiena e la gonna di tulle morbida sui fianchi, i riccioli castani chiari come scolpiti, raccolti a scoprirle il collo: l'incarnazione del nuovo secolo, pensò Giuseppe. Quand'era giovane lui, mai le ragazze erano state tanto disinvolte, mai erano state tanto convinte di avere tutta la vita davanti.

Intanto la conversazione s'era spostata su altro.

Il vento soffia da nord, diceva Orlando. I lavoratori abbandonano le terre. Interi paesi migrano a Genova, a Milano.

Si portano appresso pure le vacche, disse Giò ironico.

Orlando lo ignorò. La Sicilia si sta svuotando. Il Sud muore.

Non è giusto, commentò Mirella.

Giuseppe spense la sigaretta. Avvertì un dolore improvviso al petto e tese una mano per sorreggersi, allora i giovani si zittirono.

Il dolore passò.

Giuseppe distolse lo sguardo; era in imbarazzo e per nasconderlo cominciò a parlare. Da secoli il Sud sta morendo, disse. Congiunse le mani dietro la schiena, sentendo sul viso, sulle palpebre, i caldi raggi del sole. Ai tempi di mio nonno, la gente lasciava i paesi per andare a Palermo, a Messina. Ai tempi di mio padre, s'imbarcava per l'America. Oggi se ne vanno al Nord. Che cosa è cambiato?

Giò si alzò e leggero come un gatto si avvicinò alla scrivania per aprire la seconda bottiglia di vino. Aveva, pensò Giuseppe, un modo tutto suo di essere gentile, obliquo, mai esplicito.

Tante cose sono cambiate, troppo velocemente, disse Orlando. L'Italia non è lo stesso paese di prima, Don Giuseppe. E la Sicilia non riesce a stare al passo.

Oh, l'Italia sì, è cambiata, disse Giò, ancora vicino alla scrivania. Ma la Sicilia no. La Sicilia non cambia mai, non veramente. Qui a Palermo viviamo ancora sotto una monarchia.

Figuriamoci, non ci sarà mai un altro re qui, lo contraddisse Mirella.

Hai ragione, intervenne Orlando. Eppure ci sarà sempre un re in Sicilia. Nessuno dei nostri collegi votò contro la monarchia.

Palermo votò contro, disse Giuseppe piano.

Orlando si protese in avanti, il sole della sera gli illuminò le lenti degli occhiali. Ma Palermo non è la Sicilia, Don Giuseppe.

Giuseppe accese un'altra sigaretta.

Intanto Giò era tornato sul divano, portando con sé la bottiglia di vino. L'aveva poggiata sul tavolino tondo, l'etichetta rivolta verso Mirella e Orlando. Quindi la repubblica è una beffa, disse con un sorrisetto, e a porte chiuse la Sicilia va avanti come ha sempre fatto. E allora? Dal referendum sono passati dieci anni. Quel che è fatto è fatto. Tu non votasti, io neppure.

Neanch'io se è per questo, disse Mirella decisa.

Giò fece un gesto sarcastico, alzando gli occhi al cielo. È vero. Ma noi siamo il prodotto della nuova repubblica. Una repubblica in cui siamo liberi di discutere della meravigliosa influenza della Chiesa, dei fascisti che abbiamo messo in soffitta e delle opinioni delle donne che voteranno alle prossime elezioni.

E cosa ci trovi di divertente? gli domandò Mirella. Sedeva immobile, tenendo il bicchiere per lo stelo.

Allertato dal tono di voce della ragazza, Giò tacque. Poi si fece serio: Nulla, non ci trovo nulla di divertente.

Perché le donne non dovrebbero votare? lo incalzò lei.

E chi dice che non dovrebbero? Io sono contento che le donne votino, che tu voti.

Mmm.

Un lampo di gioia illuminò il viso di Orlando, Giuseppe lo notò. E si rese conto che in qualche modo Mirella assomigliava a Licy. Ma Giò era troppo giovane per capire che doveva darle spazio, che la forza e la testardaggine di lei glielo imponevano; avrebbe quasi voluto metterlo in guardia, ma sapeva che era importante tacere, che quella cosa non si poteva imparare dagli altri. Giò aveva solo ventun anni e Mirella, pur essendo più giovane, per certi versi era la più grande dei due, e di molto.

Giò era arrossito un po', si era reso conto di aver contrariato la ragazza e che la conversazione sarebbe proseguita più tardi, quando fossero stati soli: Giuseppe lo capì da come esitava, mezzo voltato verso di lei.

Orlando aspettava divertito che il battibecco continuasse, ma calò il silenzio; allora, quasi dispiaciuto, disse: Non tutto appartiene al passato, Giò. Anzi. I fascisti sono ancora al potere. Occupano posizioni di primo piano. Pensi che sia cambiato qualcosa solo perché l'Italia è diventata una repubblica? Azzariti è membro della Corte costituzionale. E pure Manca.

Manca era fascista? domandò Mirella.

Manca *è* fascista, la corresse Orlando. Non è mica una camicia, il fascismo, da mettere e togliere all'occorrenza.

A quel commento Giò sorrise, ma Giuseppe si accorse che era ancora tutto preso da Mirella, dal tentativo di indovinarne l'umore.

Azzariti faceva parte del Tribunale della Razza, continuò Orlando. E con lui Antonio Manca. Erano loro a decidere chi era ariano e chi invece andava consegnato ai nazisti.

Giuseppe tossicchiò. Insistere sulla guerra gli sembrava quasi di cattivo gusto. Tutto a un tratto si sentì molto stanco. Disse: Va bene, Orlando, e che cosa dovremmo fare? Se mettessimo a processo tutti quelli che hanno collaborato coi fascisti, chi rimarrebbe?

Rimarrebbe lei, rispose il ragazzo.

Giuseppe lo ringraziò con un cenno del capo. Io non collaborai, disse, ma in realtà non feci nulla. Non lo chiamerei coraggio. Un paese di Lampedusa sarebbe un paese disgraziato.

Non sono d'accordo, disse Mirella rivolgendogli un sorriso dolce.

Ma quegli uomini non erano semplici collaboratori, Don Giuseppe. Erano al potere. E lo sono ancora.

Giò versò un altro bicchiere di vino a Orlando. Ma tra non molto saranno tutti morti. Appartengono al passato, Orlando.

Come tutti noi, pensò Giuseppe, guardando la luce rutilante inondare le imposte, e subito si domandò se fosse vero.

Il giorno dopo, nel pomeriggio ancora caldo, mentre andavano in pasticceria portando a spasso Crab, lo spaniel nero di

Licy, Giuseppe cercava di spiegare alla moglie il senso di estraneità che provava quando i suoi giovani amici parlavano di politica. Il suono di una chitarra si spandeva per le strade affollate, il sole al tramonto illuminava la polvere rossa sollevata da furgoncini e flemmatici carretti. Giuseppe aveva il solito tono dimesso, rideva della sua incapacità di capire. Aveva l'impressione, disse, che i ragazzi parlassero di un'isola che un tempo aveva incontrato nelle sue letture, di un luogo e di un'epoca ormai scomparsi.

Oh, Giuseppe. Non sono loro a vivere nel passato, replicò la moglie.

Lo disse con tale inatteso rammarico che Giuseppe tacque, cercando di capire il vero significato di quelle parole. A volte gli sembrava che lei sapesse già dell'enfisema, glielo leggeva negli occhi, e allora provava un confuso sollievo, si convinceva che parlarne non era necessario. Ma poi un commento, una domanda di Licy mettevano a nudo la verità: lei era ignara, e lontanissima dall'immaginarlo, e Giuseppe finiva travolto dal senso di colpa. Spesso la guardava e cercava di figurarsela senza di lui, a camminare per le stesse strade polverose di Palermo ma sola, a scrivere i suoi studi sulla terrazza di via Butera senza nessuno che la interrompesse o le sedesse accanto, portando una brocca d'acqua e due bicchieri, nessuno che le desse la buonanotte o le prendesse la mano dicendole che era ora di tornare dentro, ormai stava facendo buio, era quasi sera.

Le aveva scritto una lettera. Nella quale cercava di spiegarle la diagnosi e la sua riluttanza a parlargliene. Non sarebbe guarito; però non per forza si sarebbe aggravato. Così aveva detto Coniglio. La lettera l'aveva stracciata, deluso. Non era ciò che voleva dirle. Adesso il respiro si era fatto più faticoso, e quando fumava sentiva un prurito ai polmoni, alla schiena. A volte non riusciva a prendere sonno e decideva che doveva parlarne subito a Licy, ma la mattina dopo puntualmente si svegliava pensando che non era il momento giusto, fraintendere era troppo facile.

Licy s'inginocchiò per prendere Crab e attraversò il traffico di via Roma, le zampette del cane penzoloni dal braccio; Giuseppe la seguì adagio.

Quando l'ebbe raggiunta sul marciapiede, lei disse: Nel pomeriggio ha telefonato il signor Aridon, ti cercava. È già la seconda volta. Devi richiamarlo.

Giuseppe annuì, col fiato corto. Che occhi severi e bellissimi, pensò.

Vuole rivedere i conti con te. Giuseppe? Mi ascolti?

Certo.

Licy lo guardò con aria interrogativa, poi si sistemò il cappello con la mano guantata, sembrava in imbarazzo. Ci sono problemi con gli affitti, Giuseppe. Aridon ha in mente di coinvolgere un esattore di Messina, che a suo avviso può fare al caso nostro. Siamo sul lastrico, a quanto pare. E Aridon dice che probabilmente bisognerà vendere parte delle proprietà.

Giuseppe sorrise. Lo dice da trent'anni, amore.

Quindi non è vero?

No, è vero da trent'anni.

Gli mancava ancora il fiato e rimase in silenzio mentre prendeva molto lentamente una sigaretta e l'accendeva. Licy lo guardava, la pochette stretta al fianco. Era di morbida pelle nera, in tinta con i guanti, con il cappello e il profilo delle tasche della giacca, e lui pensò, come spesso gli capitava, a quanto erano bizzarre e complicate le regole dell'abbigliamento femminile.

La pasticceria era due portoni più avanti, ma Licy esitava. Sai che mi aspettano a Roma. Per il convegno.

Già, i tuoi psicoanalitici.

Il tono che usò la fece sorridere, ma era evidente che aveva qualcos'altro da dirgli, e non poteva aspettare. Orlando va a Siracusa e Mirella è già a Napoli con la famiglia. Che farai quando non ci sarò? Chi ti farà compagnia?

Giò. Giò rimane a Palermo.

Da qualche tempo hai messo da parte il tuo romanzo, mi pare.

Ah.

Non avrai rinunciato?

La mia *Histoire sans nom*, disse Giuseppe con tono fintamente pomposo. No. Ma a quanto pare non vuol essere scritta.

Sciocchezze, disse lei. Gli passò il guinzaglio e lo riprese dopo essersi sfilata i guanti, che teneva stretti insieme alla pochette. Nel tuo subconscio c'è una nostalgia che la scrittura ha risvegliato e va risolta, amore. È per questo che non sai come proseguire. Era prevedibile.

Vorrà dire che devo analizzarmi più a fondo, disse Giuseppe.

Non servirebbe a molto, ribatté lei. Ci ho riflettuto. La proprietà dei Lampedusa a Palma, il castello. In che condizioni è?

Giuseppe schiacciò la sigaretta con la scarpa. È un rudere, credo. Io non l'ho visto. Perché lo domandi?

So che dal castello di Ventino, vicino a Enna, hanno ricavato appartamenti. Sono arrivati compratori da Milano, da Genova.

Il castello di Palma di Montechiaro non posso venderlo, disse lui senza scomporsi. Non posso, Licy.

Be', non tutto. Magari una parte.

Giuseppe scosse il capo, d'un tratto sentì un macigno sul cuore. Credo siano rimasti solo i muri, amore.

Allora le posò una mano sulla schiena e con un cenno gentile la guidò nella pasticceria. Furono accolti dal saluto ossequioso del proprietario; si accesero le luci del lungo bancone di vetro pieno di cassatine, cannoli e pasticcini, in vassoi adagiati sul ghiaccio.

Rimasero in silenzio mentre s'accomodavano a un tavolino accanto alla vetrina, con un espresso e paste di mandorla al pistacchio ricoperte di zucchero a velo. Due signore che sedevano dall'altra parte della saletta salutarono con un cenno deferente, a cui Licy rispose abbassando appena il capo, Giuseppe sfiorandosi il cappello.

Tra due settimane sarò a Roma, disse Licy a voce bassa, per non farsi sentire. Sono dell'avviso che tu debba andare a Palma. Fatti accompagnare da Giò. Non ha altri impegni e sarà contento di venire. Va' a vedere in che condizioni è il castello di Montechiaro. Il signor Aridon dice che qualcosa bisognerà fare, Giuseppe. Se non sarai tu, saranno creditori e tribunali a decidere.

Giuseppe appoggiò il cucchiaino accanto alla tazzina di caffè. Teneva gli occhi bassi. Non possiamo permettercelo, disse pacatamente.

Non dire sciocchezze. Il viaggio in treno non è caro. Può ospitarti Agnello. Non costerebbe più di una visita ai tuoi cugini.

Che non possiamo permetterci.

Eppure vai spesso a trovarli, disse lei. Lo fissò per un istante. Sono convinta che un viaggio a Palma ti aiuterà a neutralizzare la nostalgia, disse infine con un tono che non ammetteva repliche. Non sei riuscito a riprendere il tuo romanzo. Ed è perché le perdite che hai subito continuano a schiacciarti.

Le perdite, mormorò Giuseppe.

Voleva dire che non si sentiva schiacciato; che non aveva ripreso il romanzo perché non sapeva come proseguiva la storia. Alzò gli occhi, ma non disse nulla.

Va', disse Licy seria. Gli posò le dita sul palmo della mano. Va' e affronta la terra dei tuoi antenati. E poi, amore, poi torna da me.

***

Più i giorni passavano, meno quell'idea gli piaceva.

Non era solito respingere i consigli della moglie, ma quello non poteva accettarlo. Avrebbe rifiutato di partire, si diceva. Andare a Montechiaro significava acconsentire implicitamente a vendere il castello di famiglia. Il buon dottor Coniglio avrebbe disapprovato, si diceva, visto com'erano ridotti i suoi polmoni. Intanto Licy telefonava a Roma dalla biblioteca storica per prenotare un albergo, disponeva gli abiti per il viaggio su una chaise longue, e osservandola lui pensava alle lunghe giornate silenziose che lo aspettavano, a quanto amava il silenzio, e a quanto detestava gli strapazzi che comportava viaggiare.

Poi, una settimana prima della partenza, tra una seduta e l'altra coi pazienti, Licy andò a cercarlo e, mentre lui si preparava un tè speziato che lo aiutasse a dormire, gli disse che lo vedeva cambiato, come in preda a un'insoddisfazione nuova. Lo disse con voce dolce, calma. Durante l'estate gli aveva suggerito di mettere da parte il romanzo per registrare impressioni dell'infanzia. Come il romanzo, non era stato facile; come il romanzo, restavano incompiute. Se quella raccolta di ricordi, quel tentativo di far rivivere le case perdute non l'aveva aiutato a riprendere le fila del romanzo, gli domandava ora Licy, perché si rifiutava di andare a Palma?

Male non può farti, disse. So per esperienza che spesso basta cambiare ambiente per arrivare a una svolta.

Non le rispose. Eppure in verità ci aveva pensato anche lui. La settimana prima l'aveva passata a leggere i suoi ricordi, le tante pagine che aveva dedicato alla casa di Santa Margherita Belice, amatissima dalla madre. Dentro gli si era smosso qualcosa, una scoperta, e aveva ricominciato a rimuginare sul romanzo. Alla moglie lo tenne nascosto. Ma ciò che mancava al suo principe, ora gli era chiaro, era un luogo di quiete e bellezza che nel corso del romanzo sarebbe andato perduto, irrimediabilmente, come si perde l'infanzia.

Quello che mancava era un viaggio alla volta di una grande casa.

E così, il 3 settembre, Giuseppe e Gioacchino attraversarono in treno la Sicilia per visitare l'antico castello dei Lampedusa a Palma.

I particolari, come del resto il viaggio stesso, li aveva decisi Licy. Sarebbero scesi ad Agrigento, dove il giovane Francesco Agnello li avrebbe accolti per portarli in automobile alla sua villa di Siculiana, dove avrebbero pernottato. Giuseppe non viaggiava in treno per la Sicilia da quand'era bambino e fu sorpreso di vedere che tanto, e poco, era cambiato. Il treno era sempre lento, e dondolava e sferragliava per i vecchi binari nel caldo impietoso, stagnante. Non senza fatica e tra mille stridori, i finestrini si potevano abbassare e i sedili, benché con le cuciture strappate, erano più morbidi. Degli scompartimenti privati fu grato, come del ragazzo olivastro dagli occhi bovini che ogni mezz'ora attraversava malfermo il corridoio con un vassoio di bevande assicurato al collo da una cordicella. Ogni volta che bussava, annunciandosi con un grido acuto, Giuseppe lottava per richiudersi i bottoni della camicia fino al colletto e infilarsi la giacca di lino, e solo dopo faceva segno a Giò di aprire. A Giò pareva un'assurdità e lo canzonava bonariamente sbottonandosi la camicia e scompigliandosi i capelli appena prima di lasciar entrare il ragazzo, che teneva sempre gli occhi a terra, evitando lo sguardo di quel giovane mezzo svestito e del suo vecchio accompagnatore che sedeva rigido, la fronte imperlata di sudore.

Quando Giuseppe era bambino, ogni anno, nell'afa opprimente di luglio, la madre trasferiva famiglia e servitù da Palermo a Santa Margherita Belice. La governante lo costringeva ad alzarsi alle tre del mattino e lui si faceva vestire ubbidiente, poi ancora assonnato scendeva in cortile, dove era pronto il landò chiuso. Ricordava lo sbuffare dei cavalli nell'aria già tiepida, il profumo dei fiori notturni che crescevano lungo il muretto di pietra. Saliva con i genitori e Anna nella carrozza dondolante e, coi domestici al seguito in un'altra vettura, attraversavano piano le strade grigie e deserte fino alla stazione Lolli, da dove partiva un treno scalcagnato diretto a Trapani. Non aveva mai raccontato a Gioacchino di quei viaggi. Ora lo guardava strofinandosi il labbro umido con le nocche, tutto preso dal mondo che gli riempiva gli occhi. A inizio secolo i treni non avevano corridoi e Giuseppe ricordava che il controllore, coi guanti e l'uniforme gallonata, s'aggrappava all'esterno della carrozza e allungava la mano attraverso il finestrino; rivedeva i binari che costeggiavano il mare, come fossero posati sulla sabbia, e risentiva quella sensazione di cuocere a fuoco lento nella scatola di ferro dove erano rinchiusi, in un bagno di sudore. Aveva amato quei viaggi, l'aspetto stanco e felice della madre che si faceva aria con un ventaglio, a occhi chiusi.

All'epoca si viaggiava lungo la costa occidentale, ma ora i binari puntavano a sud, verso l'entroterra, per le brulle distese collinari della Sicilia vera. Procedevano lenti a causa delle greggi sparse, le pecore assediate da nugoli di mosche, e allora si levavano le grida indolenti dei pastori, che cercavano di radunarle; vestiti di nero, con lo schioppo a tracolla, quegli uomini camminavano di fianco alle carrozze tenendo il passo, piantando addosso ai viaggiatori gli occhi neri e truci. Ma presto svanivano, come una visione spiacevole, ed ecco che la strada ferrata costeggiava un'altura, s'imponeva l'azzurro abbagliante del cielo. In quelle colline sassose, in quelle gole strette c'era una bellezza mesta, al punto che il contrasto col giallo irruento dei campi di grano e i filari di ulivi aggrappati a un terrazzamento quasi disorientava Giuseppe. In lontananza scorgeva mirti, ginestre e timo selvatico. Attraversando paesini di montagna, con le strade deserte sotto il sole a picco, gli tornarono in mente le parole di Orlando sull'isola che si svuotava, la gente che si trasferiva in massa al Nord.

Il viaggio proseguiva verso l'entroterra e intanto Giò era scivolato in un silenzio incerto. Alla fine cominciò, come Giuseppe aveva previsto, a parlare di Mirella.

S'è tagliata i capelli, disse tristemente. Se li è tagliati tutti, zio, adesso porta un caschetto, come si usa in America. Le dà un'aria svelta, molto alla moda. Non l'hai vista?

Ah, no.

Dice che l'ha fatto per il caldo, aggiunse Giò. Che tante ragazze si sono tagliate i capelli, non le ho notate in giro per i caffè con Orlando? È vero. Ma adesso mette gonne più corte e due settimane fa portava un braccialetto nuovo. Le ho chiesto da dov'è spuntato e ha fatto finta di niente, ha detto che non se lo ricordava. Ma Mirella non è come le altre, ricorda tutto. Gliel'ha dato quel suo compagno del corso di storia, quell'americano. Ne sono sicuro.

Giuseppe si asciugò le labbra col fazzoletto e non fiatò.

Lo scorso fine settimana ho telefonato a casa sua e la madre mi ha detto che era andata al cinema. Ma non era vero. Mi fa: Dov'ero? Ah, con amici. Una serata innocente. Ma dov'era andata?

A Giuseppe venne in mente di dire che Mirella Radice aveva un cuore gentile e fedele, ma ne sapeva abbastanza dell'amore per capire che era una sciocchezza. Il cuore non è né gentile né fedele.

Credo che sia arrabbiata con me, zio. Che si senta trascurata. Ti pare possibile? Giò lo fissava e in quel volto magro, le labbra morbide e gli occhi neri e limpidi, Giuseppe vide l'innocenza. A volte ho la sensazione che Mirella mi faccia arrabbiare di proposito, zio, e quando ci riesce, allora mi tiene il muso perché sono arrabbiato. Sembriamo una vecchia coppia sposata. Non parve notare il sorriso di Giuseppe e continuò senza imbarazzo: Le devo parlare. Devo dirle che non le permetterò di vedersi con quell'americano. Sarò irremovibile. Sì.

Scesero alla stazione centrale di Agrigento, tra il viavai e nuvole bianche di vapore, e Giuseppe rimase ad aspettare mentre Giò cercava un facchino cui affidare i bagagli. L'uomo li seguì per l'atrio fresco della stazione spingendo il carrello con le valigie, le rotelle che schioccavano. Una volta fuori, riconsegnò i bagagli e salutò portandosi una mano al cappello. Giuseppe e Giò si lisciarono i vestiti spiegazzati, guardando le automobili polverose che giravano lentamente intorno alla piazza, ma di Francesco non c'era traccia.

Giò fece una smorfia, strinse gli occhi, come cercasse il mare in lontananza.

Questo, per esempio, disse poi, Mirella non lo capirebbe. Questo nostro viaggio nel passato.

Giuseppe ne dubitava. Negli ultimi due anni quella ragazza l'aveva vista crescere, diventare una creatura sensibile e comprensiva.

La piazza intanto si era svuotata. Il tempo sembrava essersi fermato. Un carretto trainato da un cavallo sfilò adagio, come un'ombra di morte, davanti ai muri imbiancati di una chiesa.

Ad Agrigento erano nati Luigi Pirandello e, sotto il sole dell'antichità, Empedocle. Il filosofo greco aveva calcato la stessa terra, pensò Giuseppe, forse s'era aggirato tra le colonne dei templi i cui resti dominavano la città. Era uno degli scomparsi in un'isola di scomparsi: volendo far credere ai suoi seguaci che era asceso vivo alla dimora degli dei, s'era inerpicato fino in cima all'Etna e s'era gettato nel cratere. Povero sciocco. Saltando aveva perso un sandalo, e al vederlo sulla bocca del vulcano i seguaci avevano capito che il maestro era morto.

Che me ne importa se vuole un altro? stava dicendo Giò. Che se la tenga lui.

Giuseppe lasciò il cappello sulla valigia, poggiata sulla breccia bianca, e costeggiò piano un muro di cemento, schermandosi gli occhi dal sole.

Non mi farò prendere in giro, mormorava Giò.

Giuseppe diede un'occhiata intorno, alle imposte chiuse, alle vie sinistre e deserte. Pensava al suo romanzo, a Tancredi, che con malizia avrebbe capovolto il senso di quel discorso. Poi si rivolse al giovane amico.

Gioitto, guardati dalla durezza di cuore, disse dolcemente.

Il mio cuore è come miele, ribatté lui.

Ma lo disse con aria mesta, grattandosi le nocche gialline.

Era stato tutto un altro viaggio quello di quattordici mesi prima, quando Giuseppe Tomasi aveva accompagnato il cugino a un convegno che s'era tenuto al Kursaal di San Pellegrino Terme. Avevano fatto quella spedizione al Nord, in luglio, perché Lucio ricevesse un omaggio da Eugenio Montale: una presentazione pubblica della sua poesia e un contratto col prestigioso editore milanese Mondadori. Avevano viaggiato in treno, Lucio con lui nello scompartimento di prima classe, incapace di stare fermo; il suo servitore Paolo seduto in terza. Superata Roma, lungo i binari c'erano ovunque fabbriche e baraccamenti dai quali si riversavano frotte di operai. Da Milano raggiunsero Bergamo, dove passarono una giornata in attesa della coincidenza per San Pellegrino. A ridosso della città, a Scanzorosciate, videro la Ftalital, una fabbrica che produceva anidride ftalica: buttava pennacchi di fumo verde che oscuravano il sole, una cenere gialla che gli si posò sui capelli, sulle maniche. A Bergamo si fermarono davanti ai cancelli dell'alluminieria Agnelli, la bocca coperta con un fazzoletto, a fissare il sudicio fumo rossastro che saliva dalle enormi ciminiere. A Giuseppe sembrava di addentrarsi in un paesaggio onirico, un'Italia del potere e della ricchezza. Il mondo del futuro.

Fu sollevato quando proseguirono alla volta di San Pellegrino Terme.

Avevano prenotato due camere adiacenti al Grand Hotel e, al loro arrivo, si stupirono di non trovare tra gli ospiti né romanzieri né poeti, solo qualche giornalista venuto da Roma. Eppure non erano in anticipo, le presentazioni degli esordienti erano previste per quel giorno. Poi Giuseppe capì.

Questo albergo è troppo caro, cugino, disse mentre salivano la sinuosa scalinata. Gli scrittori non si fermano a dormire qui.

Gli scrittori non dormono affatto, disse Lucio con una risata stridula, nervosa. Mi sono giunte voci sulle loro abitudini.

Era già tardi quando pranzarono nel ristorante con vista sul Brembo. Giuseppe guardava l'ampio letto del fiume increspato da cateratte biancheggianti. Parlarono poco e bevvero un vino del Nord, insolito e ottimo. Quando tornarono in camera a cambiarsi d'abito, Giuseppe s'accorse di avere portato solo un gessato un po' liso. Allora per imbarazzo s'infilò il suo bel soprabito di cammello, nonostante facesse un gran caldo, e se lo abbottonò fino al colletto. Seguiti da Paolo, che per ogni evenienza portava un ombrello, i due cugini presero il viale che costeggiava il fiume; superarono le terme, come aveva suggerito il portiere, e raggiunsero il Kursaal. Camminavano lenti, uno strano trio dal contegno tutto siciliano, sotto un cielo azzurrissimo, lungo il fiume luccicante e fragoroso, d'un verde cristallino.

Le presentazioni erano già cominciate. Furono accompagnati per un foyer silenzioso fino ai loro posti, e Giuseppe s'accomodò di fianco a un uomo che portava occhiali con le lenti fumé, lasciando a Lucio la poltrona lungo il corridoio. Sul podio, Bassani parlava con passione di un piano per l'editoria nazionale. Giuseppe sussurrò qualche convenevole al vicino di posto. Avrebbe poi saputo che era lo scrittore e giornalista Enzo Bettiza. Bettiza lo guardò torvo, dopodiché si schermò gli occhi con una mano e si scostò. Allora Giuseppe, col soprabito ancora abbottonato, allargò le ginocchia, intrecciò le dita sul pomello del bastone che teneva tra le gambe, si guardò intorno con un sorrisetto imbarazzato. Lì c'erano molti dei letterati più importanti della nuova, strana Italia del dopoguerra. E lui, che da una vita leggeva e divorava libri, era sorpreso di trovarsi in quel novero. A Londra aveva conversato a lungo con Pirandello e aveva conosciuto anche altri scrittori, però non si era mai confrontato con i contemporanei, con la massa dei tanti autori italiani. Trovava incredibile e un po' ingiusto che Lucio venisse festeggiato e coronato d'alloro. Per decenni il cugino aveva studiato musica e suonato squisitamente il pianoforte ma le sue poesie le aveva scritte e riscritte quasi per gioco, come a ricordargli che non era lui l'unico della famiglia a vivere nelle parole.

Bassani aveva concluso il suo intervento tra applausi scroscianti, dopodiché cominciò un lento avvicendarsi di scrittori e poeti affermati che presentavano il proprio giovane e rampante protetto. Giuseppe si perdeva nei suoi pensieri e chiudeva gli occhi, soffocando sbadigli. Finalmente vide una giovane in abito verde che accompagnava al podio un uomo coi capelli scuri. Montale. Sentì che il cugino s'irrigidiva e gli diede una pacca sulla mano, con dolcezza, con ironia.

Avrebbero voluto scambiare due parole col grande poeta prima della presentazione, ma il loro ritardo e la rigida scaletta della giornata glielo avevano impedito. Montale intanto parlava, col suo forte accento ligure, di un giovane scrittore che gli aveva mandato i suoi versi per posta, con affrancatura insufficiente. Spiegò che aveva dovuto pagare la differenza per ritirare il libriccino e s'era messo a leggerlo, se non altro per rispetto del denaro sborsato.

Capirete, diceva Montale, che ricevo libri a centinaia da aspiranti poeti. Sono versi perlopiù appassionati, sinceri, ma privi di valore. Questi in particolare li accompagnava una strana lettera, che li presentava come cronache di un modo di vivere che si trova sulla soglia della scomparsa, di un mondo aristocratico palermitano che non esiste più. Dopo una simile presentazione, capirete, da quel libriccino non mi aspettavo granché, men che meno mi aspettavo di trovarci qualcosa che assomigliasse alla poesia.

Uno scroscio di risate attraversò la sala.

Giuseppe si riscosse, si sentì avvampare. La lettera era opera sua.

Nei versi del giovane che desidero presentarvi oggi, proseguì Montale, si ritrova l'intensità e la musicalità del vero afflato poetico. Sono ricchi di immagini, la lingua è densa, ma non si fa fatica a comprenderne il senso. E chissà che non lo si debba alla conoscenza della musica e della filosofia continentale che questo giovane autore possiede. Non ho ancora avuto il piacere di incontrare Lucio Piccolo, ma se è qui con noi, spero che ora voglia raggiungermi per leggervi alcune delle sue splendide poesie.

Applausi risuonarono nella sala, volti pallidi si guardavano attorno, scrutavano l'uditorio. Allora Lucio si alzò timidamente e percorse il corridoio, e a Giuseppe parve così compassato e vecchio in mezzo a tutti quei giovani. Notò che il libriccino di poesie gli tremava sotto il braccio e vide Montale che lo fissava sbalordito, prima di andargli incontro e prendergli la mano perché si offrisse al flash dei fotografi.

Ci ha lasciati a bocca aperta, Don Lucio, disse più tardi Montale con un sorriso. La credevo un giovane poeta. E invece è più navigato di me. Avrebbe dovuto essere lei a presentarmi.

Navigato è un eufemismo, sussurrò Giuseppe all'orecchio del cugino.

Lucio lo ignorò, il complimento l'aveva fatto arrossire. Erano nell'affollata sala banchetti del Grand Hotel.

Mi è molto piaciuta la poesia sulla meridiana, disse la giovane in abito verde. Chiuse gli occhi e recitò un verso: *Guarda l'acqua inesplicabile: al suo tocco l'Universo è labile.*

Lucio sorrise, gli occhi fissi sul bicchiere di vino che aveva in mano. Grazie, disse.

Giuseppe sogguardava la ragazza. Non sapeva se era ospite di Montale, se era la figlia o l'amante, se anche lei era una scrittrice. Aveva uno strano accento, i capelli screziati di riflessi chiari, gli occhi ambrati. Non lo degnava d'uno sguardo. Intanto la conversazione era caduta su altro: Montale parlava di un qualche problema della poesia inglese contemporanea e Giuseppe si stupì quando l'umbratile Lucio osò riempire un silenzio con un commento su Yeats. Disse che erano stati in corrispondenza per anni. Suggerì che l'assoluta originalità dei suoi versi si dovesse alla fede negli spiriti. È l'invisibile, stava dicendo, ciò che sta fra una strofa e l'altra, a costruire nelle sue liriche l'illusione del senso. O almeno così pare a me.

Montale bevve un sorso di vino, annuì. Non ci avevo mai pensato. Ma senz'altro le nostre credenze ci influenzano, ci forzano la mano. Nel 1923 andai a Rapallo per incontrare Pound e c'era anche Yeats ma, ahimè, non ci capivamo. Voi riuscivate a comunicare?

Lucio inclinò il capo. Non ci siamo mai incontrati di persona.

Peccato.

Corrispondevamo in inglese.

Ah.

Ci scrivemmo fino al mese della sua morte, disse Lucio con dispiacere. Si strinse nelle spalle, come a rammaricarsi di aver parlato troppo. Poi scrutò Giuseppe, che stava appoggiato al bastone, e aggiunse: Professore, mi permetta di presentarle mio cugino, Giuseppe Tomasi, principe di Lampedusa. Giuseppe è autore di un saggio sulla poesia di Yeats che fu pubblicato nel 1926. Forse le è capitato di leggerlo?

I chiari occhi azzurri di Montale si spostarono su Giuseppe, che si sentì arrossire. È un critico, Eccellenza?

Ah, no, bofonchiò, sorridendo timidamente. Solo un lettore che ha un po' di tempo libero.

Non è cosa da poco, disse Montale, cortese. Tutti ne vorremmo, di lettori come lei.

Il mio caro cugino è il mio primo lettore, intervenne Lucio. Non c'è nulla che non abbia letto.

Giuseppe fece un inchino riconoscente.

Con permesso, disse.

Dopodiché s'avviò verso le scale, l'espressione studiatamente assorta, come fosse atteso altrove. Sì, pensava tra sé e sé quando sostò sul pianerottolo, le dita strette al corrimano, tanti anni prima aveva pubblicato un articolo sul rinascimento irlandese, soffermandosi soprattutto su Yeats, che ai tempi in Italia era quasi sconosciuto. Allora gli era sembrato che forse avrebbe potuto dedicare la sua vita alla scrittura. Com'era giovane. Aveva appena trent'anni e vagava per le città europee, cercando faticosamente la propria strada negli anni confusi del dopoguerra. Aveva spedito l'articolo con un certo timore a un vecchio amico di Genova, perché il suocero era direttore di una rivista letteraria, dicendosi che tutto sommato la cosa non aveva importanza. Era solo un divertimento. Eppure era ancora vivo il ricordo del dolore e dell'ansia che lo attanagliavano mentre aspettava una risposta e tutto era rimasto in silenzio, per mesi e mesi. Sapeva che quella rivista, *Le Opere e i Giorni*, aveva accolto i primi lavori di Montale. E al vedere pubblicato il suo articolo, quando infine l'aveva visto, s'era riempito di orgoglio. Ora non ricordava perché non aveva mandato altri contributi, che cosa gli aveva impedito di continuare a pubblicare. Sua madre disapprovava, ma non era quello il motivo. Parte di lui si era sottratta, sempre, alla fatica di esporsi. Gli era mancata la fede salda che aveva Lucio nelle proprie capacità; ed era diventato maestro nell'evitare il fallimento.

Gettò l'occhio alla gente che affollava la sala, ma non vide né il cugino né Montale. E allora riaffiorò un ricordo: Lucio curvo su un muretto nel giardino d'inverno di villa Vina, tra le mani *Le Opere e i Giorni*, la copia di Giuseppe, l'aria mesta nella luce fredda.

Gli tornò in mente che in quei giorni lontani aveva incoraggiato il cugino a mandare una scelta delle sue poesie alla stessa rivista: poesie che il direttore aveva subito restituito al mittente.

Alle cinque e venti Francesco Agnello arrivò nella piazza di Agrigento a bordo di un rombante coupé grigio a quattro posti, la cromatura lucida sotto il sole del pomeriggio. Portava occhiali da sole e un cappello bianco con la visiera, teneva tra le labbra una sigaretta americana spenta. Il coupé era una nuovissima Giulietta Sprint appena uscita dalla Alfa Romeo; Francesco era andato a ritirarla personalmente a Milano e l'aveva portata in Sicilia percorrendo le nuove strade costiere. Lo raccontò lui stesso, orgoglioso. A Giuseppe quell'automobile pareva venire da una pellicola di fantascienza.

Una ragazza bionda stava rannicchiata sul sedile dietro il guidatore, a piedi scalzi.

Mia sorella Teresa, la presentò Francesco, le braccia poggiate allo sportello, il mento sulla cromatura tirata a lucido. La perdonerete, ha voluto accompagnarmi a tutti i costi.

La famosa sorella, disse Giò, galante.

Più che famosa, famigerata, sbuffò Francesco.

Eccellenza, salutò lei abbozzando un sorriso. E questo dev'essere Gioacchino.

Francesco si fece scivolare gli occhiali da sole sul naso. Mia sorella si è offerta di dare una mano a caricare il tuo bagaglio, Lanza.

Giò arrossì.

Se Francesco era pietra, Teresa era fuoco. Una tristezza sensuale, un rammarico per la propria età avanzata s'impadronirono di Giuseppe. Lei era tutta baldanza e maliziosa bellezza, la pelle liscia, olivastra, gli occhi verdi di una creatura silvestre. Portava pantaloni a pois attillati e una camicetta bianca larga, il rossetto d'un rosso acceso. Ragazze come lei Giuseppe ne aveva viste solo nelle riviste americane.

Francesco, quel ragazzo robusto, gioviale, non gli aveva mai parlato di una sorella. Giuseppe s'era infilato nel piccolo sedile anteriore del coupé, con la valigia tra le gambe, e sopra il frastuono del vento udiva le risate fragorose di Teresa, che sedeva dietro di lui. Teneva le dita lisce appoggiate all'orlo dello schienale e a un certo punto gli si avvicinò, gli gridò nell'orecchio qualcosa che lui non capì; voltandosi si accorse che Giò era tutto rosso e fissava la ragazza con aria sbalordita. Intanto Francesco pigiava sull'acceleratore.

Figlia di seconde nozze della madre, Teresa aveva sette anni meno del fratello e non gli somigliava per niente. A un certo punto rallentarono per imboccare un viottolo sterrato; una volta arrivati, Giuseppe guardò Giò spingere subito in avanti il sedile anteriore per sgusciare fuori dall'auto e affrettarsi a tenere lo sportello aperto a Teresa, porgendole la mano per aiutarla. Lei gliela strinse e mentre scendeva dall'auto le si aprì la scollatura.

Che guardi, zio? disse Giò con un sorrisino.

La madre di Francesco era morta da molti anni. A fare gli onori di casa fu il secondo marito: stava sulla porta, con le braccia lungo i fianchi. Portava un abito di lino blu, gli occhiali appesi al collo. Con la fronte ampia, il piccolo mento sfuggente, la testa calva tonda, assomigliava a una tartaruga. Andò loro incontro ed ebbe parole ossequiose per il principe, poi prese la mano a Giò e la tenne tra le sue, come a dargli una benedizione. Era basso e con la pancia prominente, il naso lungo, gli occhi cerchiati da occhiaie profonde.

Agli ospiti fu offerto di fare un bagno e una passeggiata tra le rose, le dalie e le viti nel giardino alle spalle della casa, mentre il sole calava lentamente dietro le colline. Per Giuseppe avevano preparato una bella camera spaziosa, affacciata sul giardino che circondava la villa. Trovò la sua valigia su un divano sotto la finestra. Rimase per un momento a guardare le tende, il giallo tenue che si faceva brillante alla luce tra le stecche delle persiane. Il letto, antico e dorato, gli suscitò un'acuta nostalgia dell'infanzia.

Più tardi, mentre sedeva in terrazza sorseggiando un bicchiere d'acqua fresca e pensava ai paesini deserti che avevano attraversato durante il viaggio, intravide Giò e Teresa in giardino, sotto il glicine. Giò, col pretesto di scacciare le mosche, sfiorò più di una volta i capelli di Teresa. Giuseppe aveva riflettuto sul suo romanzo, su come Tancredi sarebbe passato con disinvoltura dal vecchio mondo delle proprie origini alla nuova Sicilia forgiata dal Risorgimento, e in quell'istante capì che cosa mancava. Tancredi doveva disamorarsi della figlia di Don Fabrizio. A rapirlo sarebbe stata la bellezza di una giovane volgare, incolta, una creatura di sangue nuovo: famelica, avida di piacere, una lottatrice, sarebbe stata tutto ciò che la vecchia aristocrazia non era. E anche Don Fabrizio l'avrebbe desiderata e quel desiderio gli avrebbe dato la misura del proprio declino.

A cena il patrigno di Francesco rise davanti allo stupore di Giuseppe.

Vassoi fumanti con tranci di pesce spada, delicati involtini di melanzane e timballi di maccheroni, con una crosta dorata a racchiudere il ricco condimento di peperoni, pomodori e prosciutto. Morbide pagnotte ancore tiepide. Calamari ricoperti di una glassa bruna.

Degli agrigentini Empedocle diceva che costruiscono come se dovessero vivere in eterno e banchettano come se dovessero morire l'indomani.

Non è così improbabile che ci succeda, se mangiamo anche solo metà di tutto questo, disse Giuseppe ironico.

Alla fine della cena, dopo che era stato sparecchiato, Giò e Francesco si alzarono da tavola, seguiti da Teresa, e i due signori rimasero a fumare un sigaro mentre di là dalla grande finestra annottava.

Il padrone di casa raccontò che si era trasferito ad Agrigento dopo una carriera da giornalista a Messina e dapprincipio stentava a credere d'aver sposato una contessa. Voleva che il suo secondo matrimonio facesse notizia, commentò col tono di chi quella battuta l'aveva già fatta. Disse che non si stancava mai della bellezza ruvida della costa agrigentina in inverno, l'aveva sempre preferita al paesaggio piatto della piena estate. Aggiunse che Giuseppe si sarebbe emozionato molto visitando Palma. Peccato, temo che da lì Lampedusa non sia visibile, neanche nelle giornate più limpide. È vero che non ci ha mai messo piede, Eccellenza?

Giuseppe confermò.

Ah. L'isola ha il suo mostro, si dice.

Giuseppe sorrise. Ah, e questo mostro vive a Palermo?

L'altro rimase spiazzato, ma subito ricambiò il sorriso. No, secondo la leggenda, anticamente i marinai arabi si tenevano alla larga da Lampedusa. Nessun mercante in cerca di un porto sicuro attraccava lì, neanche nel bel mezzo di una tempesta.

Mi racconti di questo mostro.

Che cosa vuole sapere?

Tutto, rispose Giuseppe allargando le mani.

Il suo ospite fissò la brace del sigaro, si leccò il labbro. Ne scrisse un geografo arabo del decimo secolo, Ibn al-Assad, ma non gli diede un nome. Si diceva che la creatura vivesse in una grotta a sud dell'isola e che la svegliassero solo le imbarcazioni che gettavano l'ancora. Sicuramente aveva innumerevoli tentacoli e denti aguzzi.

Giuseppe seguì il vecchio giornalista nell'orto. Continuò a fumare guardando le stelle mentre l'altro annaffiava la piantina di basilico che cresceva in un grande vaso di terracotta, poggiato su un basso muro di pietra.

Ora che ho i miei anni, disse l'ospite, trovo che tra giovani e vecchi corra una distanza infinita. E che una vera comprensione reciproca sia impossibile. Non ho nulla di cui lamentarmi, intendiamoci. Francesco è un bravo figliolo.

Certo.

Ma Teresa non la capisco. È figlia dei tempi moderni, in tutto e per tutto. Vuole trasferirsi a Milano e lavorare in una casa di moda. Quest'anno ha rotto il suo fidanzamento. E per quel che ne so il ragazzo non aveva nessuna colpa.

Giuseppe, che figli non ne aveva, non commentò.

Teresa senz'altro riuscirà nella vita, se solo sceglie che cosa vuole fare. A quanto pare le si è molto affezionata, aggiunse guardando Giuseppe.

Ah, sì?

Così dice.

Ma avremo a malapena scambiato due parole.

Il padrone di casa tacque, come assorto. Forse è proprio quello il motivo, Don Giuseppe. Non so. Quella ragazza è diventata un mistero per me.

Be'...

La guardo, guardo Francesco e mi rendo conto che non so nulla della loro vita, di che cosa gli passa per la testa. Anche i nostri genitori si sentivano così? Eravamo altrettanto imperscrutabili? Parlo come un vecchio, disse infine ridendo.

Giuseppe sorrise.

Qui tutto è vecchio, aggiunse l'altro. Evidentemente mi sto adattando anch'io. Eccellenza, a Palermo è il 1955. Ma ad Agrigento il tempo non esiste, non esistono date a Palma di Montechiaro. Vedrà. È un mondo che è scivolato in un'altra dimensione.

È quello che voglio vedere, disse Giuseppe.

Più tardi, mentre si ritirava in camera, distinse un'ombra che gli andava incontro, riconobbe la giovane Teresa. Era in camicia da notte, un modello accollato, all'antica, che gli parve venire dalla sua infanzia. Si sentì avvampare. Le stanze della ragazza non erano in quell'ala della villa e, a parte lui, nessun altro dormiva lì. Che cosa ci faceva Teresa in quel corridoio?

Si scostò per lasciarla passare.

Ormai più vicina, lei alzò il capo. Camminava senza far rumore, a piedi nudi sul pavimento di pietra. Giuseppe fu turbato da come chinava il mento, da come le ombre le danzavano sulla pelle. Aveva conosciuto solo altre due donne, entrambe durante i lunghi anni da scapolo prima di incontrare la moglie, entrambe giovani. Una di loro era una prostituta, e quell'incontro in un albergo di Bruxelles gli aveva provocato lo stesso turbamento che provava ora, aveva amplificato la sua naturale timidezza al punto che quasi non riusciva a parlare. Sentiva, e non per la prima volta quella sera, di essere uscito dalla sua vita per scivolare in una Sicilia più antica e misteriosa.

Eccellenza, sussurrò Teresa.

Giuseppe era come paralizzato. Notò che era ancora truccata. Non sembrava a disagio. Anzi, le si leggeva in viso una tacita domanda. I capelli biondi le cadevano sulle spalle, gli occhi brillavano sotto le ciglia lunghe. Com'è diversa da Mirella, pensò Giuseppe. E d'un tratto immaginò che il suo ospite, quel brav'uomo, li sorprendesse, che scenetta imbarazzante sarebbe stata. Dovette incupirsi perché Teresa non gli fece che un cenno e proseguì per il corridoio.

Lui la guardò allontanarsi. Attraverso la sottile camicia da notte, la luce delle scale gli rivelò il profilo delle sue forme.

Gli capitava di svegliarsi dopo mezzanotte con un senso di oppressione al torace, una costrizione che lo faceva annaspare, gli mozzava il respiro; allora si metteva seduto sul bordo del letto, d'un tratto consapevole che aveva dimenticato qualcosa di importante. Quella notte aspettò che il dolore passasse. All'improvviso l'enfisema gli mise paura; lì, in quella stanza, gli parve più concreto, più vicino. Dalla finestra aperta sul giardino della villa filtravano il profumo del gelsomino e della lavanda, la luce argentea. Il passato era un fluire impetuoso, tramandava il sangue che gli scorreva nelle vene, che gli veniva da nonni e bisnonni dissipatori, da santi e virtuosi del Settecento, dai nobili leggendari che nel 1667 avevano ottenuto dal re il titolo di principi di Lampedusa, e dal primo Tomasi che aveva sposato l'erede di Palma; e veniva da oltre i confini della Sicilia, fin dalle coste di Napoli, da Capua, e ancora più in là, da Siena, e poi dalla nebbia di un tempo quasi senza tempo, da Lepanto, da Cipro, dalla Roma di Tiberio. E allora Giuseppe riconobbe il suo grande rimpianto: dopo di lui c'era il nulla. Non aveva messo al mondo né un figlio né una figlia. Aveva tradito tutti i suoi antenati.

Lo svegliarono i raggi del sole. Mentre faceva colazione in terrazza, prese qualche appunto per il romanzo, delineando nel modo più chiaro possibile l'idea che gli era venuta il giorno prima: il desiderio di Tancredi per una creatura del mondo nuovo, che avrebbe chiamato Angelica. Intanto il patrigno di Francesco, che gli sedeva di fronte, era immerso nella lettura del giornale. Non scambiarono neppure una parola e quel quasi silenzio all'ombra della graticciata, tra il frusciare delle pagine e lo stridere del pennino, a Giuseppe parve pieno di pace e bellezza. Il dolore della notte era sfumato. E lui si concesse di dimenticare la paura e la determinazione a seguire i consigli del medico: accese una sigaretta e la lasciò a bruciare nel posacenere. Per colazione prese solo un panino col burro. Sulla tovaglia svolazzavano mosche. Francesco, Giò e Teresa non s'erano visti.

Ah, hanno già fatto colazione, disse il padrone di casa con un sorriso mesto. Gioacchino e Teresina di sicuro. Sono in giardino, la aspettano. Francesco non so dove sia.

Giuseppe fece spallucce, come a dire che ai giovani tocca sempre aspettarli, i vecchi.

Forse interpretando quel gesto come un invito a chiacchierare, l'altro si schiarì la voce e disse: Così non è mai stato a Palma, Eccellenza?

No, non vengo spesso da queste parti, rispose Giuseppe chinando il capo.

Capisco. Be', l'arciprete sarà molto lieto di darle il benvenuto. Immagino che gli abbia scritto per annunciare la sua visita.

No, non gli aveva scritto. Non ci aveva pensato. Si domandò se il suo arrivo imprevisto avrebbe messo in agitazione la chiesa madre, di cui legalmente era ancora patrono e principe. L'avrebbero trattato con ogni riguardo, lo rassicurò subito il padrone di casa. Poi si sfilò gli occhiali e ridendo disse: Dopotutto, lei è il principe. Non le tocca certo metterli a loro agio.

Nel cielo terso il sole ardeva già alto mentre percorrevano la costa, Giò di nuovo rannicchiato sul sedile posteriore, Giuseppe tenendosi il cappello nel vento che entrava dal finestrino aperto. Francesco guidava con un ginocchio appoggiato allo sportello, la mano destra morbida sulla leva del cambio. Nonostante le preghiere di Giò, Teresa aveva declinato l'invito: non poteva, non poteva proprio, andare a Palma quel giorno. Un barbaglio sugli aguzzi denti bianchi, i capelli dietro l'orecchio delicato. Intanto Francesco puliva i fari della Giulietta con un panno morbido, nel cortile sul retro della casa. Giuseppe, passando, aveva sentito la ragazza mormorare: Che cosa c'è poi a Palma oltre a un cumulo di macerie? Laggiù è tutto *così vecchio*.

Lanza, chiamava Francesco. Comincia l'avventura!

Già, un cumulo di macerie, rimuginava Giuseppe. Viaggiavano in silenzio da un po' quando il castello di Montechiaro comparve, svanì, comparve di nuovo tra le colline sassose. L'avevano costruito i Tomasi a fine Seicento su un costone a strapiombo sul mare a poca distanza dal paesino, un grappolo di case. Francesco lasciò il volante per indicarlo ma l'auto si avvicinò pericolosamente al ciglio della strada, allora subito lo riprese con mano salda. Rallentò e imboccarono un ripido viottolo sterrato, la ghiaia scricchiolava sotto le ruote. Giuseppe aveva con sé la vecchia macchina fotografica comprata in un negozietto di Londra nel 1927 e quando uscì dall'auto se la appese al collo, il telaio duro sulla pancia.

Bentornato a casa, zio, disse Giò sorridendo.

Giuseppe intanto non aveva ancora fatto un passo, ma si sorprese a tirare un sospiro di sollievo notando che all'interno il castello era da tempo caduto in rovina. Non c'era nulla da salvare: non lo si poteva vendere pezzo a pezzo né tantomeno costruirci un complesso di appartamenti, come proponeva Licy. Lasciò la giacca in macchina e si avviò coi ragazzi per un sentiero stretto, forse aperto da un gregge di pecore fra le pietre chiare, che conduceva fino alle alte mura spigolose del castello. Il sole s'era fatto cocente. Giò e Francesco proseguirono ridacchiando, ma Giuseppe si fermò vicino a un muretto basso, toccò la pietra calda. Si sentiva vecchio. Si voltò a guardare la scintillante cromatura del coupé poco più sotto, lo sportello del guidatore aperto con noncuranza. Quando Francesco gli chiese la macchina fotografica, posò in maniche di camicia con Giò sotto una porta ad arco, gli occhi socchiusi nella luce forte; il ragazzo faticava a regolare l'obiettivo, poi fece segno che ci era riuscito e scattò.

Ottimo, disse, continuando ad armeggiare. La intitoleremo Il ritorno del Tomasi.

Come un romanzo di Thomas Hardy, commentò Giò allegramente.

Giuseppe lo guardò con un sorriso.

E in quell'istante Francesco scattò un'altra fotografia.

Giuseppe lasciò i suoi giovani amici a curiosare lì intorno e si avviò tra le macerie, in cerca di un po' di ombra dentro il castello.

Ora che non udiva più le voci dei ragazzi, era immerso nel silenzio. Si trovò in un andito scoperchiato, le mura alte e strette, e proseguì fino a una rampa di scalini scolpiti nella pietra che portavano a una terrazza. Tornò indietro e, a destra, s'infilò nelle stanze in rovina della torre. Da fuori giungeva il lento rollio delle onde che s'infrangevano ai piedi del promontorio ma lì, all'ombra, tutto era immobile, attutito, muto. La malinconia lo assalì e fu grato di aver perso di vista Francesco e Giò. Lì i suoi antenati – santi e mistici, figli e figlie – avevano rinunciato al mondo e s'erano flagellati la carne, anteponendo a ogni altra cosa la grandezza.

Per tre volte nella storia conosciuta i Tomasi si erano quasi estinti, la loro sopravvivenza era dipesa da un unico discendente. Giuseppe avanzò stancamente, sedette su un blocco di pietra in quello che restava di una cella. Una parete era crollata, le travi di legno del soffitto erano stinte dal sole e scheggiate, come lo scheletro di una strana bestia. I suoi antenati avevano acquisito il ducato di Palma trecento anni prima. Il secondo duca aveva rinunciato al titolo per abbracciare la vita religiosa; il fratello aveva trasformato il palazzo in un monastero benedettino e fatto costruire la chiesa madre in paese. Sua figlia, una mistica cui appariva il demonio, era diventata venerabile un secolo dopo la morte. Giuseppe quella fede la giudicava malriposta, ma non aveva importanza. Ammirava la grandezza di ciò che i suoi antenati avevano realizzato, l'intensità delle loro rinunce. Il mondo e le sue vanità erano nulla. I nomi di quegli uomini e donne glieli aveva scolpiti nella memoria il padre, e pensò a lui, pensò alla madre, al loro lungo, infelice matrimonio. Una lucertola grigia guizzò sotto le pietre arroventate e Giuseppe si alzò e uscì, stando attento a dove metteva i piedi, in cerca di Giò. Volse lo sguardo al cielo bianco e vide che del tetto non restava che una metà, ma uno stretto camminamento merlato era misteriosamente integro; si fermò, pensando che forse un tempo anche il suo avo aveva sostato in quel punto; contemplò il vasto cielo vuoto, più oltre il mare. Poggiò un palmo sulle pietre calde e chiuse gli occhi.

Una brezza leggera accarezzava l'erba alta che cresceva tra le rocce del costone. Si alzò il grido di un gabbiano. Non vedendo né Giò né Francesco, Giuseppe pensò che erano tornati alla macchina. Dall'arco disfatto di una finestra il mare era una distesa di barbagli, come monete scintillanti. Strinse gli occhi, li schermò con la mano. Da qualche parte, al di là della caligine azzurra dell'orizzonte, stava un'isola azzurra, un'isola fatta di nulla.

Lampedusa.

Era stato durante quei tre giorni a San Pellegrino Terme che Giuseppe aveva capito a cosa ambiva Lucio. Passavano da un cocktail a un pranzo, a piccoli raduni di letterati tra i bagni di vapore, dove il cugino si aggirava con un asciugamano intorno alla vita, sorridendo timidamente: il torso pallido e flaccido penoso da vedere, le spalle magre e curve, le mani e i polsi abbronzati, come sporchi di tè. Strappava qualche sorrisetto agli scrittori più giovani? Giuseppe lo guardava avvicinarsi a Montale per parlargli nella luce del tardo pomeriggio e quando non riusciva più a tollerarlo voltava le spalle corrucciato, cercava un terrazzino o una finestra con una bella vista. Lui la letteratura l'aveva sempre trovata satura di incertezze – ogni romanzo non faceva che interrogare un'opera precedente, il credo di uno scrittore erodeva quello di un altro – e lì stava la sua verità. Una vita di letture gli aveva insegnato che nessuna parola può essere l'unica, che l'arte ha valore perché non dà risposte. Non può che sollevare, mille e mille volte, le stesse vecchie domande. Le paure di Virgilio erano state le paure di Eliot. I desideri di Omero avevano attanagliato anche Stendhal. Nessun libro rende un altro meno necessario. Eppure gli scrittori che aveva incontrato e ascoltato a San Pellegrino Terme non avevano domande e sembravano convinti che il romanzo contemporaneo fosse superiore a tutto ciò che c'era stato prima. E cosa c'era stato prima? chiedeva tra sé e sé Giuseppe a quelle spalle voltate. Si sorprese a non provare né ammirazione né soggezione per loro, il pensiero dei libri che avevano pubblicato gli suscitava una rabbiosa malinconia. Li sentiva vantare i propri successi, commentare piccati quelli degli altri, ma pochi si degnavano di guardare in faccia un dilettante come lui e nessuno gli mostrava il benché minimo interessamento.

La sera, quando il sole del Nord scivolava dietro le montagne e il fiume piombava nel buio, si udiva nell'aria lo strano pulsare del jazz e Lucio compariva vestito di tutto punto, la raccolta di poesie stampata a proprie spese che faceva capolino da una tasca. E sembrava più vivo, più appassionato, più convinto rispetto alla sera prima. Giuseppe assisteva a quella trasformazione e lentamente capiva che per Lucio la scrittura non era un modo per conoscere, ma per essere conosciuto; e capito questo si rese conto che voleva chiamarsi fuori. Gli scrittori che erano a San Pellegrino aspiravano non all'annullamento di sé della vera letteratura, ma all'ammirazione dei lettori. Combriccole si riunivano, gesticolavano, fumavano, si disperdevano nella notte. Giuseppe nascondeva il disgusto dietro la timidezza, masticava dispiaceri, e intanto un'acredine gli rodeva il cuore.

Ora si domandava se non era stato troppo duro. Forse il cugino quelle critiche non le meritava, forse gli scrittori contemporanei di San Pellegrino Terme non andavano biasimati. La sua era solo invidia? Non gli piaceva pensarlo, ma per tutta l'estate, quando posava la penna e chiudeva la boccetta di inchiostro e si guardava le mani, vedeva la carne di un vecchio, un fallito. Forse, pensava, senza le debolezze di chi la crea, l'arte non può esistere. Forse è proprio per le debolezze degli autori che la scrittura è umana, e quindi emoziona e vale la pena di conservarla. Da molto tempo aveva capito che qualsiasi cosa avesse da offrire era troppo piccola per il mondo e che il suo più ardente desiderio – una creazione che gli sopravvivesse, un testamento di sua propria mano – molto probabilmente alla fine si sarebbe rivelato un fallimento. Ma non aveva capito che la fatica più grande era tentare.

Che, supponeva, al rischiararsi delle sere oltre le persiane dello studio, non era poi così diversa dalla fatica di vivere.

Lasciarono il castello, guidando piano sotto un cielo di un azzurro cupo, e si fermarono sopra una collina ai piedi di Palma per un pranzo leggero. Francesco aveva preparato un cestino con salsicce, timballo di maccheroni e pane, ma Giuseppe non aveva appetito, continuava a pensare al castello diroccato. Finito di mangiare, s'avviarono verso la vecchia piazza del paese, ma l'acciottolato era malmesso, i vicoli tortuosi troppo stretti, e dovettero parcheggiare l'auto quando erano ancora lontani. Di colpo a rompere il silenzio fu uno scalpitio di zoccoli e dall'angolo spuntò un ronzino sgroppato, un carretto solitario. Il vecchio contadino che lo conduceva, cappello grigio calcato in testa, li invitò a salire. Percorrendo quelle strade deserte nel pomeriggio afoso, a Giuseppe parve di addentrarsi, finalmente, nel mondo dei suoi antenati. Per i vicoli e gli slarghi, in mezzo alle case, in lontananza il mare ora si mostrava, ora si nascondeva. Poi a catturare la loro attenzione furono una lingua di sabbia e il cappello giallo di un bagnante solitario che camminava sulla battigia. Raggiunsero infine la piazza e la grande scalinata che portava alla chiesa madre. Il contadino li salutò con un cenno della mano e se ne andò, come a uscire dal sogno.

Il portone della chiesa era spalancato nel pomeriggio torrido; sulla soglia l'aria era pesante e afosa, subito oltre era fresca e cupa, misteriosa. Per un attimo Giuseppe si appoggiò al muro, sotto un'antica torciera: sentì che gli anni sfumavano tra le ombre e che si trovava lì dove affondavano le radici dei Tomasi. Lì la sua famiglia s'era distinta. Il nome s'era forgiato nel sangue e nella fede e nella sofferenza.

La chiesa madre era tutta luce e quiete e sfumature di bianco, azzurrino, verde. Le colonne erano dipinte di rosso per imitare il marmo. Rispetto alle chiese palermitane, le dimensioni erano modeste ma le proporzioni armoniose. Giuseppe e i suoi giovani amici avanzarono in silenzio per la navata centrale, ammirando i finissimi stucchi, le volte del soffitto affrescate con scene della vita di Cristo. Un'inferriata cingeva il presbiterio e Giuseppe guardò tra le sbarre: in una nicchia laterale c'erano gli antichi scanni della famiglia Tomasi, distinti dagli altri e decorati. La pala d'altare raffigurava Gesù bambino in braccio alla Madonna e il duca santo antenato di Giuseppe in abito talare, in ginocchio, gli occhi estatici rivolti al cielo. Un telo bianco copriva la mensa e al centro un vassoio d'argento vuoto brillava al sole che filtrava dalle finestre del cleristorio. Solo lo scalpiccio dei passi rompeva il silenzio, echeggiando tra gli stalli del coro, nella luce fulgida. Nessuno parlava.

Dopo un po' Giuseppe si sentì osservato. Alzò il capo verso la balconata dell'organo: nessuno. Si guardò alle spalle: nessuno. Eppure quella sensazione non lo abbandonava.

Poi, nella penombra di una cappella, vide due uomini in piedi; entrambi con l'abito tutto abbottonato nonostante il caldo, lo fissavano in silenzio.

Quando ne incrociò lo sguardo gli andarono incontro, camminando quasi allo stesso passo. Erano l'arciprete – un uomo alto e magro, con gli occhiali, i capelli bianchi e grandi orecchie sporgenti – e un notaio, che indossava un abito nero e minacciosi guanti di pelle dello stesso colore. Folte sopracciglia scure gli adombravano gli occhi, i radi capelli erano pettinati in modo da mascherare parzialmente la testa rosea.

In che cosa possiamo aiutarvi, signori? domandò l'arciprete. Il notaio non proferì parola.

Perdoni l'intrusione, cominciò Giuseppe.

Oh, nessuna intrusione, rispose subito l'altro sorridendo. Siete in visita a Palma di Montechiaro?

A quel punto si fece avanti Giò. Padre, questo è Giuseppe Tomasi di Lampedusa. È venuto a visitare i luoghi di cui i Tomasi furono patroni.

I due cambiarono subito espressione. L'arciprete scrutò Giuseppe, arrossendo, poi si tolse gli occhiali e con un inchino disse: Eccellenza, le porgo il mio più caloroso benvenuto. Mi perdoni, non l'avevo riconosciuta. Ma in effetti c'è una certa somiglianza.

Giuseppe rimase perplesso, sogguardò Francesco.

Coi ritratti, si affrettò ad aggiungere l'arciprete. Prego, si accomodi, disse allungando una mano per aprire l'inferriata intorno al presbiterio. Posso offrire una bevanda fresca a lei e ai suoi giovani amici?

Solo allora, un po' impacciato, l'arciprete si presentò, e presentò il suo accompagnatore. Il notaio non aprì bocca e rimase immobile. Osservava Giuseppe in silenzio, le labbra sottili e pallide. Lui non ci fece caso: era abituato al silenzio e allo sguardo diverso di chi veniva a conoscenza del suo rango. Per molti anni gli era sembrato giusto, naturale; e, benché dopo la guerra e la morte della madre fosse giunto a non curarsene, nei più intimi recessi del suo cuore quell'atteggiamento lo considerava dovuto.

Ma il notaio non si trattenne. Si congedò rivolgendo un inchino a Giuseppe e una parola sussurrata all'arciprete, dopodiché attraversò tetro la navata laterale e uscì, le mani guantate lungo i fianchi.

L'arciprete condusse i visitatori dietro l'altare, oltre una porta chiusa da una tenda, informandosi cortesemente sullo scopo della visita e suggerendo altre località da vedere nei dintorni. Assai energico per la sua età, aveva un marcato accento napoletano, ma non sembrava affatto un forestiero. Fece notare alcuni dei pregi architettonici della chiesa e parlò a lungo dei lavori di costruzione; raccontò che era scoppiato un incendio proprio nel mese della sconfitta di Napoleone a Waterloo, e tutta la parrocchia l'aveva considerato un segno. Giò e Francesco si fermarono a osservare un curioso affresco che raffigurava sant'Ignazio intento a leggere un libro chiuso allora l'arciprete si rivolse a Giuseppe e sottovoce disse: Vorrà scusare il mio amico. Da ragazzo subì una terribile disgrazia, da allora porta sempre i guanti. Ci fu un terremoto e quando fu estratto dalle macerie aveva entrambe le mani bucate. Perse i genitori e i fratelli. Lo trovarono con le braccia aperte e due barre di ferro conficcate nei palmi, come crocifisso. L'arciprete lanciò un'occhiata a Giuseppe, quasi a sondare l'effetto di quella rivelazione.

Capisco, disse piano Giuseppe.

La gente che vive qui ha una fede semplice, Eccellenza. E molti vogliono vedere le ferite, vogliono toccarle. Le considerano il segno di un miracolo.

Ma il notaio non la pensa così.

Lui le considera nient'altro che un segno del suo dolore. E non crede che tutto quel dolore sia benedetto.

Si pulirono alla meglio le mani impolverate e si accomodarono in sacrestia, bevvero una limonata ghiacciata. L'arciprete parlò dei film americani che aveva visto, e subito Giò e Francesco presero a citare le battute più famose. Giuseppe accavallò le gambe e vagò con lo sguardo tra gli scaffali lucidi della libreria e i ritratti dei Tomasi appesi alle pareti. Il più grande, sopra la scrivania scura dell'arciprete, raffigurava Giulio, il "Duca santo", fondatore di Palma e della chiesa madre. Giuseppe lo osservò: l'antica fierezza, gli occhi iracondi, la ricca veste marziale. Era stato un grande uomo, animato da una ferrea determinazione, e aveva vissuto alla luce della fede in un dio collerico. A quella fede aveva sacrificato il patrimonio e si era ritirato dal mondo, esausto. Nel monastero da lui fondato si era rinchiusa la figlia Isabella – intelligente, energica, erudita – e dopo tre generazioni era stata proclamata santa. Chi era lui, Giuseppe Tomasi, ultimo principe di Lampedusa, al loro confronto? Non lo muoveva nessun furore. Tutto a un tratto si sentì svuotato, si alzò.

Signori, disse.

Stavano andando via quando l'arciprete domandò se si erano già fermati al monastero.

Giuseppe lo scrutò. Come dice?

Oh, immagino che impegni urgenti la chiamino altrove. Ma sono sicuro che la madre badessa Maria sarebbe molto dispiaciuta di non incontrarla, Eccellenza.

Padre, non è un monastero benedettino? intervenne Giò. Immagino che l'ingresso sia interdetto agli uomini.

L'arciprete rispose senza distogliere gli occhi da Giuseppe. Certamente, le monache osservano una stretta clausura. Ma lei è il nostro principe e patrono, Eccellenza. Le è permesso entrare, con due accompagnatori al seguito, se lo desidera. Così è sempre stato. Per lei e per il re di Napoli.

Il re di Napoli, ripeté Francesco, sorridendo a Giò.

L'arciprete parve non badare al riso che aveva suscitato quel privilegio concesso a un sovrano che da tempo non regnava più, e di nuovo Giuseppe provò la strana sensazione di aver viaggiato nel tempo, di trovarsi in un secolo passato, in un'epoca che non conosceva il fragore e il fumo della modernità. Sopra di lui la cattedrale incombeva, profonda e ombrosa e vasta. Giuseppe s'inchinò.

In tal caso, non posso rifiutare, disse sobriamente.

Mentre usciva dalla chiesa nel pomeriggio torrido, e nelle settimane seguenti, pensò al notaio e ai suoi morbidi guanti neri, e intorno a quella figura aleggiava un silenzio inquietante come un filo di fumo nel cielo. Quell'uomo gli aveva risvegliato un ricordo che credeva perduto, ma ora riaffiorava nitido. Da ragazzo lo tirarono fuori da sotto le macerie, aveva detto l'arciprete, unico sopravvissuto della famiglia. *Non crede che tutto quel dolore sia benedetto*, aveva aggiunto compiaciuto, come stesse pronunciando un sermone. A inquietare Giuseppe non era la possibilità che fosse vero il contrario né la consapevolezza che c'erano martiri e salvati. Aveva omesso di dirgli che anche lui conosceva persone che erano state ingoiate dalla terra, e che in quegli avvenimenti non c'era nessun disegno, nessuna traccia dell'opera di Dio: c'era solo dolore.

La morte di Lina nel terremoto di Messina era stata il primo dei tre gravi lutti che avevano colpito la madre, e l'aveva cambiata per sempre. Era il dicembre del 1908. Giuseppe aveva appena compiuto dodici anni. Dopo il terremoto la madre si era chiusa in se stessa e il furore che aveva dentro le si era ritorto contro e aveva cominciato a consumarla, come una malattia. Passava intere giornate nel salone verde, immobile, con le tende chiuse e un panno umido sul viso. Il padre sospirava e scuoteva il capo, vagava per il palazzo come fosse preso da chissà quali impegni, ma Giuseppe l'aveva capito, pur essendo un bambino, che tutto quel muoversi di qua e di là non aveva scopo, era solo irrequietezza. A volte la mattina trovava la madre seduta nella piccola biblioteca al piano di sopra, a fissare i vecchi libri rilegati in pelle, con indosso lo stesso abito della sera prima. Era ancora un bambino e non capiva che cosa si agitasse in lei; il ricordo più vivido che conservava di quel periodo era la profonda paura che lo attanagliava di notte, tanto che gridava, facendo accorrere la governante francese in camicia da notte, al lume di una candela. La madre aveva sempre avuto l'aria di chi non si lascia turbare dal caos e dalla confusione che lui, un bambino paffuto, schivo e timido, vedeva nel mondo. Si chiamava Beatrice, come la donna angelo di Dante: Beatrice Mastrogiovanni Tasca Filangeri di Cutò.

Per tutta l'infanzia, Giuseppe si era ripetuto quel nome come una formula magica, e il pensiero di essere nato da lei, di essere parte di lei gli dava una vertigine. La guardava muoversi con la grazia regale di una lince, camminare leggera per i saloni del palazzo inondati dal sole, il lungo collo pallido e dritto, i capelli neri raccolti, una creatura che lui ammirava, adorava, vedeva risplendere. Quando li prendeva dalla gabbia decorata e li teneva tra le dita, gli uccellini cantavano per lei.

Era la maggiore delle cinque sorelle Cutò, bellissime e stravaganti, e da giovane aveva accettato di buon grado di essere al centro di scandali e pettegolezzi, li aveva provocati coi vestiti all'ultima moda, le opinioni francesi e gli argomenti di conversazione del continente. Sapeva essere ferocemente sarcastica, dispotica, testarda, affascinante. Il suo carnet di ballo era sempre pieno. Da bambino non aveva capito che gli uomini potenti la desideravano e la temevano, e siccome la temevano ne subivano il fascino. Ai balli se ne stava appoggiato alla ringhiera di un balcone, a lottare col sonno, la guardava volteggiare sul pavimento lucido, notando che al passaggio di lei le altre coppie si separavano, parevano piegarsi come steli d'erba. Gli piaceva ricordarla seduta su una morbida poltrona di feltro rosso nel nuovo cinema Excelsior, a palazzo Rudinì, a inizio secolo, immersa nelle ampie pieghe dell'abito frusciante. E tuttora la sera gli capitava, passando davanti a una gelateria illuminata a giorno, di vederla con l'occhio della mente, sua madre che si sporgeva ridendo dallo sportello di una carrozza, con un cucchiaino da gelato tra le dita guantate.

Ma la morte di Lina era stata la fine di tutto. S'era fatta guardinga, la tristezza l'attraversava come una lenta corrente, al punto che persino quando rideva o ballava con l'uno o l'altro principe dentro di sé rimaneva come immobile, e quell'immobilità sembrava forza, ma lui sentiva che non lo era. Il dolore per la perdita della sorella le contornava gli occhi come bistro, le adombrava le labbra, e non si stemperò col tempo.

Quando la notizia del disastro giunse a Palermo, era un grigio mattino invernale. Scendendo dabbasso alla solita ora, sul pianerottolo lui si accorse che l'orologio a pendolo del nonno era fermo. Nella stanza della colazione sedeva lo zio Ferdinando, fratello minore del padre; aveva smembrato il quotidiano e disposto accuratamente le pagine intorno a sé sul tavolo. Disse che durante la notte c'era stato un terremoto a Messina.

Degli zii e del tuo cuginetto ancora non abbiamo notizie.

Per tutto il giorno lui si era appostato alle finestre: guardava la pioggia battente, aspettava invano la madre e il padre.

Seppe che la madre era andata a villa Florio, in cerca di notizie, e che il padre era alle poste. La casa era buia nella penombra pomeridiana, e fredda, i domestici avevano dimenticato di accendere le lampade. Settantasettemila persone erano morte nel terremoto. Nelle grandi chiese si organizzavano veglie, i quotidiani cittadini intervistavano politici, professori, superstiti. Erano già passati undici giorni quando a Palermo giunse la notizia della morte della zia Lina. Allora la zia Teresa, che era arrivata da Capo d'Orlando in preda alla disperazione, era ripartita, e già due volte la zia Giulia aveva telefonato ai Florio da Roma.

Lina era morta sotto le macerie della sua splendida villa, accanto al marito. Le pareti e il soffitto erano crollati, come una mano che si chiude a pugno. I corpi erano stati ritrovati integri, e se n'era dedotto che non erano rimasti schiacciati nel crollo, ma erano morti di fame e di sete, a poco a poco, nei giorni successivi.

Quando il marito la portò nello studio e le diede la notizia, la madre di Giuseppe cominciò a tremare. Volle sapere tutti i particolari. Poi, pallida come un lenzuolo, rigida, andò a sedersi su una sedia in un angolo, chiuse gli occhi e si mise a gridare.

Per un'intera settimana cadde una pioggia gelida. Lei non parlava, non guardava neanche Giuseppe, non lo toccava. Sedeva apatica, l'ombra del profilo riflessa sulla finestra rigata di gocce, e lui le si accostava o la sbirciava dalla soglia: aveva paura di disturbarla ma voleva starle vicino. Solo una volta, durante quelle giornate, lei alzò il capo e lo vide. Un lampo le balenò negli occhi, come l'avesse riconosciuto, allora tese le braccia e lui la raggiunse, con la sensazione di aver ricevuto il perdono, come se avesse qualche colpa, e quando la sentì piangere ruppe anche lui in lacrime.

Quello stesso giorno si sentì bussare alla porta, e la governante condusse nel salone un bambino con gli occhi scuri che

Giuseppe stentò a riconoscere. Portava un'incerata grondante d'acqua, i capelli arruffati e zuppi, e se ne stava lì, con una piccola valigia ai piedi, sotto lo sguardo fisso di Giuseppe e dei genitori. La casa era molto silenziosa. Il padre si alzò. Giuseppe guardò la madre: impettita nell'abito nero, aveva un'espressione ostile negli occhi, le dita pallide intrecciate davanti alla bocca. D'un tratto si alzò e uscì dalla stanza.

Quel bambino bagnato fradicio era il cugino di sei anni, Filippo.

Il figlio di Lina.

Giuseppe aveva solo dodici anni, avrebbe ricordato molto tempo dopo, un ragazzetto timido, cresciuto nella bambagia. Ma non riusciva neanche a immaginare che la sua casa finisse distrutta e si domandava cosa avesse fatto Filippo Cianciafara per meritare una cosa del genere. La madre non degnava di uno sguardo il bambino, non gli rivolgeva la parola, rabbiosa e impenetrabile, come se averlo in casa lo considerasse un affronto. Filippo, dal canto suo, a malapena apriva bocca e allora non ne usciva che un mormorio, il viso calmo non tradiva la minima tristezza. È rimasto impressionato, diceva il padre. Temo che se ne renderà conto presto, povera creatura, di quel che gli è capitato, diceva lo zio. Giuseppe ascoltava, osservava gli umori della madre, e decise di chiudere la porta del proprio cuore.

Filippo era stato estratto dalle macerie il terzo giorno, bianco di polvere, tremante per il freddo, assetato, un morto tornato in vita. A Giuseppe lo disse la governante, sottovoce, col suo accento francese. Da quel momento in poi, lui prese a guardarlo con sospetto. Era come se avesse di fronte un fantasma. Ma in fondo capiva che nulla era più vivo dei silenzi di Filippo, e che l'aria nei suoi polmoni era il vero affronto.

Siccome sua madre era crudele con il cugino, lo diventò anche lui. Ora, a distanza di quarant'anni, il pensiero della gentilezza di cui non era stato capace lo rattristava. Il padre e lo zio sembravano a disagio in presenza di Filippo. Solo Anna, la governante, s'impietosiva al vederlo passare lunghe ore seduto da solo, in silenzio, finché una voce brusca lo chiamava dal salone giallo, dove andava a ricevere le condoglianze di ospiti e parenti che di certo non aveva mai visto prima. Anna spronava Giuseppe a fargli compagnia, a proporgli un gioco, a distoglierlo dalla solitudine.

Ma è troppo piccolo, protestava lui.

Anche tu sei piccolo.

Ma neanche parla. Se ne sta lì seduto e basta. Non vuole fare niente.

Un pomeriggio Giuseppe lo trovò nella biblioteca al piano di sopra, con un libro aperto in grembo. Quando gli si avvicinò, Filippo subito si asciugò gli occhi con la manica della camicia, guardò fisso il libro.

Fai solo finta di leggere, disse Giuseppe perplesso.

Non è vero.

Allora Giuseppe prese il libro, che era messo all'incontrario, lo raddrizzò e glielo restituì.

Bugiardo, disse.

Un giorno Anna lo vide in cortile: aveva il cappotto abbottonato fino al mento, le dita rosse per il freddo, gli occhi fissi a terra, sulla breccia bianca. Filippo, ti prendi un malanno, gridò dalla finestra. Torna in casa, Giuseppe vuole mostrarti una cosa.

Filippo li guardò come se non li conoscesse, poi si trascinò dentro.

Ma io non ho niente da mostrargli, disse Giuseppe.

Anna si passò le mani sul vestito, arricciando il piccolo naso lentigginoso. Era la smorfia che faceva quand'era in collera,

Giuseppe lo sapeva. Gli disse: Portalo nella stanza dei giochi. Mostragli quelli vecchi.

Nella stanza dei giochi Giuseppe lanciò al cugino uno sguardo risentito, poi si mise a rovistare in una cesta. Tirò fuori solo giocattoli rotti: un cavallo bianco da trascinare con una cordicella, un soldatino decapitato.

È rotto, disse Filippo.

E allora?

Anche questo è rotto.

Ci devi giocare. L'ha detto Anna, rispose Giuseppe.

Si mise a braccia conserte e guardò Filippo che si rigirava il soldatino decapitato tra le mani e poi lentamente, mestamente, muoveva sul tappeto quel cavallo che aveva solo tre zampe.

Passò un mese. Una mattina Giuseppe andò nella stanza della colazione e vide il posto di Filippo vuoto, la tavola non apparecchiata. La carrozza era uscita sotto la pioggia battente e non era ancora rientrata: Filippo era stato mandato dai cugini di Capo d'Orlando, Lucio e Casimiro.

Che strano, rifletteva Giuseppe quarant'anni più tardi. L'aveva trattato con tale disprezzo. Eppure non aveva provato antipatia o rabbia nei confronti di Filippo durante quel mese che aveva trascorso a casa Lampedusa. E dopo la sua partenza non aveva provato vergogna. Aveva pensato solo alla tristezza della madre; Filippo l'aveva completamente dimenticato, come se non avesse mai vissuto con loro. Ormai vicino alla fine, il ricordo più vivido che conservava era il dolore immenso della madre in quella prima settimana di dicembre, i bellissimi capelli che le ricadevano selvaggi sulle spalle, i singhiozzi spasmodici, e come se ne stava raggomitolata in una grande poltrona, nel salone verde dove nessuno entrava mai.

Scese lentamente l'antica scalinata della chiesa madre di Palma, diretto al monastero. Temeva che una volta lì i ragazzi mancassero di rispetto. Un'occhiata fugace glieli mostrò entrambi assorti: Giò teneva il capo chino, fissava senza vederli i gradini polverosi; Francesco era tutto preso a sistemarsi il colletto, ravviarsi i capelli. Non dicevano una parola. Giuseppe si tranquillizzò.

Presero a sinistra e proseguirono piano, lui nel cono d'ombra lungo le case fatiscenti. Raggiunsero infine la piazza dove sorgeva il monastero e salirono la scala: la pietra di un bianco immacolato splendeva al sole, sicché quando all'improvviso si trovarono di nuovo all'ombra non distinguevano nulla e si fermarono sulla soglia a dare una sbirciata dentro.

Era un piccolo parlatorio spartano. Al centro del soffitto con travi a vista campeggiava l'antico stemma dei Tomasi con il leopardo. Alle due spoglie pareti laterali erano addossate panche di legno; in quella dirimpetto, rivestita da un lambris lucido, c'erano una massiccia porta chiusa, fiancheggiata dalle doppie grate per le conversazioni, e una piccola ruota di legno. Doveva servire per lo scambio di messaggi, immaginò Giuseppe. Stava appoggiato al bastone, indeciso, esitante, quando Giò suonò la campanella accanto alla grata più vicina alla porta. Dall'interno si udì un forte clangore e dopo un bel po' dietro la grata si profilò una figura. Giuseppe non riusciva a distinguerne il viso. La voce stridula di una vecchia domandò: Che possiamo fare per lei, giovanotto?

Dopo che Giò ebbe spiegato lo scopo della visita, la suora li lasciò di nuovo in attesa, questa volta più a lungo. Solo una mosca, che era entrata dalla porta d'ingresso rimasta aperta, animava l'aria immobile. Francesco si guardava intorno inquieto, poi si avvicinò a Giuseppe e sussurrò: Ci stanno guardando, Don Giuseppe. Non pensi che non ci tengano d'occhio.

Giuseppe tacque. Cominciava a temere che presentarsi senza annunciare la visita fosse stato poco saggio, inopportuno. La mosca svolazzava ronzando.

Di lì a breve sentirono scattare la serratura dall'interno e la pesante porta si aprì piano piano. Comparve una donna minuta e li guardò, con le mani giunte davanti a sé. Dev'essere la badessa, pensò Giuseppe, e subito si alzò, imitato dai due ragazzi. Allora lei gli rivolse un sorriso carico di straordinaria dolcezza che lo lasciò interdetto.

Era graziosa. Giuseppe ne fu sorpreso. Non era una caratteristica che si sarebbe immaginato di notare in una suora e la guardava senza malizia; poi pensò che ancora più della bellezza a risaltare erano la serenità e la dignità che emanava. Aveva gli occhi verdi come un gatto, le sopracciglia talmente chiare che erano quasi invisibili. La tonaca era nera come inchiostro, la bavetta candidissima. Sembra una santa bizantina, pensò Giuseppe. Sopra il labbro superiore aveva un piccolo neo nero.

Giuseppe Tomasi di Lampedusa, per servirla, disse dolcemente. La sua accoglienza ci onora, madre badessa. Le siamo molto grati.

Lei gli porse la mano. Era piccola e fredda, insolitamente liscia per l'età. Giuseppe la tenne stretta un momento più del necessario, arrossì.

Sono Maria Enrichetta Fanara, Eccellenza, disse con tono allegro. E siamo noi a essere onorate della visita.

Giuseppe fece un passo indietro. Il mio giovane amico, Gioacchino Lanza. E il barone Francesco Agnello di Siculiana.

La badessa sorrise, ma non porse la mano.

Prego, entrate, disse, invitandoli a passare dal cortile vicino al parlatorio. C'erano una statua della Vergine con un Gesù bambino in braccio, una fontana gorgogliante e piantine verdi in vasi di terracotta sotto un rettangolo di cielo di un azzurro stupefacente. La porta che avevano varcato fu chiusa a chiave.

Da tanto, tantissimo tempo non abbiamo il privilegio di accogliere un membro della famiglia Tomasi, disse la badessa. È la prima volta in tutti gli anni che ho trascorso qui.

Che non devono essere poi così tanti, disse Giò.

La badessa inarcò le sopracciglia. Non mi fa un complimento, giovanotto, dicendo che dimostro meno anni di quelli che ho. La vanità non ci appartiene. L'età che abbiamo è segno della nostra devozione. Non desideriamo la giovinezza.

Con sollievo di Giuseppe, Giò fece cenno di aver capito: Mi perdoni. Non volevo offenderla.

Lei si fece di nuovo sorridente. Li condusse in uno studiolo che, come il parlatorio, aveva il soffitto con le travi a vista e lo stemma dei Tomasi al centro, le pareti bianche spoglie, tranne che per un piccolo crocifisso vicino a una finestra. Da una tenda si intravedeva un lungo corridoio lastricato. C'erano diverse sedie attorno a un tavolo basso su cui erano poggiati un antico vassoio d'argento lucido, un piatto con piccole pile di mandorlati e una decorazione di rametti di gelsomino. La luce si rifletteva su una caraffa d'acqua fresca. Ogni cosa sembrava disposta con cura, nonostante il brevissimo tempo a disposizione per i preparativi, e Giuseppe immaginò che in genere quella stanza fosse vuota.

Spero che non si sia incomodata troppo, madre badessa, cominciò a dire.

Ma lei lo interruppe subito. Abbiamo solo fatto il nostro dovere, Eccellenza. I mandorlati li preparano le consorelle, spero vogliate assaggiarli. Ci fareste onore.

Sono squisiti, disse Giò, con la bocca mezza piena.

Giuseppe esitò, poi ne prese uno. Un intenso, morbido profumo di mandorle e zucchero gli riempì le narici, e per un momento rivide i giardini della sua infanzia, a Santa Margherita Belice, l'ombra delle palme, i viottoli di breccia bianca, le eleganti sedie in ferro battuto e i pasticcini su una tovaglia bianca.

Quasi sopraffatto dai ricordi, si mise a fissare il crocifisso, con le mani giunte dietro la schiena.

Dopo un po' furono invitati a visitare il monastero. Varcarono una porta sormontata da un'antica modanatura e si ritrovarono in un ampio salone con grandi finestre, che doveva essere la sala di rappresentanza quando il palazzo non era ancora passato alle monache. Ora non conteneva che un lindo tavolino in ogni angolo, vasi di felci sotto le finestre e una grande, elaborata voliera di forma semicircolare, come l'aula del parlamento a Roma. La luce inondava la sala, disegnava riflessi dorati sul parquet lucido. Al centro si vedeva lo stemma dei Tomasi.

La badessa estrasse dalla tonaca una campanella d'argento e la agitò prima di condurli oltre la porta all'altro capo della stanza.

Avverto le consorelle che ci sono visitatori in arrivo, spiegò. Alcune di loro osservano uno stretto isolamento.

Spero che la nostra presenza non sia di troppo incomodo, si scusò di nuovo Giuseppe.

Questa volta la badessa non replicò: gli posò una mano sul braccio continuando a camminare.

Percorsero un lungo corridoio, dove si susseguivano piccole celle; davanti a una porta si fermarono e la badessa spiegò che al momento quella cella era libera. Da quando era finita la guerra arrivavano meno novizie e il convento andava invecchiando, inesorabilmente. Presto rimarremo in poche, soggiunse. E poi ne rimarrà solo una. Il pensiero che non sarò io mi allieta.

La cella era spoglia, austera: una brandina pulita, il materasso rivoltato contro il muro, il piccolo guardaroba aperto.

Proseguirono la visita. La badessa suonò la campanella e li guidò per le cucine vuote. Sul piano di un lavandino c'erano una coppa di pomodori a mollo nell'acqua, una melanzana mezza affettata, il coltello posato accanto, in una spettrale atmosfera di abbandono; le porte all'altro capo della stanza erano socchiuse, come se le monache stessero rincantucciate dietro a sbirciare. Si spostarono nel refettorio, coi lunghi tavoli rettangolari disposti in fila a tre a tre, e da lì imboccarono un altro corridoio di celle, con le porte tutte chiuse. Intanto la badessa raccontava a Giuseppe della famiglia Tomasi: di Giulio, che tanti secoli prima aveva donato il suo palazzo alle benedettine, della figlia che era entrata in convento a diciassette anni e aveva tenuto testa al demonio con una forza degna della sua fede. Giuseppe era cresciuto ascoltando storie su Isabella Tomasi: era il padre a raccontargliele, con un tono ironico che tuttavia tradiva vero orgoglio. Il suo esempio rimane per noi grande fonte di ispirazione, stava dicendo la badessa. Quando arrivai qui, da ragazza, c'era una consorella più anziana che a volte vedeva in sogno la figlia del principe Giulio. Alcune novizie credevano che avesse perso il senno. Ma la badessa ci ricordò che la presenza dello spirito nella carne può essere scambiata per follia. Uno spunto di mortificazione. Ci aveva esortate a sospendere il giudizio. Non sta a noi giudicare. Il buon Tomasi questo lo sapeva.

Giuseppe si schiarì la voce. Le sue parole ci onorano.

I Tomasi erano fatti di un'altra pasta, Eccellenza, disse lei. Come i grandissimi artisti. Forse non lo desideravano, ma lo accettavano con coraggio. Come non ammirarli?

Temo che verserebbero lacrime se vedessero quel che ne è stato di noi, disse Giuseppe guardandola negli occhi.

Lei rimase perplessa, ma non replicò, e lui non aggiunse altro, distolse lo sguardo.

E la cella della buona Isabella? disse. Si conserva ancora?

Isabella? Ah, sì. Solo i laici la chiamano Isabella, Eccellenza. Tra queste mura è la nostra venerabile Maria Crocifissa. Da questa parte, prego. Proseguì a passo leggero, spiegando che la cella della santa era in uso. Ma in quel momento si poteva visitare, perché la sorella che la occupava stava lavorando nell'orto. Mentre percorrevano il lungo corridoio, preceduti dal suono della campanella, Giuseppe sentì scattare le serrature delle porte. Benché il corridoio fosse deserto, si sentiva tanti occhi addosso, ma non provò né disagio né ansia.

La cella di Isabella non era diversa dalla prima che avevano visto. Piccola, spoglia, con una brandina immacolata vicino al muro, un cassettone di legno, il vecchio guardaroba chiuso. Dalla piccola finestra Giuseppe scorse ciuffi di nuvole che sfilavano nel cielo azzurro. Quando entrarono anche Francesco e Giò, la cella si gremì e parve troppo piccola.

Solo un dettaglio era diverso. A un lato della porta erano appese in una cornice due lettere ingiallite, in una strana grafia filiforme. Giuseppe si avvicinò, frugò nella giacca per estrarre gli occhiali. Non riusciva a decifrare le parole, che parevano in una sorta di strano cirillico. La prima, spiegò la badessa, era una lettera che Isabella aveva scritto al diavolo, per esortarlo a rinnegare l'empietà e a camminare nella luce della vera fede.

E la seconda? domandò Francesco.

È la risposta del diavolo, disse la badessa. Nessuno è mai riuscito a decifrarla. È scritta in una lingua ignota.

Giuseppe si soffermò a osservare la badessa, cercando di capire quanto credeva all'autenticità di quelle reliquie. Lei aveva un'aria placida, indecifrabile.

Nel giardino del convento, aggiunse poi, la venerabile Maria Crocifissa fu aggredita dal diavolo, che cercò di colpirla scagliandole contro un grosso sasso, incollerito dalla sua semplicità e dalla sua fede. Ma intervenne san Michele: il sasso rimase sospeso in aria e Maria Crocifissa ne uscì incolume.

Da quel che so, cominciò giovanissima ad avere visioni, disse Giuseppe.

Sì.

Mio nonno parlava spesso di lei. Raccontava che secondo le leggende di famiglia da bambina giocava solo a fare la suora.

Il Signore le toccò il cuore molto presto, sì.

Le toccò il cuore?

Sì, le mandò la sua benedizione.

La sua benedizione, mormorò Giuseppe. Si sfilò gli occhiali, batté le palpebre.

Le benedizioni del Signore non sono da invidiare, Eccellenza, disse la badessa, annuendo come chi avesse avuto un'intuizione. Dopo che si è sperimentato qualcosa di molto più grande, qui sulla terra, dove tutto è effimero, si conduce una vita dolorosa e solitaria. Si vive in un costante stato di privazione.

In un angolino della cella, in una piccola teca, stava una disciplina, con sette funicelle annodate dall'aspetto minaccioso. Francesco e Giò la osservavano in silenzio.

Come dicevo, soggiunse la badessa. Una vita dolorosa e solitaria.

Oh, povera Isabella, disse Giò.

Li usate ancora questi strumenti? domandò Francesco.

Non come intende lei, rispose la badessa.

Francesco la guardò perplesso, in attesa che si spiegasse meglio.

La vita stessa è mortificazione della carne, disse lei semplicemente. Vivere è questo, null'altro. Il nostro corpo a poco a poco cede allo spirito. Il tempo che trascorriamo sulla terra è breve. Ed è diverso per ciascuno di noi. Ma è quanto ci è concesso per arrivare a comprendere certe cose.

Temo, disse Giuseppe sentendosi il cuore pesante, che alcuni di noi non le comprendano mai.

La badessa gli rivolse uno sguardo pieno di compassione e, notò lui sorpreso, di una sorta di amore. Deve avere fede, Eccellenza, gli disse dolcemente, come se fossero soli nella cella, nel monastero. Tutto il resto sfumò pian piano. Giuseppe se n'era quasi dimenticato ma ora il pensiero del suo enfisema lo assalì prepotente, tanto che avrebbe voluto sedersi, ma rimase immobile. Pensò alla madre, a quanto le suore e quell'antico palazzo l'avrebbero incuriosita. La madre, che aveva le spalle dritte, il collo aggraziato come quello di un cigno, e una passione per la vita che da bambino l'aveva spinto a chiudersi nel proprio guscio; la madre, che aveva lottato ferocemente contro la morte, odiando la bruttezza della vecchiaia. Giuseppe fissò l'espressione sorpresa che s'era disegnata sul viso minuto e bello della badessa, deglutì a fatica. Era così diversa da lui. Guardandola pensava quasi che si potesse vivere senza temere la morte, accettando il cambiamento, quando sarebbe arrivato, in qualsiasi forma, perché sarebbe arrivato, lui lo sapeva.

Un raggio di sole gli illuminò le nocche e i polsi ingrigiti. Nel silenzio, di loro quattro percepiva solo il respiro, come fossero spiriti.

I GUAI DI DON GIUSEPPE
Parte prima

Marzo 1911

Aveva quattordici anni, era ancora un bambino, quando a palazzo arrivò il telegramma listato a lutto. Era un pomeriggio luminoso, avrebbe ricordato, e lui era rimasto fermo sulla grande scalinata mentre il padre leggeva, la voce tremula. La zia Giulia, la sorella prediletta della madre, era stata accoltellata alla schiena e due volte alla gola da un ufficiale di cavalleria a Roma. Era morta. Poi quell'uomo che l'aveva sedotta, un barone, aveva chiuso le tende della camera d'albergo sulla luce grigia e, seduto al tavolino da toeletta, si era sparato un colpo alla testa con la sua rivoltella.

Era successo, a quanto pareva, in una mattina piovosa, in uno squallido quartiere vicino alla stazione Termini. A Palermo, quando venne a saperlo, il marito di Giulia si accasciò sul marciapiede. Il nome dell'assassino era Vincenzo Paternò del Cugno; appena le sentì, Giuseppe prese a mormorare quelle sillabe sinistre, all'infinito, come la formula di un incantesimo. A quanto si era potuto sapere, si erano incontrati perché la zia intendeva rompere la relazione.

L'opera di seduzione era cominciata due anni prima a Palermo, a un ballo estivo. Bella, occhi allungati, polsi sottili e un flebile sorriso triste, da poco Giulia era stata avvertita da una lettera anonima che il marito la tradiva con un'attrice della compagnia di Scarpetta. La madre di Giuseppe si sarebbe poi convinta che a mandarla fosse stato proprio Paternò del Cugno. Giulia era amica intima della giovane regina Elena e dama di corte a Roma, ma riguardo alle questioni del cuore non aveva nessuno a cui chiedere consiglio. Quando l'aveva rivisto, il barone le si era seduto accanto – i guanti bianchi in grembo, l'occhio azzurro, un gentiluomo – e fino a notte fonda le aveva prestato ascolto, l'aveva spinta a confidargli le proprie pene. Tutto questo Giuseppe venne a saperlo all'indomani della tragedia, aggirandosi per il palazzo come uno spettro. Imparò che se rimaneva seduto in silenzio con un libro, a girare le pagine fruscianti, a un certo punto la governante dimenticava la sua presenza, la servitù si abbandonava alle chiacchiere, i genitori neanche lo vedevano. Perché la madre non abbassava la voce né si curava delle orecchie a cui giungevano le sue grida di dolore.

Ah, pazza, pazza, gemeva. Non lo sapevi chi avevi di fronte, Giulia? Lo sapevamo tutti. Tutta Palermo lo sapeva. Ah, Giulia, Giulia.

Intanto Giuseppe, mite, pallido, gli occhi sporgenti, sedeva in silenzio sul secondo scalino, respirava appena.

La zia aveva trentatré anni, il barone trentuno. L'irruenza della sua passione l'aveva terrorizzata. Quante volte si erano incontrati? Che cosa le si era insinuato nel cuore per poi svanire? Il barone l'aveva braccata per le cittadine termali dell'Austria-Ungheria, dapprima implorando un'altra notte d'amore, poi supplicandola di pagargli i debiti di gioco, e infine pretendendo il denaro con la minaccia di far scoppiare uno scandalo. Violento per natura, amante dei cavalli da corsa e dei salotti alla moda, a un certo punto era diventato imprevedibile e Giulia aveva capito che non si sarebbe fermato. Di ritorno in Sicilia, aveva confidato tutto alla sorella tra le lacrime; quella sera stessa Beatrice aveva pregato il marito di intervenire, e per tutta risposta il barone l'aveva sfidato a duello. Il padre di Giuseppe l'aveva raccontato, di fronte al caminetto del soggiorno, con una risata rabbiosa. Il giorno dopo Beatrice si era rivolta a Ignazio Florio, ma neppure quell'uomo ricco e influente aveva potuto nulla.

Alla fine, con discrezione, grazie alle entrature al ministero degli Esteri, era arrivato un trasferimento. Il barone venne semplicemente allontanato. Le lettere che spediva da Napoli gli tornavano indietro ancora chiuse. Le richieste di licenza cadevano nel vuoto. Calò l'inverno, come un velo di vergogna, e portò il silenzio.

Due mesi più tardi il barone lasciava la caserma di Napoli e saliva su un espresso notturno per Roma. Non aveva bagagli: solo un pacchetto di lettere di Giulia legate con un nastro rosso in una tasca, nell'altra una rivoltella carica.

La notizia dell'assassinio parve sconvolgere tutta la Sicilia. Quella primavera non si parlò che della corruzione di Giulia Trigona. Il treno che portava le sue spoglie a Palermo si fermò a Messina, a Cefalù, a Bagheria, sempre salutato da folle affrante, e da sindaci e vecchi consiglieri che portavano il lutto e promettevano a gran voce di regolare i conti. A ogni uscita in carrozza Beatrice si sentiva gli occhi di tutti addosso, non vedeva che passanti scoprirsi il capo in rispettoso saluto. Un pomeriggio di pioggia, Giuseppe curiosava nello studio del padre e in uno dei cassetti che non erano chiusi a chiave trovò un ritratto del barone ritagliato da un giornale: bello, occhi torvi, naso affilato e ciglia crudeli, bocca carnosa e sensuale. Aveva il volto di un uomo dominato dalle sue passioni.

Dopo la morte di Giulia, la madre cambiò. Dentro di lei una luce si era spenta, ma Giuseppe avrebbe impiegato una vita per rendersene conto. Dalla scomparsa della zia Lina erano passati due anni e a quel dolore la madre quasi non aveva retto. Erano cinque sorelle. Poi una perdita straziante, ed erano diventate quattro. Adesso erano rimaste in tre, ancora bellissime; ma quel nuovo lutto lacerò Beatrice, la piegò, le risvegliò dentro una furia che lei stessa non credeva di poter provare di nuovo.

Dapprincipio dava in escandescenze, piangeva, passava come un turbine per le stanze del palazzo. A poco a poco, però, parve placarsi e si chiuse in se stessa. Declinava gli inviti, rifiutava i biglietti da visita. Tirava le tende e sedeva sola, in penombra, meditabonda. Si negava a tutti, persino alla sorella Teresa, persino a Don Florio, che quando credeva fossero soli la chiamava per nome. Verso fine primavera a Palermo scoppiò un'epidemia di colera, e Beatrice fuggì. Portò Giuseppe al Nord, in Toscana; poi, senza avvisare nessuno, lasciò l'Italia e col figlio andò a trovare un amico di gioventù, uno scultore. Quell'uomo era spagnolo d'origine, ma viveva nel Sud della Francia, in Linguadoca; la sua villa fatiscente dominava un fiume dove guizzavano anguille, un mulino di pietra e dolci pendii coperti di fiori gialli e azzurri.

Dal padre non arrivò neppure una lettera. Giuseppe non sapeva se i suoi genitori si amavano, ma immaginava che un tempo fosse stato così.

Lo scultore si chiamava Ferri. Era sceso in paese con un barroccio carico di paglia, trainato da un mulo, e li aspettava al binario. Con il gilet di velluto a coste sopra la camicia e la pipa tra le labbra, sembrava un contadino.

Suo nonno combatté con Napoleone in Spagna, sussurrò la madre. Ma è figlio di una contessa.

Come devo chiamarlo? domandò Giuseppe.

Come lo chiamano tutti, Ferri.

Ferri era un omone, con una folta barba bianca, gli occhi verdi, grandi mani sporche di polvere di mattone rosso e pesanti come pietre. Era molto più vecchio di quanto Giuseppe avesse immaginato. Ah, principessa, disse, e la sua voce era come il fragore delle ruote di un carro su un lastricato. Eccoti finalmente in Linguadoca.

Ferri, lo salutò lei.

Ferri la guardò improvvisamente sopraffatto, le sopracciglia aggrottate fin quasi a unirsi sopra il naso. Poi le si avvicinò e la avvolse in un abbraccio, per un interminabile istante la strinse a sé come fosse una bambina. Intanto Giuseppe stava lì ritto accanto alla sua valigia e il facchino, indaffarato col resto dei bagagli, lanciava di sottecchi occhiate maliziose.

E questo dev'essere Giuseppe, disse infine Ferri, sciogliendo l'abbraccio. Che bel bambino! Ne avete passate di tutti i colori.

Non pensavo che la notizia fosse arrivata fin qui, commentò la madre desolata.

Tutto il mondo la piange, rispose Ferri, serio. Al che, presa la sua valigia, guidò Giuseppe verso il barroccio. Non ne parleremo, disse. Non oggi. Qui, qui c'è la vita. Per di là, indicò al facchino con voce tonante. Poi si rivolse a Giuseppe: Ti mostrerò le carabattole che faccio e mi dirai se secondo te valgono qualcosa, d'accordo?

Attraversarono piano la campagna mentre tutt'intorno le ombre si allungavano. Ferri parlava lentamente, sottovoce; Beatrice gli sedeva accanto, il capo poggiato sulla sua spalla. Giuseppe guardava altrove, imbronciato.

In un grande capanno ai piedi della villa, si aggirò tra le sculture di Ferri come per una strana foresta metallica, osservando quelle figure contorte: alcune erano inginocchiate, altre curve, come piegate da un vento impetuoso, senza volto, gigantesche. Sul pavimento erano sparse piccole maschere spigolose scolpite nella pietra; disegni e bozzetti ricoprivano un lungo tavolo di legno sotto una finestra. Di mattina Giuseppe faceva lunghe passeggiate per la campagna, pensando ai catari e ai crociati che secoli prima si erano affrontati su quel terreno sassoso. Nel Sud della Francia non era mai stato e il sole di giugno gli parve più dolce rispetto a quello siciliano. A volte si stendeva nell'erba alta e leggeva, tra lo zampettare e il ronzare degli insetti. Ma soprattutto aspettava, osservava la madre. La tristezza sembrava avvolgerle le spalle come uno scialle, e lei la portava addosso per le stanze della villa e nel patio, la sera, con una grazia nuova. Per la prima volta nella sua breve vita, Giuseppe la vide invecchiata. Ogni mattina Ferri si chiudeva nell'atelier e passava la giornata a modellare le sue sculture per comparire, calmo e arruffato, con la barba impolverata, nel tardo pomeriggio ancora caldo.

Qui hai trovato la felicità, gli disse la madre una sera, mentre sedevano sotto il cielo stellato. La luna crescente era una lingua sottile, alta a ovest, l'aria tiepida e immobile.

Giuseppe alzò gli occhi assonnati.

Ho trovato la felicità nel mio lavoro, rispose Ferri. Mi ci perdo. E mi basta.

A me nulla basta, confessò lei sottovoce.

È vero.

Giuseppe rimase con gli occhi chiusi, steso sulla panchina di granito che ancora tratteneva il calore del giorno.

Non credo che tornerò a conoscere la felicità, disse la madre, e si abbandonò a una risata stridula. Senti come parlo. Sono ridicola.

No che non lo sei.

Sì, invece, sono ridicola.

Ferri tacque.

Mi è mancata la tua amicizia. Non ho tanti amici a Palermo.

Hai l'ammirazione di tutti, Beatrice.

L'ammirazione non è amicizia. E tu lo sai.

Hai Teresa. Anche lei starà soffrendo.

Sì. E Maria.

Di lei che mi racconti?

È ancora nubile.

Ferri ridacchiò, poi si zittì. Dobbiamo abbassare la voce. Tuo figlio si è addormentato.

No, non sta dormendo, disse la madre. Giuseppe udì un frusciare di stoffa e lei gli sedette accanto, gli passò le dita tra i capelli. Aggiunse: Giuseppe ascolta tutto ciò che diciamo. Non è vero, tesoro?

E intanto lui teneva gli occhi chiusi, cercando con tutte le sue forze di rimanere immobile.

Una mattina di luglio Ferri li portò su per le brulle montagne che si ergevano a est, fino a un'altura che dominava la villa, dove sorgevano le rovine annerite di una fortezza catara. Nel Trecento i crociati l'avevano assediata e data alle fiamme, massacrando tutti gli eretici, e ora non ne restava nulla, solo blocchi di pietra rovesciati nell'erba alta e una torretta semidiroccata sull'orlo del burrone. Lo scultore stese una tovaglia all'ombra, da un cestino tirò fuori panini e una bottiglia di vino.

Un tempo sulla parete di roccia erano incisi dei nomi, disse. I nomi di quelli che furono intrappolati nella fortezza. Ma ora non si leggono più.

Dopo pranzo rimasero sdraiati, sul punto di addormentarsi nel calore del pomeriggio. Poi, guidandoli tra l'erba secca, Ferri li condusse per un sentiero sassoso lungo una gola. Continuarono a salire e, oltre un pozzo crollato, si trovarono di fronte un altro rudere. Erano i resti di diversi edifici, tutti ammucchiati. Giuseppe si soffermò a guardare le tre mura alte che restavano in piedi, senza tetto, le grosse travi bruciacchiate che marcivano nell'erba, le lucertole verdi svelte come saette.

Che cosa c'era qui? domandò la madre, facendosi strada tra bianchi fiori di campo.

Un monastero, rispose Ferri sorridendo. Vent'anni fa fu raso al suolo da un incendio. Alcuni dicono che sia avvenuto un miracolo. Altri che fu stregoneria. Mi piace venire ogni tanto, non c'è mai nessuno.

Che silenzio, disse Giuseppe.

Lei si chiamava Cleo di Carcassonne, aggiunse Ferri. C'è chi la considera una santa.

Beatrice annuì lentamente. La ragazza con le stimmate?

Ne hai sentito parlare?

Ai tempi i preti la menzionavano nelle omelie, rispose lei alzando le spalle. Ci ammonivano a non abbandonarci a... com'è che dicevano? Mostrò i palmi delle mani, sforzandosi di ricordare. Ah, sì, aggiunse poi, entusiasmi inappropriati.

Mmm. Alla Chiesa non piace la santità che sta fuori dalla sua ala.

Giuseppe si sentiva accaldato, si passò il braccio sulla fronte. Vide che la manica della camicia era madida. Alzò il capo: un falco volteggiava alto nel cielo, tra le correnti, un'immagine nebulosa nella luce forte.

Era una ragazza di quindici anni, disse Ferri. Una postulante. Non sapeva né leggere né scrivere. Il venerdì santo i palmi delle mani e le piante dei piedi cominciarono a pruderle, poi si arrossarono. La trovarono prona davanti all'altare, con le braccia aperte, le mani e i piedi sanguinanti. Aveva una ferita al costato.

Se l'era fatta da sola? domandò Giuseppe.

No.

Ma tu non ci credi, disse la madre. Ne sono sicura.

Giuseppe indietreggiò, tra le macerie e l'erba alta. Alle spalle di Ferri scorse la valle e il grigio fiume fiancheggiato dagli alberi, la villetta bianca e il capanno.

Che io ci creda o no poco importa, disse Ferri. Il punto è che qui è successo qualcosa, e non lo si può negare. L'invisibile è diventato reale. Ed è interessante.

È come nella tua arte, disse Beatrice a bassa voce.

Come scoppiò l'incendio? domandò Giuseppe. Non gli piacevano le occhiate che la madre lanciava a quell'uomo.

Ah. Ferri gli andò accanto, calpestando le tegole annerite, s'inginocchiò; poi affondò le mani nella terra e subito le sollevò, come fossero un setaccio. Tre giorni dopo il ritrovamento della ragazza, il lunedì dell'Angelo, il monastero bruciò. Le monache riuscirono a mettersi in salvo. I paesani raccontano che le fiamme erano verdi e si spensero subito dopo che fu crollato il tetto della cappella. Secondo alcuni, la superiora non aveva creduto al miracolo e l'incendio era una punizione. Secondo altri invece la ragazza aveva stregato il monastero e quel fuoco santo era stato mandato per purificarlo.

O forse, molto semplicemente, qualcuno nel sonno aveva rovesciato una lanterna, disse Beatrice.

Ferri sorrise, accarezzandosi la barba folta. Certo, è possibile.

In seguito, Giuseppe prese a fare lunghe passeggiate: costeggiava il fiume, attraversava i campi riarsi, e ripensava a quella gita tra le montagne, a quel monastero che agli occhi dei vivi era benedetto e dannato. Spesso durante il giorno la villa era deserta. La madre passava ore nel capanno a guardare Ferri intento a lavorare alle sue sculture e, tempo dopo, cominciò a uscirne avvolta in una vestaglia, con i capelli sciolti che le cadevano sulle spalle; allora Giuseppe capì che stava posando per l'artista, e che non doveva immischiarsi né farne mai parola.

Eppure non lo sfiorò il pensiero di interrogarsi sulla natura dell'amicizia tra la madre e Ferri. Era, per tanti versi, ancora molto piccolo. Era vissuto tra viaggi in treno e in carrozza da una villa a un palazzo a un albergo, e di ritorno a una villa, accanto alla madre che si ravviava i capelli, si sistemava un nastro vezzoso intorno alla scollatura; un bambino taciturno con gli occhi sporgenti, sempre con un libro in grembo. Sui gentiluomini che li accoglievano al cancello del loro palazzo, accompagnando la carrozza con la mano poggiata sul finestrino aperto, non si era mai fatto domande. Ma quell'estate le domande in qualche modo affiorarono. Sulla porta del capanno, guardava Ferri, guardava la madre andargli incontro leggera nella luce chiara e pensava alla zia, morta per mano dell'amante a Roma, e aveva paura.

Oh tesoro, disse una sera la madre con una risata, notando le occhiate sospettose che le lanciava. Non guardarmi a quel modo, non è come credi.

Ma aveva riso con eccessiva disinvoltura, pensò Giuseppe, e gli occhi erano rimasti seri.

L'estate avanzava, era ormai agosto, quando intuì che ciò che stava vivendo era importante e avrebbe segnato tanto la vita della madre quanto la sua. Non era capace di articolare quell'intuizione, non ancora. Ma seppure confusamente sapeva di poter ignorare i dolori e, così facendo, alleviarli. Sarebbe giunto a credere che quella capacità aveva qualcosa a che vedere con la timidezza, ma era la convinzione di qualcuno che, adagiandosi nelle proprie preferenze e avversioni, non trova motivo per cambiare. Da tempo sapeva che era capace di stare in mezzo alla gente e – assumendo un'espressione studiatamente composta, tenendo lo sguardo fisso a mezz'aria – allontanare chiunque, e gli piaceva credere di saper fare altrettanto con i dolori. Eppure quel dolore che ardeva nel petto della madre non riusciva a ignorarlo.

L'ultima settimana di agosto il tempo cambiò: il caldo perse vigore, sembrava salire dalla terra. Un pomeriggio Giuseppe scese al capanno in cerca della madre e trovò le grandi porte chiuse. Udì mormorii provenire dall'interno e allora, con il cuore che gli batteva all'impazzata, si avvicinò di soppiatto alla lunga finestra.

La madre stava adagiata su una chaise longue portata dalla villa. Ferri invece sedeva su una piccola sedia di legno, messa al contrario, con le braccia incrociate sull'orlo dello schienale e le possenti spalle curve. Aveva indosso una canottiera lurida, il viso rosso era imperlato di sudore.

Tenendosi un fazzoletto davanti al naso, la madre piangeva. Non l'ho messa in guardia, disse. Potevo fare di più.

Che cosa potevi fare? ribatté Ferri con la sua voce bassa, profonda. Giulia non ti avrebbe dato retta, lo sai. Era come te, seguiva il suo cuore.

No, non stava seguendo il suo cuore.

Lo dici tu.

Ferri, non poteva scegliere uomo peggiore. Dio mio. Era una carogna.

Questo è vero.

Maria la implorava di non vederlo più. Un giorno mi disse che tutte quelle chiacchiere le rovinavano la reputazione, che nessuno l'avrebbe sposata, visto come si comportava Giulia.

Ferri tossicchiò. Via, Beatrice, era una tresca. E Giulia non è la prima sorella che tradisce il marito. Persino a Palermo.

Ah!

Non fraintendermi, parlavo in generale.

Ma hai ragione. È vero, ho anche quella colpa.

Giulia è la vittima di questa tragedia. E il colpevole è釘Paternò del Cugno. Questo voglio dire. Tua sorella Maria dovrebbe tenerlo a mente.

La madre alzò il capo. Attraverso la finestra impolverata aveva l'aria indifesa, il viso lacrimoso e arrossato. Teneva lo sguardo fisso sul muro.

Abbiamo fatto pubblicare degli articoli sui quotidiani, disse. Perché fosse chiaro che Giulia era innocente, che il barone viveva alle sue spalle.

È la verità.

Dici?

So com'era fatta. Me lo ricordo.

Ferri, Giulia smaniava per quel farabutto. Era indecente. Tu non l'hai vista.

Non meritava di morire in quel modo.

La madre chinò il capo, torcendo il fazzoletto tra le dita.

Giulia era una luce del mondo, Beatrice, aggiunse Ferri, e la voce era bassa, colma di dolore. Una luce che non doveva spegnersi.

Sono furiosa con lei, mormorò la madre. E non so che farci.

Lo so.

Certi giorni la odio, sibilò torcendo la bocca. La odio e sono contenta che sia morta.

Molti anni più tardi, vagando pensieroso in un parco alle porte di Parigi, sotto il cielo azzurro d'autunno, Giuseppe ripensava a quei giorni in Linguadoca, al dolore feroce che aveva indotto la madre a rifugiarsi lì, e d'un tratto gli venne in mente un dettaglio che lo disorientò. La zia Giulia aveva cominciato a frequentare Paternò del Cugno lo stesso anno in cui Lina era morta sotto le macerie della casa dov'erano cresciute. Giuseppe non aveva mai pensato all'eventualità che a spingerla tra le braccia del barone fosse stato quel lutto. Aveva sempre creduto che Giulia invidiasse la sorella maggiore per le passioni che coltivava con discrezione, e che spinta da quell'invidia si fosse smarrita. Giulia aveva desiderato vivere come Beatrice, Giuseppe ne era stato convinto per molti anni. Ma ora si domandava se fosse vero. La zia aveva conosciuto l'amore con il barone, prima che la tristezza le infettasse il cuore? Camminava tra gli alberi spogli, lo scricchiolio della ghiaia sotto il bastone a scandire i suoi passi. Strinse la sciarpa intorno al collo.

D'un tratto si accorse di aver cercato con tutte le sue forze di sottrarsi allo stesso destino. Le sorelle Cutò agognavano passioni divoranti, ne erano diventate succubi, mentre lui le aveva sempre rifuggite, e ora si domandava se non fosse dipeso dai fatti di quella primavera del 1911. Eppure il sentire profondo secondo il quale viveva la madre restava per lui un mistero, il tassello mancante che gli impediva di conoscerla fino in fondo. Smarrito, la fissava, ma gli appariva come avvolta nella nebbia e non riusciva a guardarle dentro.

Gli piaceva figurarsi la madre e le quattro sorelle durante l'infanzia a Bagheria. L'echeggiare delle loro risate in giardino. L'acciottolio dei piatti e le mezze frasi a cena, quando da ragazze si raccontavano le avventure della giornata. Erano state educate al sapere e al libero pensiero e avevano imparato a dipingere, a suonare il pianoforte nel salone da ballo, a sedere con grazia nel palco del teatro di famiglia durante gli spettacoli degli attori girovaghi. Ma a tarda sera, immaginava Giuseppe, dopo che si spegnevano le luci, chiacchieravano sottovoce, s'infilavano l'una nel letto dell'altra, rivivevano le strane storie narrate in quei libri moderni che venivano da Vienna, Parigi, Londra, da un altro mondo. Avevano imparato a ballare l'una tra le braccia dell'altra, bisticciavano sui versi d'amore di Petrarca e di Dante, detestavano tutte l'opera. Nei salotti di Parigi, scortate dalla governante francese, avevano ammirato quei bizzarri nuovi quadri che i critici chiamavano impressionisti, restandone stupite e commosse. Ovunque erano le benvenute. Di famosa bellezza, erano argute, ironiche, innamorate della propria intelligenza, e tra loro la madre splendeva più di tutte. Gli piaceva figurarsela, una bambina di forse undici anni, sullo sgabello davanti al pianoforte con la sorella Giulia di quattro anni, intenta a insegnarle le note, le loro risate che si rincorrevano, le teste chine che quasi si sfioravano. Ecco. E intanto Lina, che di anni ne aveva otto, girava le pagine dello spartito con fin troppa grazia, come se tutto il mondo assistesse a quel concerto; e Teresa, sdraiata sul divano, alzava gli occhi dal suo libro mentre Maria, la piccolina, strepitava nella culla e il sole inondava la stanza.

Ma ciò che Giuseppe più amava immaginare era la villa, dopo che le sorelle erano scese in giardino, la luce dell'inverno che filtrava dalle tende, i cigolii delle pesanti porte. Chiudeva gli occhi e cercava di immaginare quegli ambienti dove un momento prima c'erano le bambine, il vuoto che avevano lasciato.

I vestiti e i cappellini abbandonati sui letti, il lento ticchettio della pioggia sulle finestre di una veranda, al piano di sopra.

I lunghi pavimenti lucidi nella casa silenziosa.

Ecco.

Rimasero nella villa di Ferri in Linguadoca fino all'autunno e non fecero ritorno in Sicilia che a novembre.

A Roma trovarono un mucchietto di lettere legate con una cordicella, ognuna in attesa di risposta, le buste rinsecchite dal caldo. La madre le aprì e le lesse in silenzio mentre proseguivano il viaggio verso sud in treno, le mani bellissime le tremavano. Le notizie erano sconvolgenti. Vincenzo Paternò del Cugno non era morto. Dopo nove mesi in una clinica privata si era ristabilito e l'avevano rinviato a giudizio per l'omicidio di Giulia Trigona. Il processo si sarebbe tenuto a Roma, all'anno nuovo, e Beatrice era convocata come testimone. Giuseppe si strinse le ginocchia al petto sulla poltrona di velluto e le posò la testa in grembo; guardava le nuvole sfilare di là dal finestrino, sentiva il rombo del treno sotto le gambe della madre. Non fiatò. L'orrore che paralizzava la madre gli risuonava nel cuore come una campanella, ed era assordante. Sentì che lei si lisciava i capelli e la guardò: teneva gli occhi fissi sul paesaggio, i colli a sud di Roma; poi il treno infilò una galleria, lampi di luce e buio le danzarono sul volto e, tutto a un tratto, lui capì di essere stato completamente dimenticato.

Il contegno calmo della madre lo sorprese. Quando scese dalla vettura a noleggio nel cortile di via Lampedusa, il colorito cereo, il portamento regale, si sfiorò i capelli, come presa da un'improvvisa insicurezza, poi sfilò davanti ai domestici schierati ad accoglierla, concesse un abbraccio al marito e varcò la soglia. Il cielo era nero, freddo. Giuseppe non udiva che il guaito dei cani nella cuccia. La Linguadoca, il volto abbronzato di Ferri gli sembrarono lontanissimi. Si sentì sollevato. In quell'istante capì che in cuor suo quasi si aspettava che la madre facesse una scenata, che inveisse contro il barone, imprecando e strepitando, giurando che non si sarebbe presentata al processo; poi pensò che le escandescenze della madre le trovava riprovevoli, e quel giudizio gli parve una sorta di tradimento. L'infanzia stava per finire, l'avrebbe capito dopo, e quei giorni si sarebbero rivelati gli ultimi della sua prima felicità.

Il processo a Roma fu un calvario. La madre dovette essere presente mentre si leggevano le lettere d'amore della sorella. I quotidiani non si lasciarono sfuggire l'occasione di pubblicarle. Nel ritratto che ne dipinse la difesa di Paternò del Cugno, Giulia Trigona era una poco di buono, una donna spregiudicata, traviata, come le bellissime sorelle, da un ambiente famigliare di stampo liberale, dall'educazione europea. Venne a galla l'amore appassionato che un tempo Giulia aveva nutrito per il barone. E anche il matrimonio di Beatrice finì al centro dell'attenzione; nelle lettere, infatti, Giulia alludeva velatamente alle questioni sentimentali della sorella, e sulla stampa siciliana le ipotesi si sprecarono.

Più doloroso fu per Beatrice ascoltare le lettere che Giulia e il barone si erano scambiati dopo che la relazione si era incrinata. Non aveva idea che Paternò del Cugno fosse diventato tanto minaccioso, tanto terribile. E non si era resa conto del terrore e della disperazione che attanagliavano Giulia. Al sentire quelle parole lette a voce alta nell'aula gremita del tribunale, pensando a quant'era riservata la sorella, scoppiò in lacrime. E il giorno dopo i giornali la ritrassero piangente.

Il processo proseguiva, e i pubblici ministeri ricostruirono la dinamica del delitto. Non esitarono a soffermarsi sui dettagli più intimi, a raccontare che in quella camera d'albergo Paternò del Cugno e Giulia Trigona avevano fatto l'amore per l'ultima volta. Allusero alla paura di lei, incapace di respingere l'ex amante furibondo, all'eventualità dello stupro. Spiegarono con quanta efferata violenza il coltello era affondato nella schiena di Giulia e come, cadendo sul letto disfatto, lei si era voltata e aveva offerto la gola all'assassino. Dissero che lui le si era seduto sopra a cavalcioni per finirla. E indugiarono su quanto tempo ci era voluto perché morisse.

La madre di Giuseppe non rimase a Roma ad aspettare la sentenza. Fece ritorno a Palermo per affrontare un'altra tragedia. In preda alla vergogna e al dolore per l'omicidio di Giulia e per i dettagli scabrosi emersi dal processo, la sorella minore Maria si era tolta la vita. Il funerale si tenne nella chiesetta di Bagheria, alla sola presenza di Giuseppe e della madre. Poiché era morta suicida, il prete non acconsentì alla sepoltura in terreno consacrato e quella crudeltà parve a Giuseppe, per quant'era meschina, l'aspetto più straziante della vicenda.

L'ultima settimana del giugno 1912, il barone Vincenzo Paternò del Cugno fu giudicato colpevole dell'omicidio di Giulia Trigona. Lo condannarono all'ergastolo e a cinque anni di isolamento.

Era finita. Non era finita. Non poteva finire.

Una vita più tardi, leggendo il romanzo, la moglie fu colpita dal ritratto straordinariamente preciso che ne affiorava di una persona d'alto rango, complessa, colma di tristezza e di esitazioni di fronte alla tragedia, e glielo fece notare con garbo.

Lui se ne sorprese. Ma, rileggendo a sua volta quelle pagine, si rese conto che era vero. Che Licy, nonostante il loro rapporto travagliato, avesse riconosciuto la madre nel principe altero e infelice lo commosse profondamente. Ricordò la stazione di Palermo gremita di gente che aveva visto quattordicenne, la folla in lacrime, la bara lucida della zia ricoperta di fiori che veniva scaricata dal treno. Il riverbero del sole d'inverno sui finestrini delle carrozze era stranamente bello. Il padre e la madre erano rimasti in disparte, lontani l'uno dall'altra, e lui aveva fissato il profilo della madre pensando che anche nel cordoglio era splendida.

Non immaginavano che cos'avesse in serbo la vita per loro. Assistere al lento, lungo ritorno delle spoglie della sorella in Sicilia era stato per la madre come vedere, in una stanza dirimpetto, una candela che si spegneva, pensava adesso Giuseppe: il buio che ora c'era lì dentro era nuovo e strano, più fitto senza quella luce che fino a un momento prima brillava. Ma il buio che c'era fuori, tutt'intorno, quello era immutato.

I GUAI DI DON GIUSEPPE
Parte seconda

Maggio 1956

Per tutto l'inverno i guai di Giuseppe non avevano fatto che aumentare. Le nuove pagine che aveva scritto non lo convincevano. Era arrivata la pioggia: da fitta era diventata debole, e picchiettava appena sulla terrazza fuori dalla finestra, ma poi aveva ripreso a sferzare le persiane, scrosciante. Seduto alla scrivania con una coperta sulle gambe, lui scriveva fino a farsi indolenzire la mano; allora si fermava a guardare il cielo freddo oltre la finestra e ancora più in là il mare, con le braccia conserte e le mani sotto le ascelle, l'umore nero, i pensieri ancora a rincorrersi, le frasi ad affastellarsi in testa. Era vecchio, veramente vecchio; come mai prima avvertiva il peso degli anni. Aveva sempre l'affanno. Gli dolevano le articolazioni. Chinandosi, sentiva la pancia che si ammassava in grosse pieghe mollicce.

Con Alessandra erano liti continue. Ora che l'anno volgeva al termine, i pazienti sospendevano le sedute serali e avere più tempo libero la rendeva irritabile. Per le strade l'aria era pungente. A dicembre si guastò il riscaldamento del palazzo, nonostante l'avessero rimesso a nuovo, e la canna fumaria di uno dei due caminetti si spaccò; quando provarono ad accendere il fuoco, un fumo nero e acre invase le stanze e ristagnò a lungo. Nella luce grigia del mattino, mentre era immerso in un libro, Giuseppe scorgeva un'ombra che gli si insinuava tra le dita. La sera chiudeva gli occhi con un sospiro, e quell'ombra finalmente sfumava. Il venticinque arrivò e passò senza gioia: cenarono soli, senza scambiarsi neppure una parola. A rompere il silenzio furono un colpetto di tosse, lo stridio delle posate sulla porcellana, un canto natalizio in lontananza, da qualche altra casa della strada, quando Giuseppe si alzò per prendere il vino. Erano soli dall'inizio del mese: Giò e Mirella erano andati a Napoli, Orlando era partito per Siracusa, e a Capo d'Orlando i Piccolo guardavano tristemente il mare dalle finestre della villa e non scrivevano.

Quell'inverno cercò di parlare alla moglie dell'enfisema due volte. La prima, a inizio dicembre, andò da lei in cucina.

Licy, amore. Devo dirti una cosa. Ha a che fare con il dottor Coniglio.

Presa ad affettare una cipolla, il coltello che batteva ritmicamente sul tagliere come se si muovesse da solo, Alessandra alzò gli occhi.

Ma proprio allora si sentì squillare il telefono in un'altra stanza del palazzo, e così lei si pulì le mani sul grembiule. Sono subito da te, disse energica.

Era una socia del Soroptimist Club, che aveva notizie importanti da comunicare; quando capì che la telefonata sarebbe andata per le lunghe, Giuseppe fissò mesto la cipolla mezza affettata e i vasetti di sardine, dopodiché se ne andò.

Ci riprovò dopo Natale, mentre un autista li portava alla grotta di Santa Rosalia, sul monte Pellegrino. All'arrivo trovarono una processione di ombrelli che avanzava lentamente nella luce plumbea. Ma in quel cupo pomeriggio bagnato da una pioggia battente – prima in automobile, poi tra i penitenti e i visitatori che affollavano il santuario – non furono mai soli e Giuseppe non riuscì a dare voce ai suoi pensieri.

All'anno nuovo Alessandra ebbe una brutta laringite. Fu costretta a letto per giorni, scossa dai brividi della febbre, e Giuseppe le stava vicino, la aiutava a bere accostandole un bicchiere d'acqua alle labbra, le leggeva *Il Circolo Pickwick*. Lei scopriva i denti in un sorriso, ma non diceva una parola. Ogni tanto chiudeva gli occhi, si appisolava. Quando poi fu Giuseppe ad ammalarsi, Licy, ancora debole, gli sedeva accanto avvolta in una pesante coperta e cantava per lui, come aveva fatto nei primi anni di matrimonio. Una montagna di carne, i capelli sottili madidi, il petto scosso dalla tosse sotto le coperte, Giuseppe ascoltava mentre la luce invernale scivolava lungo le pareti della camera da letto come un'apparizione. La sera, dalla biblioteca, gli giungevano le note delle sonate per pianoforte di Mozart, il fruscio del grammofono, e lui chiudeva gli occhi, tremava, incapace di scaldarsi.

A febbraio la vecchia stufa si guastò e lui stette chino sul libro dei conti, a sommare i numeri incolonnati; la settimana dopo Licy comprò una stufa a gas nuova. Due giorni più tardi, si sentirono la testa vuota e persero i sensi; li salvò una finestra della camera da letto che era rimasta accostata. Poi fecero riparare la perdita di gas, la stufa nuova riprese a funzionare, e infine la morte fece le valigie e se ne andò altrove.

I mesi passavano.

Nel frattempo Giuseppe scriveva, si avvicinava a quella che considerava la fine. Il romanzo avrebbe avuto quattro capitoli: li aveva rivisti e ora erano più densi, più serrati. Dalla visita alla chiesa madre e al monastero di Palma dell'autunno prima aveva tratto una chiave per andare avanti: ora immaginava che il romanzo avrebbe abbracciato tre periodi di venticinque anni della storia della famiglia Salina. Il primo capitolo narrava una giornata del 1860, durante lo sbarco dei Mille a Marsala; nel secondo, che era nuovo ed era ambientato nei mesi immediatamente successivi, i Salina soggiornavano nel palazzo di campagna di Donnafugata. Durante l'inverno Giuseppe aveva messo mano a una terza sezione, dedicata alla morte del principe, nel 1883. Ma poi, quando se n'era allontanato, si era reso conto che le tre parti non legavano bene, e allora era approdato alla vera conclusione della storia: nel 1910 l'ormai vecchia signorina Concetta faceva esaminare la sua collezione di reliquie, accettando dispiaciuta il verdetto che le dichiarava fasulle.

Il tempo si condensava nel romanzo, aveva notato Giuseppe sorpreso, il risultato era completamente diverso da quello che si era proposto di ottenere al principio.

Spesso si trascinava in cucina in vestaglia, le frasi che si andavano componendo in testa, allora prendeva una matita e un foglio e le annotava prima di tornare nella biblioteca piccola per continuare. Quelle pagine non gli davano pace.

Licy lo guardava, un'ombra sempre più scura a contornarle gli occhi.

Una sera di marzo Giuseppe prese i quaderni e andò dalla moglie. La trovò nella biblioteca storica, dove le piaceva leggere i suoi casi clinici, un calice di vino denso a portata di mano. Sedette e le sorrise. Non aprì i quaderni. Si sentiva trasparente, leggero, sperduto.

Hai finito, disse lei d'un tratto. Il tono non era interrogativo.

Giuseppe si rese conto che non riusciva a parlare, accennò un sì.

Leggimele, disse lei mettendo da parte il lavoro. Leggimi le tue pagine.

Quando cominciò, sentì che quei periodi lo avvincevano, lo dominavano, come quando li aveva scritti. Di tanto in tanto si fermava per cambiare una parola o cancellare una frase – Licy aspettava in silenzio, il respiro regolare come se dormisse – poi rileggeva tra sé e sé prima di ricominciare.

Col passare dei mesi, del suo romanzo si era fatto un'idea che ora, rileggendolo completo, gli dava da pensare. Quella prima sera, dopo che le aveva confidato le proprie intenzioni, Licy gli aveva dato una carezza, lo aveva ammirato per il coraggio che dimostrava proponendosi di creare una cosa nuova. Adesso però a sorprenderlo era la certezza, sempre più salda, di stringere tra le mani non una cosa nuova ma antica; di non essere stato lui a dare forma al romanzo, ma di averlo solo aiutato a prendere forma. Era stato il romanzo a pretendere di esistere, non lui a volerlo creare. A poco a poco aveva cominciato a declinare inviti, disertare cene e serate al cinema, preoccupandosi poco di ciò che avrebbero pensato i suoi vecchi amici. Per i primi dodici mesi di scrittura, non aveva confidato a nessuno che cosa lo occupava; forse in sua assenza lo aveva fatto Licy, anche se nulla lo induceva a crederlo. Quei pensieri si rincorrevano nella sua mente mentre leggeva piano, con attenzione, le lettere spigolose in inchiostro blu. Il principe attraversava le pagine a grandi passi, il contegno grave, cercando nella carne una sostanza spirituale ma invano, perché non c'era, e Giuseppe, ascoltando, si scopriva commosso dalle proprie parole.

Quando ebbe finito, incontrò gli occhi di Alessandra che lo scrutavano severi. Aveva letto ad alta voce per ore e lei, che era rimasta immobile per tutto il tempo, ora sedeva silenziosa, con accanto il calice di vino ancora pieno. Lo fissava con gli occhi socchiusi, e lui d'un tratto si sentì uno sciocco.

Be', non è Stendhal, disse con un sorriso triste. Ma forse può andare.

Alessandra, quasi con rabbia, ribatté: È un capolavoro, Giuseppe. Un capolavoro.

Lui si accorse che gli bruciava la gola, gli doleva il petto. Quel complimento e l'aria seria della moglie lo fecero arrossire. Bofonchiò qualcosa sul fatto che il suo era un romanzo strano.

Non strano, lo corresse lei. Singolare. È ben diverso. Che cosa vuoi farne adesso?

Ah, be'.

Va da sé che bisognerà pubblicarlo. Serve una bella copia, un dattiloscritto.

Non penso di poter…

Si capisce, non puoi farlo da solo. A chi possiamo chiedere? Non a Giò. A Orlando?

Giuseppe esitò un momento, poi fece segno di no. A Mirella.

Oh sì, commentò Alessandra soddisfatta. Certo, a Mirella.

Allora Giuseppe provò una felicità che non conosceva. Distolse lo sguardo, cercando di nascondere l'intensità di quell'emozione.

È un romanzo meraviglioso, ripeté Licy, giocherellando con gli anelli.

Giuseppe raddrizzò le spalle, contento, perché dentro di sé sentiva che era vero. Le frasi avevano forza, fluidità, e quando cercava di sfrondarle non si lasciavano toccare. Questo però lo tenne per sé, temendo che suonasse stonato.

Non mi piace, disse Licy tornando a parlare come d'abitudine in francese, non mi piace la fatica che ti è costato. Sono contenta che sia finito. Mi è spiaciuto vederti tanto debole.

Giuseppe abbassò il mento, le lanciò un'occhiata divertita. Pensava che scherzasse. Debole! Se con un dito potrei sollevare la ruota di un carro.

Una ruota di formaggio, vorrai dire.

Le sorrise, pulendo gli occhiali con la punta della cravatta. Magari il dottor Coniglio mi metterà a pane e acqua.

Vedremo.

Lui non replicò. Guardandola si rese conto che parlava sul serio.

Non sto morendo.

Mi rincuora molto.

È solo un po' di tosse.

Una tosse che dura tutta la notte. E la mattina fai fatica a respirare. Ti sento. Giuseppe, un morto non ce la fa a finire una frase.

Già, ci pensa qualcos'altro a finirla.

No, non prenderla alla leggera.

Mostra al mondo un figlio di Dio, disse dolcemente chiudendo i quaderni e poggiandoseli sulle cosce, e il mondo gli mostrerà una croce. Dobbiamo tutti pagare un prezzo per le nostre passioni.

Freud coniò una parola per queste sciocchezze, disse lei con una smorfia.

San Pietro pure.

Quindi, ora che hai finito, hai intenzione di prendere un appuntamento con il dottor Coniglio?

Sedeva su un divano che avevano recuperato dalla casa di via Lampedusa, imperiosa, forte, bellissima, e teneva in grembo Crab, le piccole costole che si muovevano al ritmo veloce del respiro. Era avvolta in una vestaglia rosso sangue, i capelli neri screziati di bianco le cadevano sulle spalle. D'un tratto le si illuminò il viso. Se muori, disse dolcemente, morirò anch'io, amore. Tienilo a mente.

Allora lui distolse lo sguardo, colmo di vergogna.

Quella sera, mentre si svestiva nella camera fredda e s'infilava nel piccolo letto, quasi per la prima volta si concesse di fantasticare sull'accoglienza che avrebbe ricevuto il romanzo. Cercò di scacciare dai suoi pensieri l'enfisema, i sospetti di Licy. Da tanto tempo ormai si diceva che la scrittura era solo una distrazione, un divertimento, che non gli importava pubblicare né tantomeno ricevere il favore della critica. Adesso, però, voltandosi verso la parete, scrutò il buio e tra le crepe dell'intonaco vide la sconfinata ammirazione del mondo letterario. Gli venne in mente che una strada per pubblicare poteva essere proporre il romanzo all'editore milanese di Lucio. Il catalogo era ricercato e se aveva accolto i versi di Lucio, allora probabilmente avrebbe potuto accogliere anche il suo romanzo, in fondo non erano poi tanto diversi. Gli piaceva figurarsi un redattore, un uomo qualunque, seduto alla scrivania davanti a una pila di manoscritti che, messo da parte un lavoro urgente, leggeva il suo romanzo per dargli il tocco finale. Il volto era lungo e magro, l'espressione sensibile, gli occhi grigi, incorniciati da rughe sottili. In maniche di camicia, girava le pagine con delicatezza, con cura. Tutto preso dal lavoro, non si sarebbe accorto che la luce del pomeriggio si andava smorzando. A quel pensiero Giuseppe sorrise. Gli tornarono in mente gli scrittori che aveva conosciuto a San Pellegrino Terme e immaginò di incontrarli di nuovo: questa volta si sarebbero accorti del suo arrivo e l'avrebbero avvicinato, con disinvoltura, con gentilezza, per complimentarsi. Di quegli uomini aveva visto l'invidia, ma anche l'entusiasmo con cui accoglievano le opere di cui si riconosceva il valore. Si girò dall'altra parte, di nuovo cambiò posizione, sentendo sussultare il vecchio materasso. Aveva i piedi freddi. La finestra era aperta, le tende si gonfiavano, bianche e spettrali nella notte. A quei letterati avrebbe stretto la mano, sorridendo, senza dire che si erano già conosciuti. E Lucio, come avrebbe reagito di fronte al suo successo? Un grosso camion passò lento in strada. Giuseppe non si alzò a chiudere la finestra: rimase immobile, le mani sotto le ascelle, a sognare a occhi aperti.

Era un pomeriggio di pioggia quando Giuseppe si alzò dal tavolino del Mazzara, dov'era rimasto diverse ore a scrivere, e si sentì la testa stranamente vuota, ricadde sulla sedia. Avvertiva un dolore lancinante. Teneva gli occhi chiusi, ansimava. Accorse un cameriere, che allontanò il tavolo e lo aiutò ad allentare la cravatta. Un giovane che sedeva accanto chiamò un dottore. Un altro cameriere s'affrettò a portare un bicchiere d'acqua. Piano piano, gradualmente, Giuseppe riacquistò lucidità, il respiro gli si fece di nuovo regolare; allora prese cappello, cappotto e libri e, in preda all'imbarazzo, andò via in gran fretta.

L'indomani mattina telefonò al dottor Coniglio, che gli diede appuntamento dopo qualche giorno per un'altra spirometria. Il macchinario era diverso rispetto alla volta prima, più grande: era uno spirometro da tredici litri con un dispositivo per la registrazione, lasciato in Sicilia dall'esercito americano e comprato di seconda mano. Giuseppe doveva soffiare l'aria in un tubo di acciaio, perché si potesse valutare la capacità vitale e misurare il flusso espiratorio. Gli fece l'esame un assistente e solo una settimana più tardi, quando i risultati furono pronti, rivide il suo dottore. Coniglio entrò nello studio da una piccola porta laterale, i capelli folti e lucidi, la barbetta ben tagliata, il corpo tonico e snello nonostante l'età. Portava un gessato blu confezionato a Milano, giacca doppiopetto e pantaloni con le pince, e a Giuseppe parve quindici anni più giovane. Il dottore gli strinse energicamente la mano, dopodiché gli fece segno di accomodarsi sul lettino nell'angolo.

Giuseppe si arrotolò una manica. Ritenne inopportuno chiedere al dottore notizie della moglie e aspettò che fosse lui a dirgli se era tornata da Marsiglia; ma il dottore non disse una parola, e così per un po' nello studio regnò il silenzio. In presenza di quell'uomo, Giuseppe si sentiva irresoluto, lento, vecchio. Coniglio gli misurò la pressione, gli bussò con due dita sulla schiena, gli poggiò il disco freddo dello stetoscopio sulla camicia. Poi gli chiese di salire sulla bilancia, e fece scivolare i pesetti da una parte all'altra. Conclusa la visita, invitò Giuseppe a rimettersi la giacca.

Infine parlò con un tono deciso che non aveva mai avuto e a Giuseppe fu chiaro che intendeva fargli capire bene quant'era grave la situazione.

L'esito della spirometria è preoccupante, disse. Le sue condizioni sono peggiorate. Ma immagino che questo lo sappia già.

Giuseppe rimase calmo. Sì, lo sapeva già.

Coniglio accese la piccola lampada da scrivania. Come si sente?

La respirazione è faticosa.

Non ha rinunciato alle sigarette.

Ah, i sigari non mi sono mai piaciuti.

Coniglio rimase impassibile. Vedo che ha messo su peso. Le è venuta la tosse?

Giuseppe fece segno di sì.

Ce l'ha sempre?

Sì, tranne quando fumo.

Coniglio si tolse gli occhiali, si stropicciò gli occhi, la luce arancione della lampada gli disegnava sul viso strani giochi di ombre. Don Giuseppe, temo che lei non prenda sul serio la sua malattia.

Giuseppe sentì che il sorriso gli si spegneva.

È molto vulnerabile alle infezioni batteriche, ed è questo che mi preoccupa. È facile che le venga una polmonite o una bronchite. Perché non ha smesso di fumare? Mi dica, vuole morire?

Era una domanda retorica, evidentemente. Giuseppe tacque: il tono del dottore lo irritava ma non batté ciglio, le mani strette sul pomello del bastone che teneva tra le gambe. Guardò fuori dalla finestra: pioveva.

Mi preoccupa, aggiunse Coniglio, l'eventualità di un collasso espiratorio dinamico delle vie aeree.

Ah.

Dobbiamo prendere provvedimenti per consentirle di respirare naturalmente, quanto più a lungo possibile.

Sì.

Vorrei che facesse una radiografia.

Per un attimo Giuseppe si corrucciò. Aveva un'idea soltanto vaga di che cosa fosse quell'esame, ma che qualcuno gli fotografasse l'interno del corpo non gli piaceva, gli sembrava indecente. Sapeva, però, che Coniglio lo considerava un paziente da trattare con ogni riguardo e, pur avendo sempre un atteggiamento molto professionale, era attento alle sue reazioni.

E infatti, con calma, con dolcezza, come se ci avesse ripensato, disse: Forse al momento la radiografia non è indispensabile. Piuttosto possiamo cominciare una cura farmacologica.

Giuseppe annuì, serio.

Le prescrivo compresse di teofillina. Negli Stati Uniti hanno dimostrato che la teofillina è efficace nel mantenere aperte le vie respiratorie. Le mandi giù con l'acqua. Ma stia attento a non associarle ad altri farmaci, è importantissimo. E assuma solo la dose che le prescrivo. Una concentrazione troppo alta di teofillina nel sangue può essere pericolosa.

Capisco.

Voglio essere molto chiaro, Don Giuseppe. Non esistono cure per l'enfisema. Ma esistono modi per rallentarne il decorso e condurre una vita normale. Non è una condanna a morte.

A meno che non diventi un tumore.

Non è così che funziona, ribatté Coniglio con un sorriso tirato.

Non degenera in un tumore?

È possibile che le venga un tumore ai polmoni. Ma non per via dell'enfisema.

Giuseppe guardò il pomello del bastone poi, d'un tratto speranzoso, alzò gli occhi. Quindi l'enfisema causa un semplice fastidio respiratorio? domandò.

Un semplice fastidio? No, non direi.

Ma non mi ucciderà.

L'enfisema evolverà e man mano i suoi disagi peggioreranno. Ma il vero pericolo sta nelle complicanze. Le complicanze sì che possono ucciderla. Ed è per questo, Don Giuseppe, che lei deve avere un ruolo attivo nella gestione della malattia. Smettere di fumare è il primo passo, e il più importante. Ma deve anche evitare fatica e preoccupazioni, mangiare meno, fare più movimento.

Giuseppe sentì la speranza affievolirsi inesorabilmente, come la luce dietro una porta che si chiude.

Vedo che è di nuovo solo. Non si è fatto accompagnare dalla principessa?

No.

Coniglio congiunse le mani davanti a sé, poi si sistemò gli occhiali. Infine disse: La principessa è al corrente della diagnosi?

Non ho voluto darle motivi di preoccupazione.

Don Giuseppe, va da sé che non posso entrare in questa faccenda.

Si capisce.

Ma posso permettermi di farle notare, con tutto il dovuto rispetto, che non può tenere nascosta la malattia? In un modo o nell'altro, la sua vita cambierà, è inevitabile. E prima o poi la principessa dovrà sapere.

Giuseppe si accigliò. Voleva dire che quelli erano affari suoi; voleva alzarsi, prendere cappello e cappotto dall'attaccapanni vicino alla porta, sistemarseli sul braccio e dire chiaro e tondo al dottore che aveva passato il segno. Enfisema o non enfisema, era ancora il principe di Lampedusa.

Invece rimase seduto, in un silenzio imbronciato.

Se anche aveva notato quel cambio d'umore, Coniglio fece finta di nulla. Allungò una mano verso un cassetto della scrivania.

Questo l'ho fatto stampare a Roma, disse.

Mostrò i denti bianchi e forti in un sorriso. Aveva preso un opuscolo illustrato che spiegava come parlare con i propri cari dei problemi di salute, e ora leggeva a voce alta, prendendosi la briga di scandire bene le parole, Giuseppe non poté fare a meno di notarlo.

Alla fine, si diceva a volte, conta solo ciò che si è fatto e ciò che non si è fatto. A questo si riduce una vita, questo è ciò che ne resta. Uno come Coniglio aveva fatto tanto, e tutti coloro che avevano ricevuto il suo aiuto l'avrebbero ricordato. Ordinando la costruzione della cattedrale e donando il palazzo di famiglia alla Chiesa, i Tomasi si erano resi immortali a Palma di Montechiaro. Non importava che genere di persone fossero e, allo stesso modo, non importava che Coniglio fosse presuntuoso, egoista, ambizioso. Il suo carattere, la persona che era, il tempo avrebbe cancellato tutto; ma la reputazione sarebbe rimasta. Giuseppe, invece, una reputazione non ce l'aveva. Si rendeva conto che aveva sempre evitato ogni gesto che attirasse l'attenzione o meritasse d'essere ricordato. Uscito dal gabinetto medico, si unì ai tanti che salivano sull'autobus, mentre altri si accalcavano per entrare; scendeva una pioggia fredda e, tra le urla dei passeggeri che cercavano di sovrastare quel tambureIlare insistente sul tettuccio, capì che doveva tornare subito in via Butera, interrompere Alessandra qualsiasi cosa stesse facendo e dirle dell'enfisema.

Non era un atto eroico, né meritava di essere ricordato. La notizia in sé e per sé poteva aspettare un giorno, una settimana, un mese; poco sarebbe cambiato. Ma ormai Giuseppe aveva capito che gli mancava il coraggio e che se non avesse parlato subito con la moglie quel momento sarebbe passato e avrebbe finito per tradirla di nuovo.

Trovò le carte di Licy sparse sulla chaise longue piccola nella biblioteca storica, sotto lo scaffale delle biografie in francese, come se fino a poco prima fosse stata a lavorare. Ma lei non si vedeva. Sulle assi del parquet di noce e di ciliegio si rifletteva una luce azzurrina, chiazzata dai goccioloni che rigavano la finestra. Con le mani giunte dietro la schiena, Giuseppe rimase ad aspettare, ma invano; dopo un po', senza sapere perché, si avvicinò al salone da ballo e aprì le porte, entrò in quella stanza cadente.

Era un luogo triste, pervaso dall'odore del passato. Non vi andava spesso proprio per quel motivo. Le grandi imposte dirimpetto al mare erano sempre chiuse, come un rimprovero; Giuseppe aspettò che gli occhi si abituassero alla luce scarsa, e ai ricordi. Si aggirò tra i vecchi mobili, udendo solo il ticchettare delle scarpe sul pavimento. I bombardamenti dell'ultima guerra avevano danneggiato il soffitto e gli stucchi, un mucchio di macerie giaceva al centro della stanza. Qua e là si vedevano le travi di legno del solaio e chiazze d'umido dove durante i temporali primaverili filtrava la pioggia. I lati della grande stanza svanivano nel buio. Tutt'intorno, nella penombra, Giuseppe intravide i mobili massici che era riuscito a mettere in salvo dalla casa di via Lampedusa dopo la guerra: la credenza preferita della madre; uno scrittoio con due cassetti, decorato in stile cinese; un guardaroba settecentesco che giaceva su un fianco, senza un piede. Fece scivolare un dito sulla polvere, sospirò.

Hai preso la pioggia, disse Licy dalla soglia. Come sei conciato. Ti verrà un accidente, Giuseppe.

La guardò. Sono stato dal dottor Coniglio.

Qualcosa nel suo tono dovette allarmarla, perché entrò nella stanza gelida, stringendosi lo scialle sul petto, le braccia conserte.

Ti ascolto.

Ancora una volta Giuseppe notò che la moglie non lasciava trasparire nulla di sé e senza sforzo alcuno. Era una sorta di discrezione. Pensò che era proprio il suo modo di essere, non c'entrava niente la lunga pratica di ascolto dei pazienti. A guardarla, sentì d'un tratto una forte tenerezza, e lo sorprese scoprire quanto desiderasse dirle finalmente la verità.

A quanto pare, sono piuttosto malato, disse calmo.

Licy rimase immobile, guardandolo fisso.

Sei malato, ripeté.

Giuseppe accennò un sì.

Che cos'hai? domandò lei impaziente.

Giuseppe le prese la mano e la tenne tra le sue, come fosse una piccola cosa preziosa, una conchiglia, un fiore. Il cuore gli martellava il petto. Si sentì avvampare, ma si impose di guardarla negli occhi quando aggiunse: Un enfisema, a uno stadio molto avanzato. È per questo che la mattina ho il fiato corto. E faccio fatica a tenerti dietro quando usciamo. Il dottor Coniglio teme che possa favorire un'infezione ai polmoni.

Lei aveva un'espressione vacua; il tono, quando infine parlò, era circospetto. Non so che cosa significa, disse lentamente. Molto avanzato, che cosa vuol dire?

Lui scrollò le spalle mortificato, non sapeva bene cosa rispondere.

È per via del romanzo.

No.

Avrei dovuto accorgermene. Era evidente che non stavi bene.

Amore…

Ti sei trascurato. Non dormi, lavori fino a tardi.

Amore, il romanzo non c'entra. Ce lo avevo già da prima di cominciare a scriverlo.

Lei esitò. Da quando?

Be'…

Non eri stato da Coniglio l'anno scorso?

Giuseppe tossicchiò, teneva gli occhi fissi sul polso sottile di lei.

Allora?

Cercò di ricomporsi ma, quando alzò il capo, le lesse negli occhi che si era tradito.

Ma certo, mormorò lei. Sei stato dal medico due volte la scorsa primavera. Sì.

Licy...

Ma lei ritrasse la mano, fece qualche passo nel salone in penombra, poi si voltò di nuovo a guardarlo. Poggiò le mani sullo schienale di una poltrona malconcia. Da quant'è che lo sai? Da un anno?

Silenzio.

Da un anno, ripeté lei lentamente.

È peggiorato. All'inizio non pensavo che fosse grave. Il dottor Coniglio non sembrava preoccupato. Credevo...

Non mi hai detto nulla.

Non volevo che ti allarmassi. E poi sei stata molto impegnata con il Club...

Quindi è colpa mia.

No, non volevo dire questo.

Stai morendo?

Non in questo istante, rispose lui con un debole sorriso.

La cosa ti diverte.

No.

Stai morendo? domandò di nuovo lei.

Non sapeva come rispondere senza contrariarla ancora di più. Non è un tumore, disse.

Non ancora. Chi altri lo sa?

Nessuno. Solo tu.

Lei incassò il colpo in silenzio. Quando lo guardò, Giuseppe capì che l'aveva ferita profondamente. Non sembrava in collera, la collera sarebbe arrivata dopo, lo sapeva, e sapeva anche che l'avrebbe riversata sulla malattia, ma nascondendole la verità le aveva offerto un bersaglio più semplice.

Dovevi dirmelo.

Scuoteva il capo come se volesse aggiungere altro, ma non aggiunse altro, voltò le spalle, altera, e uscì dalla stanza sempre più buia.

Era ferita e nei giorni che seguirono glielo fece notare, come Giuseppe si aspettava. Sapeva che Licy non avrebbe fatto parola con nessuno della malattia – era troppo discreta –, ma sapeva anche che la natura intima di quanto era accaduto avrebbe avuto ripercussioni. Nessuno sarebbe intervenuto ad allentare la tensione. Quando la sera dopo Gioacchino e Mirella andarono a trovarli, Licy si ritirò accampando un mal di testa e Giuseppe fu costretto a sorridere e ridere come se nulla fosse. Due sere dopo, Orlando arrivò in anticipo per la lezione e lei si alzò dal divano senza dire una parola, lasciandoli soli nella biblioteca storica. Non vi furono accuse, urla, sfuriate degne di un romanzo di Stendhal o di Thomas Hardy. Ma una pensosa tristezza calò sul palazzo. Nei pomeriggi grigi le luci rimanevano spente. Giuseppe e Licy mangiavano ognuno per conto proprio. Qualche volta, entrando in cucina la sera, lui trovava la teiera ancora fumante sul tavolo, la sedia tiepida, ed erano le uniche tracce della moglie. Non sapeva mai in quale stanza l'avrebbe trovata, perché le porte erano chiuse a tutte le ore. Talvolta gli capitava di incrociarla a metà pomeriggio, quando la sua giornata volgeva al termine e quella di lei cominciava, e lo guardava con una tale intensità da farlo arrossire. Voleva solo che quel periodo passasse, che Alessandra lo perdonasse.

Per certi versi, però, la collera della moglie lo distraeva dalla malattia, quindi a suo modo era anche un dono. Si domandava se, ora che le aveva detto la verità, avrebbe cominciato a vivere come un malato o se avrebbe attribuito minore importanza al suo stato di salute.

Alla fine non accadde né una cosa né l'altra. I giorni passavano, nulla sembrava cambiato; Licy si aggirava per il palazzo come uno spettro; e Giuseppe, per tenersi impegnato, rimise mano al romanzo. Ormai era finito, ma non importava. Quelle frasi lo accompagnavano sempre, mentre la mattina andava in giro per caffè e librerie. La scrittura gli regalava momenti di assoluta concentrazione, gli faceva dimenticare Alessandra, l'enfisema, le proprie mancanze come marito.

Qualsiasi cosa non avesse a che vedere con il romanzo lo spazientiva. Ogni lunedì e mercoledì Orlando si presentava per le lezioni di letteratura inglese e, ligio al dovere, Giuseppe si preparava, ma ogni volta diventava più spiccio, più brusco; si sorprese a indugiare su opere minori che ritraevano un'aristocrazia sul viale del tramonto, si interrogavano sulla fede perduta, sul declino di un uomo. Orlando era tutt'altro che entusiasta di quelle digressioni. E, benché non lo dicesse, aveva perso l'interesse di un tempo. Giuseppe lo guardava di sottecchi e cercava di non pensare al romanzo da battere a macchina, ad Alessandra immersa nelle sue letture e in un silenzio ostile, a quel piccolo fiore doloroso che gli era sbocciato nei polmoni.

Marzo volgeva al termine quando infine si decise a telefonare a Gioacchino per chiedergli di accompagnare Mirella in via Butera la sera dopo; disse solo che aveva da discutere con lei di una certa questione, ignorando la tacita domanda che colse nel silenzio del ragazzo. Non fece parola del manoscritto. Più volte Giò e Orlando l'avevano visto curvo sul suo quaderno, spesso lo avevano interrotto al Mazzara, ma lui si era limitato ad ammettere che stava scrivendo una storia per diletto, e senz'altro i suoi giovani amici non immaginavano quanto fosse diventata importante.

Aveva preso in prestito una vecchia macchina da scrivere nera da Flaccovio, il suo amico libraio, e là davanti fece accomodare Mirella. La giovane portava un vestito nero attillato e un bolero color argento, i capelli acconciati con cura, ed era chiaramente disorientata dall'invito di Giuseppe. Erano nella biblioteca piccola, le porte spalancate, il grande candelabro veneziano nell'andito spento. Lo spaniel nero di Licy, che dormicchiava sul tappeto, sollevò il musetto umido, dondolando le lunghe orecchie, poi si accucciò di nuovo.

A quanto mi dicono Giò e Orlando, sei una dattilografa eccellente, esordì Giuseppe.

Una dattilografa? ripeté Mirella arrossendo.

La sorpresa che le lesse in viso lo divertì. Non sempre decifrare le sue espressioni gli riusciva facile. A volte, quando la guardava, gli sembrava di fissare lo specchio del mare, tutto luce riflessa e bagliore sopra un'impenetrabile oscurità.

In realtà no, aggiunse poi la ragazza, esitando. Non proprio.

Intanto Giuseppe aveva preso i suoi quaderni dal cassetto della scrivania nella stanza accanto, e ora tornava tenendoli tra le mani.

Ho un favore da chiederti.

Sono a sua disposizione.

Mirella lo disse senza indugiare e Giuseppe ebbe per lei un moto di affetto e di gratitudine. Si schiarì la voce.

Ma la ragazza non se ne accorse, teneva gli occhi fissi sui quaderni. È… è il suo romanzo, Don Giuseppe? domandò a bassa voce.

Te ne ha parlato la principessa?

Mi ha detto che è meraviglioso, rispose lei sorridendo.

Giuseppe si sentì avvampare. Lo addolorò il pensiero della collera muta di Alessandra e come per istinto guardò verso l'andito, quasi si aspettasse di scorgerla di profilo. Si domandò quando avessero parlato e di che altro, e tutto a un tratto fu sul punto di pentirsi per aver coinvolto Mirella. E non per lei; infatti non sarebbe riuscito a trovarle neppure un difetto. Era una ragazza snella, con le spalle strette, il collo liscio e slanciato, una folta chioma riccia che le lambiva la nuca. Gli era parsa taciturna e remissiva quando due anni prima Giò gliel'aveva presentata; ma presto aveva notato come inarcava il sopracciglio, come schiudeva appena le labbra se disapprovava i discorsi di Giò; ne aveva apprezzato la discrezione e l'ironia secca. Aveva un modo tutto suo di guardarsi attorno, come di sottecchi; quando qualcuno le parlava, inclinava leggermente il capo, sicché sembrava molto attenta a cogliere ogni sfumatura. La sua voce era bassa, la risata profonda e piena, come venisse da sott'acqua. Tanto erano pure in lei le emozioni che, quando sorrideva, Giuseppe si sentiva vecchio, ma non se ne rammaricava. Per lui non era mai stato così: la gioia si era sempre accompagnata al senso di perdita, alla tristezza. Mirella era istruita ma poco colta, e a questo lui e Licy avevano cercato di porre rimedio. Non si può avere una vita piena, le aveva detto Licy quando si erano conosciute, senza immergersi nell'arte. La prima regola è mai mettere piede in un teatro dell'opera, le aveva spiegato Giuseppe severo. Ammirava Giò per aver saputo riconoscere la raffinata sensibilità di quella giovane, per aver prestato attenzione non solo al suo aspetto ma a com'era dentro.

Adesso Mirella girava la copertina rigida del primo quaderno, passava un dito leggero sotto le prime righe. Mentre la guardava, intenta a studiare quegli incomprensibili scarabocchi, Giuseppe si rese conto che non se la sentiva di leggerle il romanzo. Non temeva di ricevere le sue critiche, ma di vederla dubbiosa.

Accanto alla macchina da scrivere c'era una risma di carta di buona qualità e Mirella aveva già cominciato ad avvolgere un foglio sul rullo.

Sono lusingata, Don Giuseppe, stava dicendo. Ma chissà che Orlando non sia un dattilografo migliore di me.

Giuseppe era troppo gentile per darle ragione o per dire che, distante com'era dalla sfera sensuale, Orlando era del tutto inadeguato a svolgere quel compito. E ormai non aveva altra scelta che cominciare. Preso il quaderno, si spostò al centro della stanza, poi tornò indietro. Si mise a sfogliare le prime pagine.

Ci sono molte aggiunte e cancellature, disse pacatamente.

Certo.

A volte mi correggerò.

Certo, si capisce.

Se vado troppo veloce, me lo dirai, spero.

Mirella annuì senza fiatare. Congiunse le mani.

È solo una bozza. Richiede ancora molto lavoro.

Di nuovo la ragazza annuì.

Giuseppe si schiarì la voce. Spostò lo sguardo dal quaderno a Mirella e poi di nuovo al quaderno; si inumidì un dito e se lo passò sui baffi sottili, dopodiché fece un cenno col capo e iniziò. Pur essendo vecchiotta, la macchina da scrivere era un modello inglese di ottima qualità; nella biblioteca silenziosa prese a risuonare il ticchettio dei tasti. Crab si svegliò di colpo, lanciò un'occhiata di rimprovero a Giuseppe, quasi avesse capito che quel baccano dipendeva da lui, e se ne andò sdegnoso.

Durante la dettatura spesso Giuseppe si fermava, chiedeva a Mirella di rileggere e nella voce di lei echeggiavano la cupezza, la forza della storia del vecchio principe che vedeva crollare le antiche certezze. Quell'esperienza lo toccava nel profondo, e se ne stupì. Erano passate settimane da quando aveva letto il romanzo a Licy, ma era stata una lettura rapida, dettata dal desiderio di presentare alla moglie il romanzo completo. Adesso esitava, si soffermava sui dettagli, riscriveva un capoverso, indugiava su una frase prima di proseguire.

Lavoravano da un'ora quando gli venne un attacco di tosse. Si sedette e bevve un bicchiere d'acqua, poi si sbottonò il colletto per riprendere fiato e, alzando gli occhi, vide che Mirella lo fissava allarmata.

Non è nulla, cara, disse, a disagio.

Possiamo fermarci e proseguire domani.

Fece segno di no. Pensò che Licy, in un'altra stanza del palazzo, l'aveva sentito tossire. Riprese il quaderno, diede un colpetto sulla copertina. Disse: A volte mi sembra una mia creatura. Un mostro.

Mirella, discreta come sempre, non sorrise.

Quella sera lavorarono per altre due ore. Quando infine Giuseppe si fermò era quasi mezzanotte; Mirella si era appoggiata allo schienale ed era assorta a scorrere le ultime frasi, massaggiandosi energicamente i palmi. Si era tolta il bolero, che giaceva stropicciato su una sedia accanto alla pochette, e aveva i capelli in disordine. In altre circostanze, pensò Giuseppe con una strana punta di rammarico, avrebbero avuto un'aria equivoca, soli in quella stanza a un'ora così tarda.

Che cosa devo dire a Giò? domandò lei. Sarà curioso.

Digli la verità, rispose Giuseppe con un sorriso. Non è un segreto di stato.

Dirò che ha scritto un romanzo bellissimo.

Ah, no.

È vero, Don Giuseppe. È meraviglioso.

Lui si mise a raccogliere i quaderni, imbarazzato. Ma non l'hai ancora sentito tutto.

Allora d'un tratto lo assalì un ricordo. A dicembre era andato con Giò e Mirella a un ballo di società: una calca di ragazze in crinoline rosa, bianche e azzurre, tra festoni e nastri, e nella stanza accanto le note dell'orchestra. Mirella aveva insistito perché le concedesse un ballo, ma invano.

Giò rideva a bocca aperta e strizzando gli occhi. Lo devi scusare, Mirella. Crede di essere vecchio, di aver già fatto il suo tempo.

I candelabri spandevano una luce violenta, troppo brillante. Nel salone l'aria era immobile, calda. Da bambino l'avevano sempre portato ai balli, vestito di tutto punto dalla governante; le signore in abiti vaporosi e i gentiluomini in marsina che popolavano i suoi ricordi gli sembravano ora figure di un'epoca perduta, perché guardandosi attorno non riconosceva nulla, non notava nessuna somiglianza. Pure il sangue stava cambiando.

Da ore aveva perso di vista la moglie e si disse che forse era già tornata a casa. Mirella lo guardava con i suoi pudichi occhi neri quasi gli stesse leggendo dentro, esattamente come adesso, nella biblioteca piccola, dopo le prime ore di lavoro. Quella sera lui si era schermato gli occhi con una mano, e adesso ripeteva lo stesso gesto sfiorandosi leggermente le sopracciglia, come per sottrarsi a quell'esame.

Da sessant'anni viveva sulla terra e i suoi ricordi erano cresciuti come le piante di un giardino, tanto che ora poteva aggirarsi tra le fronde e allungare una mano per stropicciare le foglie, sentirne il profumo. La madre, il padre; il sole e l'incanto dell'infanzia, quando tutto era grazia e calore e solitudine. Le infelici, durevoli certezze del dopoguerra, l'odore dell'oceano durante la traversata per l'Inghilterra.

E la guerra. Mentre leggeva il primo capitolo a Mirella, ascoltando quelle frasi salde, armoniose, pensava al soldato morto nel giardino che aleggiava nei ricordi del principe, e ai morti che aveva visto durante la sua guerra tra le montagne. Erano giovanissimi. E lo sarebbero rimasti per sempre. Nel 1917 lui aveva gli stessi anni di Giò. Stentava a crederci. La guerra era stata la prima esperienza adulta del mondo oltre i confini della Sicilia, un mondo che dominava i suoi sogni, un compagno muto che lo attendeva qualsiasi soglia varcasse, un fascio di luce sotto un uscio chiuso. Adesso la paura era svanita, ma il ricordo della paura era palpabile, come la vicinanza alla morte che in quel periodo era stata la normalità. Anni dopo la madre gli aveva detto che, tornato a casa, non riusciva a dormire, si svegliava piangendo nel cuore della notte e allora lei lo cullava stringendoselo al petto, il suo caro bambino. Lui non ricordava nulla.

A maggio del 1917 l'avevano mandato a Torino per l'addestramento da allievo ufficiale, e a settembre dello stesso anno era arrivato per la prima volta sulle montagne al fronte dell'Isonzo, scarponi stringati, una cappa sulle spalle, un berretto di panno con la visiera di pelle calcato in testa, come uno chauffeur. Dapprima attraversarono le colline su un treno lento, poi viaggiarono tra continui scossoni sul pianale di un camion, la pistola assicurata alla cintura, e infine marciarono per chilometri lungo ripide strade polverose di montagna, scostandosi al passaggio dei mezzi militari. Si vociferava di una vittoria italiana sull'altopiano della Bainsizza, ma pochi ci credevano; qualche tempo dopo girò voce che sulle linee austriache erano arrivati rinforzi tedeschi, ma presto non se ne parlò più. Il cielo era dell'azzurro cupo del mare di Palermo, Giuseppe lo ricordava ancora. Tutt'attorno si ergevano costoni rocciosi e, continuando a salire, si cominciavano a scorgere le montagne, scabre pareti che al sole si illuminavano di un bianco scintillante. Gli erano rimaste impresse le grida di un ufficiale che, per via di un colpo partito accidentalmente dalla pistola, si era ferito un piede. Dopo averlo portato via, i barellieri erano tornati ridendo. Sofferenza ne avevano vista troppa per continuare ad averne rispetto. Lui aveva le spalle doloranti, la nuca che gli prudeva a causa della ruvida fodera di lino del berretto. Già durante il viaggio in treno aveva cominciato a grattarsi polsi e caviglie e aveva capito di aver preso le pulci.

Cominciarono la salita finale verso la linea del fronte sotto un sole implacabile, ma a metà pomeriggio una nebbia fitta e pesante li costrinse a fermarsi lungo lo stretto sentiero. Si accovacciarono a terra, tremando, in attesa che si diradasse. Non c'era verso di far asciugare le cappe pesanti impregnate di umidità. Giuseppe si sfilò lo zaino fradicio e se lo poggiò sulle cosce, rimase a fissare quel velo grigio che fluttuava nell'aria. Fermi lungo il ciglio di un ripido burrone, tacevano per timore che l'eco delle loro voci arrivasse ai soldati austriaci schierati sul versante opposto. Dopo un po', quando la nebbia si fu dispersa, si rimisero in marcia e allora il caldo tornò ad assillarli. Il sentiero s'era ridotto a una pista larga neanche mezzo metro, che si snodava tra pareti friabili e spoglie. Giuseppe non si era mai trovato a una simile altitudine e faticava a respirare quell'aria rarefatta. Verso sera attraversarono il campo di un recente combattimento: la pietra calcarea scheggiata e spezzata, le macerie dei rifugi e delle trincee distrutte dai bombardamenti. Poi un tremendo puzzo sulfureo avvolse l'intera colonna e gli uomini cominciarono a tossire, a imprecare, a coprirsi la bocca: erano i cadaveri in decomposizione dei soldati, ungheresi e italiani, caduti in fondo al burrone, quindici metri più in basso, irrecuperabili. La marcia proseguì.

Le montagne calcaree, le facce indurite dei commilitoni suoi coetanei, il sibilo dei colpi sparati da un cecchino e un ragazzo accanto a lui che si accasciava esanime: al fronte Giuseppe cadde in uno stato di perenne stupore. Non c'era paglia per prepararsi un giaciglio, non c'era modo di stare all'asciutto. Una profonda infelicità, un terrore costante s'impadronirono di lui. Ancora ricordava le carovane di muli che arrivavano durante la notte, cariche di acqua e munizioni, l'odore di quelle povere bestie atterrite; il boato corale degli obici, l'eco che risuonava nelle valli; le pareti che restavano sospese un istante prima di sfracellarsi, sollevando alti pennacchi di polvere. Nulla era stabile. Non c'erano trincee, solo massi, grotte, mucchi di pietre in frantumi. Appena arrivato, ricevette l'incarico di riparare le linee telefoniche sabotate o distrutte durante gli scontri della giornata. Quando calava la notte, lasciava la postazione con un ragazzo che si chiamava Luigi; sgattaiolavano tra le montagne, trascinando una pesante matassa di cavo in una sacca di tela, attenti a non farsi sentire. Le notti erano fredde. La terza volta a un tratto sentirono un fruscio nel sottobosco, alla loro sinistra, e gli si gelò il sangue nelle vene: un momento dopo spuntò una faccia pallida, i capelli biondi scompigliati, un cavo avvolto intorno alla spalla. Si guardarono in silenzio nel buio. Nessuno si mosse. Poi quel ragazzo austriaco fece un cenno col capo e lentamente, senza voltarsi, scomparve nella notte.

Accadde la settimana della disfatta di Caporetto. Una trentina di chilometri più a est gli austriaci sfondarono le linee italiane. Nei giorni che precedettero l'attacco, Giuseppe e i suoi compagni artiglieri erano rimasti inattivi, seduti su panche di fortuna accanto alle bocche da fuoco mute, sentendo la montagna alle loro spalle tremolare come al passaggio di un treno. La furia dell'assalto fu tale che persino lì i bicchieri tintinnavano, le scatole sugli scaffali finivano a terra. A Giuseppe dolevano i denti, dolevano gli occhi. Non riusciva neppure a figurarsi la desolazione seminata da simili bombardamenti. Luigi sorrideva, masticando uno stuzzicadenti, scherzava sulle ragazze austriache e la potenza dell'artiglieria, e tutti gli altri ridevano. E Giuseppe non si capacitava che loro sedessero lì e avessero salva la pelle, scherzassero e stessero all'erta mentre qualche chilometro più in là ragazzi come loro, che venivano da Ravenna, Torino, Milano, saltavano in aria per sparire in una nuvola di sangue e fumo. Era partito convinto che la guerra sarebbe stata una grande avventura e adesso solo il ricordo di averlo pensato lo riempiva di vergogna. Non poteva saperlo, allora, che trentamila uomini sarebbero morti in quell'assalto alle linee orientali italiane, altri duecentomila sarebbero stati fatti prigionieri e il fronte sarebbe arretrato di oltre sessanta chilometri, fino alle sponde del Piave.

In quel periodo lo assegnarono a una postazione di avvistamento dell'artiglieria tra le montagne delle Melette, vicino alle pendici dell'altopiano di Asiago. Intanto a Caporetto si continuava a combattere e la postazione rimase isolata. La presidiava un'unità degli alpini del battaglione Edolo; di fronte era schierato un reggimento della fanteria bosniaca. Gli uomini erano più vecchi, più rudi, e dell'ironia spaventata di Luigi non vedeva traccia. Lo chiamavano il Pupo, per la peluria che aveva sul labbro e l'aria placida, e non era un appellativo affettuoso.

È l'aspetto che hai, aveva mormorato una sera un alpino, al rancio, un uomo basso con le braccia forti da muratore. Qua duri poco, come quell'altro, l'ultimo, te lo dico io.

Gli era rimasto impresso il cappellano del battaglione, un uomo cadaverico con gli occhi iniettati di sangue, che brandiva la Bibbia come fosse un mattone e all'occorrenza, per farsi capire meglio, la sbatteva in testa ai soldati. Non appena arrivato, Giuseppe l'aveva visto imbracciare una carabina e, in piedi su un parapetto, sparare all'impazzata agli infedeli acquattati dall'altra parte. Non sono uomini, sono bestie, gridava. Ammazzateli, figlioli, ammazzateli nel nome di Dio.

I soldati avevano scosso il capo, senza battere ciglio. Non era la prima volta che ricevevano simili esortazioni né sarebbe stata l'ultima, e le prendevano per quello che erano. A Giuseppe fu affidato uno dei Krupp da 75 millimetri a tiro rapido: doveva inserire la carica, chiudere il pesante otturatore e puntare, dopodiché si accovacciava a terra tappandosi le orecchie mentre quel formidabile cannone sparava rinculando. Tutto era furia e paura e stordimento. I giorni passavano. I cannoni rintronavano e tacevano e di nuovo rintronavano, infiniti e potenti come il mare.

La terza settimana di novembre, in una cupa giornata, i bosniaci varcarono il burrone e sferrarono l'attacco. E benché si sapesse che l'assalto era imminente, l'unità fu travolta. Giuseppe s'era acquattato dietro un parapetto di sacchi di sabbia, la pistola stretta nella mano tremante. Quando tra la polvere e le fiamme comparve un bosniaco con la baionetta puntata, Giuseppe gli scaricò il caricatore nel petto.

Poi cercò di scappare; ma di colpo udì il sibilo acuto di un mortaio e vide la terra che si sollevava come un tappeto e ricadeva rompendosi in mille frantumi, poi solo il buio.

Ormai marzo sfumava in aprile e a poco a poco la collera della moglie si attenuava per lasciare posto a un silenzio risentito. All'udirne i passi nei corridoi del palazzo, lui esitava, talvolta con la mano sulla maniglia di una porta chiusa, in attesa che svanissero. Non che la temesse, no: temeva l'imbarazzo che gli avrebbe causato incrociarla. Non desiderava altro che il suo perdono. Ma Licy non era incline a perdonare. E anche questo lo spaventava.

Un pomeriggio, uscendo dal Mazzara con una vecchia edizione di Flaubert infilata sotto il braccio in un involto e i quaderni nella borsa, rivide Orlando. Il rumore della strada lo stordì e indugiò a sistemarsi il cappello, esitante.

Non era in vena di chiacchierare col ragazzo. Veniva da un incontro con il signor Aridon, contabile e amministratore delle proprietà: seduti a un tavolino appartato, avevano scorso vetusti libri dei conti compilati a mano e ora si sentiva confuso. Su una cosa però non c'erano dubbi: i soldi stavano finendo. Le rendite che arrivavano dalle poche proprietà rimaste erano sempre più scarse. Aridon suggeriva di vendere qualcosa, ma l'aveva avvisato che persino la cessione della casa di via Lampedusa non sarebbe stata risolutiva.

Orlando sembrava sovrappensiero: portava una camicia tutta spiegazzata, il colletto storto e sporco, la barbetta corta e ispida come un contadino. Vide Giuseppe solo all'ultimo e allora, sorpreso, si fermò in mezzo ai passanti.

Orlando, lo salutò Giuseppe, spostando il pacchetto che teneva sotto il braccio per porgergli la mano. Come vanno i suoi studi?

Due settimane prima aveva cancellato le lezioni serali, per tenersi libero e lavorare con Mirella alla battitura del romanzo. E del dispiacere del suo allievo non si era curato. Non ho più nulla da insegnarle, aveva detto, anche se il vero motivo era un altro: Orlando gli sembrava sempre più stizzoso, sempre più distratto. Si presentava con l'abito sporco, le unghie rosicchiate, gli occhi pesti; non riusciva a stare fermo; e non lo faceva più ridere.

Stava andando in piazza San Domenico a fare una commissione per la madre. Aggiunse che la madre stava poco bene. Giuseppe lo osservò, punto dalla curiosità. Si chiese che cosa stesse capitando a quel ragazzo, ma lo tenne per sé; e Orlando, forse per dissimulare il proprio stato d'animo, forse per educazione, non aggiunse altro.

Invece si mise a parlare di Francesco Agnello e del fattaccio dell'autunno precedente. Aveva un tono freddo, distaccato, ed era chiaramente convinto che Giuseppe fosse al corrente delle traversie del giovane barone. Ma Giuseppe ascoltava esterrefatto, trascinandosi pesantemente lungo il marciapiede, col fiato corto.

A quanto pareva, in novembre una banda di mafiosi aveva sequestrato Agnello, tenendolo in ostaggio per diversi mesi. La sua Alfa Romeo grigia era rimasta sul ciglio della strada, gli sportelli aperti, la giacca piegata sul sedile del passeggero, con la carta d'identità nella tasca sinistra.

Due giorni più tardi il patrigno aveva ricevuto una lettera con la richiesta del riscatto. La somma era ingente ed erano cominciate le trattative. Intanto il povero Agnello era nelle mani dei rapitori, sulle colline poco fuori Agrigento, e lo trasferivano continuamente da un nascondiglio all'altro, ora un fienile, ora un capanno, ora un casale. Doveva essere stato un incubo, disse Orlando.

Giuseppe scuoteva il capo. Come mai non sapevo nulla? disse infine.

Non si offenda, Don Giuseppe. Neppure noi lo sapevamo. Il patrigno di Francesco non ha voluto coinvolgere né la polizia né la stampa.

Ma nel profondo Giuseppe sentiva un dolore cui non avrebbe saputo dare voce. Questa è un'isola malata, disse.

È indignato, disse Orlando con aria di approvazione.

Giuseppe tacque.

È giusto, Don Giuseppe. Se in tanti si indignassero, queste cose non accadrebbero più.

Questa è un'isola malata, ripeté Giuseppe. Lo è da che sono al mondo. Di una malattia che si può solo rallentare, non curare.

Orlando annuì. Lo diceva anche la principessa.

Allora Giuseppe gli mise una mano sul braccio. Lo ha raccontato ad Alessandra?

Orlando parve sorpreso. Sì, la settimana scorsa, quando ci siamo incrociati sul corso. Non gliel'ha riferito?

Improvvisamente a disagio, Giuseppe si sistemò il pacchetto sotto il braccio. Ah, certo. Sì, ora mi viene in mente.

Orlando gli lanciò un'occhiata perplessa. Ormai avevano attraversato piazza San Domenico e il ragazzo s'infilò in una botteguccia buia in via dei Bambinai. Ne usciva un puzzo di topi e muffa. Da una rastrelliera accanto all'ingresso penzolavano braccia, gambe, mani e piedi di cera; erano piccoli, come pezzi di bambole. Era un'esposizione di ex voto, da offrire come ringraziamento per guarigioni miracolose; in una teca dall'altro lato della porta Giuseppe intravide le forme piatte di polmoni e reni, nasi e natiche d'argento.

Non era mai entrato in un posto del genere in vita sua, e lo sorprese vedere Orlando – socialista convinto, sempre pronto a scagliarsi contro la religione durante le loro conversazioni serali – rivolgersi ossequioso alla vecchina che scendeva dal soppalco di legno con indosso uno spesso grembiule di cuoio.

Chissà che cos'era capitato al ragazzo, che cosa lo portava in quella bottega, pensava Giuseppe. Ma ciò che più lo sbalordì, perché non l'avrebbe mai immaginato, era l'atteggiamento disinvolto, la naturalezza con la quale s'era fatto accompagnare e ora ritirava un pacchettino incartato. La forza di carattere che trapelava da quei semplici gesti lo disorientò e si chiese se non l'avesse giudicato male.

Una volta uscito, Orlando disse: Mi ha fatto piacere incontrarla, Don Giuseppe. La prego, porti i miei saluti alla principessa.

E lei porti i miei a sua madre, caro Orlando.

Orlando fece un cenno col capo e poi rimase a fissare Giuseppe con i suoi occhi tristi, placidi. Per la prima volta Giuseppe lo vide completamente presente a se stesso e capì che avrebbe potuto dirgli qualsiasi cosa e lui gli avrebbe dato ascolto con grande attenzione.

Ma rimase in silenzio. Il momento passò. E quando Orlando si allontanò col pacchettino sotto il braccio, Giuseppe ebbe la sensazione che qualcosa finiva e che non si sarebbero rivisti mai più.

Intanto il lavoro con Mirella procedeva. Giò la accompagnava in automobile in via Butera e poi fino al portone, dava una voce a Giuseppe ma lui, schivo, silenzioso, si scostava dalla finestra del soggiorno dov'era rimasto a guardare la strada, in attesa. Il ragazzo non saliva mai, e di quella discrezione Giuseppe gli era riconoscente. Si domandava che cosa gli raccontava Mirella del romanzo quando erano soli, se lui la interrogava.

Dopo la prima sera lei non aveva fatto altri commenti. Non si mostrava né sorpresa, né contrariata, né divertita. Era silenziosa, precisa, presente, come un'ombra sul muro. Giuseppe gliene era grato. In qualche modo sentiva che quelle ore di lavoro erano le più pulite e pure che avrebbe mai sperimentato: leggendo le frasi ad alta voce, lentamente, con tono fermo, man mano riusciva a limarle; e a tarda sera, dopo che Mirella era andata via, sfogliava il dattiloscritto fino a una pagina a caso e cominciava a modificarla quasi senza pensarci, incapace di fermarsi. La sua storia conteneva delle verità che lo sorprendevano, che dapprincipio non aveva compreso. A volte aveva la sensazione di stare ad ascoltare il romanzo che parlava tra sé e sé. Il suo principe l'aveva sempre visto come un uomo svuotato per aver perduto la fede, e ora capiva che in realtà era l'ultimo dei devoti. Ma la sua era una fede nella tradizione, nelle sorti di una grande famiglia, e allora Giuseppe si rendeva conto di essere arrivato, attraverso la scrittura, alla propria amarezza, di essersi avvicinato all'uomo che avrebbe voluto essere. Il principe era solo, impassibile, non aveva bisogno di nessuno; e proprio per questo, poiché nell'isolamento non c'è sopravvivenza, la sua forza finiva per annientarlo.

A inizio aprile metà romanzo era dattiloscritto, in bella copia. Giuseppe passava la mattina al caffè, a leggere quelle pagine, ad ascoltare la musica delle frasi e a pensare. Si sentiva la testa leggera, come se la nuca gli si svuotasse, allora si afferrava al tavolo, chiudendo gli occhi.

A volte il martedì passava per via Roma e piazza San Domenico, dove incrociava passanti carichi di pacchetti, e si inoltrava negli antichi vicoli della Vucciria. Erano sempre affollati. Il selciato era scivoloso, coperto da una fanghiglia di rifiuti e resti di frutta schiacciata. Il sole filtrava appena tra i muri alti, rifrangendosi sulle ringhiere dei balconi carichi di piante, tra il reticolo di fili per il bucato, e Giuseppe si faceva strada senza fretta in mezzo alla folla che si infittiva, tra banchi carichi di meloni, rotoli di stoffa rossa e gialla, e grossi pesci disposti in fila, la pelle argentea lucida, gli occhi profondi e piatti che fissavano le brutture del mondo. In piazza Garraffello oltrepassava case semidistrutte, rimaste abbandonate dopo la guerra, le facciate in rovina, le macerie ammucchiate dentro quello che restava delle stanze. Per le strade si aggiravano cani randagi, maialini bruni grufolavano nelle fosse. Ovunque si vedevano tende e teloni stesi a fare da schermo al primo sole di primavera e l'odore era un miscuglio di carne arrosto e pesce crudo e verdure terrose. C'erano banchi dove si vendevano radio di tutti i tipi, orologi da tasca, cravatte e qualsiasi cosa si potesse immaginare. Giuseppe camminava piano, Shakespeare in un sacchetto, il soprabito buono sbottonato, teneva lo sguardo alto. Da bambino non gli era permesso gironzolare per il mercato, ma di ritorno dalla guerra il baccano, le interiora avvoltolate e le teste delle vacche appese agli uncini, nere di sangue e mosche, lo avevano consolato, lo avevano fatto tornare in sé. Ai tempi ci andava quando sapeva che ormai non c'era più folla, sperando di arrivare prima che i pescatori smontassero il banco.

Non avrebbe saputo dirlo, ma provava ora una sorta di felicità. Certo, Alessandra a malapena gli rivolgeva la parola. Però lui era stanco di sentirsi in colpa. Respirava a fatica, la mattina sedeva sul letto piegato in due, in preda alla tosse, gli occhi annebbiati dal dolore. Eppure gli piacevano il lavoro costante, le serate tranquille con Mirella che batteva a macchina alla luce della lampada; gli piaceva il peso ordinato e compatto delle pagine impilate, e guardare come cresceva quella pila.

Alla terza settimana di dettatura si accorse che la ragazza arrivava da sola e che Giò non si vedeva da almeno una settimana. Non sapeva che cosa fosse successo tra i due e gli venne in mente di chiedere, ma qualcosa lo frenò. Un giorno sentì che Licy apriva la porta del cortile e Crab abbaiava, e rimase al centro della biblioteca piccola, accanto alla chaise longue gialla, in attesa di Mirella. La salutò dolcemente e la scrutò, cercando segni di tristezza, ma non ne vide. Due giorni dopo, però, nel primo pomeriggio andò in terrazza e la trovò con Licy in piedi vicino alla fontanella, le teste vicine, tutte prese a mormorarsi qualcosa. Licy sfiorò la mano della ragazza, ed entrambe alzarono il capo e si voltarono a guardarlo là dov'era rimasto, sulla soglia. Mirella aveva pianto.

Lui tossicchiò, imbarazzato. Strinse gli occhi, il cielo era di un bianco accecante. La moglie lo guardava come fosse uno sconosciuto.

Scusatemi, disse. Non volevo interrompere.

Licy non disse una parola, lo sguardo indecifrabile nell'ombra. Mirella si asciugò gli occhi coi polsi, voltò la testa dall'altra parte.

Non fece domande e né Mirella né la moglie parlarono mai dell'accaduto. Temette che parlassero dei suoi problemi di salute ma poi pensò a quant'era discreta Licy e guardò il proprio riflesso nella specchiera, stentando a credere di essere talmente egocentrico. Non sei così importante, disse.

Mirella lo raggiunse per la dettatura come tutte le altre sere e lavorarono senza sosta; ma prima di andare via la ragazza si alzò sulle punte per dargli un fuggevole, malinconico bacio sulla guancia. Le sue labbra erano come petali.

Certe notti, dopo che Mirella se n'era andata e dopo aver riposto in un cassetto dello studio le pagine dattiloscritte, restava sveglio nel suo piccolo letto, a interrogarsi sui luoghi più reconditi del suo animo, sulle fessure e gli angolini mai raggiunti, e su ciò che contenevano. Forse, ora che ne sentiva tutto il peso, era l'età a farlo rimuginare così. O forse la consapevolezza che lo spazio nei suoi polmoni andava contraendosi. A sorprenderlo era la qualità della sua paura, che sembrava cambiata pochissimo. Credeva che la paura fosse stata l'unica costante della sua vita. Rivedeva nitidamente le paure dell'infanzia e vi trovava i semi dell'uomo che sarebbe diventato. Era stata la paura a renderlo così timido, a farlo diventare un lettore vorace. E sempre la paura l'aveva indotto a scrivere il romanzo. Aveva avuto paura da giovane ufficiale dell'artiglieria, paura nel campo di prigionia. La paura lo aveva spinto a tentare la fuga, e ancora la paura l'aveva avvicinato ai pochi amici che frequentava. Dentro sé trovava alcuni dei suoi primi ricordi, carichi com'erano di paura, e si interrogava adesso su tutti gli altri, quelli che restavano nascosti e che non sarebbe mai riuscito a esumare. Anche quelli erano parte di lui. Non voleva morire.

Negli anni immediatamente successivi alla guerra gli sembrava di dover soltanto chiudere gli occhi per tornare, di nuovo, al campo di prigionia di Szombathely, in Ungheria, dove l'avevano tenuto nel 1918. Qualche giorno dopo la disfatta del battaglione Edolo si era svegliato in un campo adibito agli interrogatori. Lo avevano trascinato fuori, nel vento freddo, per metterlo in fila davanti a un muro di mattoni insieme a una decina di altri italiani, e Giuseppe aveva temuto che li fucilassero come rappresaglia per l'uccisione, avvenuta qualche settimana prima, di un drappello di bosniaci disarmati. Ma non li fucilarono. Li fecero marciare fino a un piccolo edificio di pietra che aveva celle umide nel seminterrato, e lì li tennero per l'interrogatorio. Sentiva gli altri ragazzi battere i denti per il freddo. Lo interrogò un ufficiale austriaco che portava un'immacolata uniforme bianca, risorgimentale, con le nappine dorate e la fusciacca azzurra, e parlava un tedesco cristallino, cui lui rispose perfettamente. Quando lo lasciarono in camicia, l'ufficiale vide il blasone ducale cucito sui polsini e cambiò atteggiamento.

Quell'uomo in bianco era un barone della Sassonia, di antico lignaggio, e lo invitò a sedersi offrendogli una sigaretta; l'uno abbastanza vecchio da essere nonno, l'altro poco più che un ragazzo, fumarono insieme e conversarono di letteratura e dei musei di Parigi. Giuseppe ricordava di aver studiato i baffi grigi e impomatati dell'ufficiale e le vecchie mani rosa che intrecciava davanti a sé, ricordava di aver gradito la sua passione per i dipinti di Jacques-Louis David. Adesso si chiedeva dove fosse morto quell'uomo, se sul campo di battaglia o nella sua tenuta in Sassonia. Era già dicembre e incombeva l'inverno, ma Giuseppe venne trasferito dalla sua sudicia cella a un letto vero, e due giorni dopo in un campo di transito a Vienna. Attraversò la città su un mezzo militare scoperto di fabbricazione tedesca, sotto un cielo invernale di un azzurro terso, con le coperte in grembo e la sentinella e l'autista che gli indicavano diversi posti: il teatro dell'opera, la sontuosa stazione ferroviaria. Tutto questo Giuseppe lo osservava rapito. I viennesi gli parvero stanchi, torvi; vide uomini pigiati agli angoli delle strade, intenti a vendere gioielli di famiglia, altri che esponevano porcellane, tutti presi a scaldarsi col fiato le mani giunte. La città, seppure magnifica, appariva cupa ed esausta a causa della guerra.

Per un'intera settimana restò in attesa a Vienna, in un albergo requisito, chiuso a chiave nella sua stanza ma con il permesso di usare il balcone. Sedeva su una poltrona di un rosso sbiadito vicino alla finestra e sfogliava languidamente le opere di

Goethe, in una bella edizione rilegata in pelle. Gli pareva incredibile che al di là di quella calma infuriasse la guerra. Quando chiese notizie della famiglia in Sicilia, gli risposero che l'esercito italiano sapeva del suo arresto e che la madre avrebbe potuto scrivergli una volta che l'avessero trasferito in Ungheria. Non vedeva altri prigionieri e il trattamento che gli riservavano lo stupiva, ma non fece domande. Poi prese a nevicare. Per tutta la vita Giuseppe avrebbe ricordato lo strano candore silenzioso e soffice della sua prima nevicata, quel bianco che si spandeva per gli ampi viali, il bagliore luminoso che sembrava emanare, come se una luce ardesse sotto la strada. Alla fine di quella settimana lo portarono in treno nell'Ungheria occidentale, al campo di prigionia degli ufficiali, in mezzo alla campagna ghiacciata fuori da Szombathely.

In Ungheria le ore scorrevano più lente. Tutto era un'attesa incolore e monotona, la guerra un vago ricordo. Quando si era messo in testa di evadere? Ricordava con una certa meraviglia il ragazzo che era a quei tempi, quasi fosse un estraneo. Nel mondo là fuori i giovani venivano falciati a migliaia e l'agonia che provocava una pallottola l'aveva vista con i suoi occhi. Il campo era cinto di filo spinato; le sentinelle, seppure rispettose, piantonavano il perimetro armate. I prigionieri alloggiavano in una ventina di baracche di legno, quattro per ciascuna. Oltre a italiani, inglesi e francesi, c'erano due canadesi taciturni e scontrosi, che venivano dal Québec. In marzo arrivarono i primi pacchi di sua madre, da Palermo. Contenevano due libri di Stendhal e, cosa più assurda, una racchetta da tennis, una giacca da sera e un paio di buone scarpe di cuoio. Alcuni detenuti avevano dato il via a un giornale del campo in francese; altri improvvisavano lezioni sulle materie più disparate. Giuseppe osservava tutto ciò con una certa disapprovazione. Gli sembrava che avessero accettato il loro destino. Lui non aveva un particolare spirito patriottico e certo non ardeva dal desiderio di tornare in guerra e rendere onore ai morti. I progetti di fuga non erano che uno dei tanti modi per passare il tempo.

In giugno, quando con l'estate arrivarono nugoli di mosche e i primi casi di febbre, Giuseppe e un compagno italiano corruppero una sentinella: in cambio di lattine di caffè e zucchero, ottennero un'uniforme austriaca e un biglietto per la frontiera svizzera. Una notte scavalcarono i recinti metallici di soppiatto, buttandoci sopra una coperta per non ferirsi con il filo spinato. Ma l'ultimo recinto era collegato a un allarme, e quando a fatica lo ebbero superato si accesero le luci della guardina e si udirono voci aspre; alla fine li acciuffarono, li presero a calci e pugni. Giuseppe gridò in italiano, sentendosi spezzare le costole, e i soldati si fermarono. La mattina dopo la sentinella della sua baracca ci avrebbe riso sopra. Li avevano scambiati per disertori austriaci.

Non li punirono. Diedero loro ordine di rimborsare il biglietto del treno alla sentinella, e la faccenda si chiuse lì. Ma Giuseppe avrebbe ricordato sempre gli sguardi ossequiosi dei compagni di prigionia quando attraversava il cortile, all'indomani della tentata evasione, come se si fosse distinto, come se per averci semplicemente provato si fosse reso protagonista di una grande impresa.

I mesi passarono. Le sentinelle diminuirono; arrivavano sempre meno pacchi. Certe sere non avevano cibo, tanto che ormai i prigionieri facevano due giri con la cinghia, mostravano braccia scheletriche sotto le maniche arrotolate. Una mattina di fine ottobre Giuseppe si calcò il cappello in testa, si allacciò gli stivali sciupati e nella luce che precedeva l'alba uscì dai cancelli del campo di prigionia, camminando lungo l'esile strada di terra battuta che portava fuori da Szombathely. Nessuno lo fermò. Benché lui lo ignorasse, la guerra era quasi finita. Siccome parlava un buon tedesco, nelle settimane che seguirono riuscì a camminare fino al porto di Trieste e lì s'imbarcò su una nave in partenza per la Grecia; al porto di Atene venne a sapere che la guerra era finita e che l'esercito tedesco aveva capitolato. Arrivava un inverno prematuro, le acque dell'Adriatico erano nere di freddo. Con un nome falso salì su una nave inglese diretta a Venezia, e arrivò nel Nord Italia magro, spaurito e livido, uno sconfitto.

Alessandra non gli aveva ancora rivolto la parola quando cadde l'anniversario dell'arrivo di Giò nella loro vita. Tre anni prima, quasi per scherzo, avevano deciso di festeggiare quel giorno vestendosi di nero come se fossero a lutto, ma la cosa aveva gradualmente assunto un carattere più rilassato: uno spettacolo diurno al cinema e poi una lunga cena al ristorante da Mario.

Giuseppe non sapeva come si sarebbe comportata Licy. Era già pronto da tempo quando la vide uscire sul pianerottolo con un vestito nero attillato, stretto in vita, un modello che avrebbe potuto indossare Mirella. Aveva un cappotto di pelliccia sul braccio. Lui si diede un'occhiata veloce allo specchio, controllando cappello, bastone e cappotto. Quando Giò suonò il campanello, fu sorpreso di vedere Licy fermarsi sulle scale, in attesa che lui la raggiungesse. Giò aveva un garofano all'occhiello, colorato di nero. Mirella non era venuta.

Lasciarono l'auto di Giò parcheggiata in via Butera e salirono su un autobus che attraversò la luce immobile e fresca di Palermo. Il giorno era sereno, neanche una nuvola, il cielo azzurro come un mare di Tintoretto. Giuseppe fumava in silenzio, guardava le strade che scorrevano, i motorini che zigzagavano nel traffico. Scesero a pochi passi dal teatro, con il cappotto aperto e il bavero alzato. Licy camminava in testa insieme a Giò, Giuseppe li seguiva. Quant'era alta, gli piaceva, com'era imponente sui tacchi e con il cappotto nuovo che si era fatta confezionare a Roma.

Davano un film di Rossellini: *Viaggio in Italia*. Era uscito due anni prima, ma non importava. Avrebbe preferito un western americano ma almeno, si disse, almeno non era un musical. A Szombathely aveva guardato e riguardato due bobine di film western, tutte le sere; le proiettavano sul muro di una baracca, e lui si era innamorato della nitidezza tremolante dell'azione, dei gesti dei pistoleri, degli uomini che balzavano da cavallo, di quelle scene così compiute.

Giò se la rideva, raccontando con tono beffardo uno scandalo che coinvolgeva Rossellini e l'attrice Ingrid Bergman, qualcosa sulla loro tresca e sul marito e la figlia di Bergman, che vivevano in America. Licy stentava ad ammetterlo, ma quei pettegolezzi le piacevano. Giuseppe osservò la moglie sedersi dal lato opposto di Giò, facendo finta di niente, in modo che il ragazzo non ci badasse. Lui prima si strinse nella poltrona, poi si rialzò per togliersi cappotto e sciarpa; riprese posto sistemandoli ben bene sulle ginocchia. Licy e Giò parlottavano fra di loro, e così Giuseppe cominciò a vagare con la mente. Sentiva il brusio degli spettatori e fissava il sipario rosso che nascondeva lo schermo. Avevano trovato posto nella seconda fila della galleria. Gli piaceva quel momento, i minuti prima che calasse il silenzio, si aprisse il sipario e la luce del film trasformasse il buio. Sentì Giò che diceva qualcosa su Mirella, ma si voltò proprio quando le luci si abbassarono e il pubblico cominciò ad applaudire.

Dopo lo spettacolo passeggiarono fino al ristorante per un aperitivo, anche se era ancora presto. E lì incontrarono André, il primo marito di Licy, che beveva; insieme si spostarono al tavolo grande sulla terrazza sopra il locale. André Pilar von Pilchau era un barone estone dal viso tondo, sulla strada della calvizie; portava abiti di un rosa pallido e camicie color crema, tanti anelli alle dita. Alla luce del sole aveva un colorito giallognolo, e a Giuseppe venne il sospetto che fosse malato. Il vento caldo increspava le tovaglie dei tavoli attorno, tanto che

Licy si portò la mano al cappello. André era venuto insieme a un amico, un poeta francese coetaneo di Giò che aveva trascorso l'inverno con lui. Il barone gli accarezzava le mani e lo guardava negli occhi, oppure gli sussurrava con gentilezza un ordine all'orecchio, e Giuseppe notò che la moglie reagiva con un'espressione di pietà e un'ombra sul viso.

A lui il barone era piaciuto sin dalla prima volta che si erano incontrati, al castello di Stomersee, tanti anni prima. Non nutriva rancore nei suoi confronti, né era geloso dell'affetto di Licy. In fin dei conti, le diceva di tanto in tanto, non sarebbe mai riuscito a sottrargliela se suo marito avesse avuto gusti diversi. Sono una proprietà da rubare? rispondeva Licy, sorridendo. Pur avendo sofferto molto a causa di André, lei ne aveva accolto le inclinazioni come uno dei tanti aspetti della sua natura, e lui una sera le aveva confessato di non essere mai stato felice finché non si era accettato per quello che era. A Giuseppe non importava. A volte si sorprendeva a pensare di non essere sempre stato di quell'avviso. I suoi cugini non capivano. Sua madre non avrebbe mai tollerato il solitario barone. Quanto a Licy, aveva avuto un esaurimento nei primi anni di quel matrimonio, quando si arrovellava per capire. Si era curata con l'insulina e poi era andata a Vienna per farsi visitare da Felix Boehm, allievo di Karl Abraham. In seguito avrebbero saputo che durante la guerra Boehm aveva diretto l'Istituto Göring, condannando personalmente alla morte centinaia di omosessuali.

Giò stava parlando del film di Rossellini, paragonava il finale ambientato a Pompei con le sue escursioni alle antiche grotte dell'Addaura, sul monte Pellegrino.

Addaura? domandò André, confuso. Perché non ne ho mai sentito parlare?

Giuseppe coglieva in lui una felicità incantevole, che lo sorprendeva.

Perché sono stati gli americani a scoprirle, intervenne Licy. Ne sentirai parlare quando compariranno in qualche film di Hollywood.

Un film di guerra, scommetto.

Ah, magari su un soldato americano che sbaraglia da solo la Sesta armata tedesca.

Io su quelle grotte ho letto qualcosa, disse il giovane poeta. Gli americani ci stavano nascondendo le bombe e una saltò in aria, giusto? Mimò un'esplosione con le mani. Prima di continuare, si concentrò un po' troppo intensamente sulle labbra di Giò. E poi, tornati dentro, si accorsero che la parete di fondo era crollata e che la grotta era molto più ampia.

È un posto stranissimo da vedere, disse Giò. Sembra una macchina del tempo.

Ci sei stato?

Giò si mise a ridere. Non sono adatte al pubblico. Ci sono pitture rupestri che avranno almeno diecimila anni. Ce n'è una strana che ritrae due uomini nudi, aggrovigliati in una posizione piuttosto compromettente. Attorno a loro danza una figura con la testa di animale.

Terribile, disse André, sorridendo.

La dolce vita, sghignazzò il poeta francese.

Licy alzò gli occhi per guardare oltre la ringhiera, mostrando il lungo collo, e sulla tavola calò il silenzio, in attesa che lei parlasse. Ricorreva spesso a quel trucco, Giuseppe lo sapeva, quando aveva qualcosa di importante da dire. Siamo da sempre inclini ai riti, disse Licy. Mi meraviglia chi è convinto di essere tanto diverso da coloro che dipinsero quelle figure. Il subconscio è antico. Ed è ancora con noi. I nostri desideri non sono mutati. Quando ci sei andato lassù?

La primavera scorsa. Con Francesco.

Giuseppe accavallò le gambe, si accese una sigaretta. Si accorse, schiarendosi la gola, che accanto a lui la moglie era immobile. Una figura attraversò la luce e sulla tavola si allungò un'ombra, per poi svanire subito. Francesco Agnello? domandò con tono grave.

Una vicenda orribile, disse André nel suo italiano formale. Come sta quel povero ragazzo?

Licy sospirò piano. Non lo vediamo da un po', rispose.

Ma sappiamo che senz'altro non sta bene, aggiunse Giuseppe. Una sofferenza così atroce non si dimentica facilmente.

Licy taceva.

La settimana scorsa ho incontrato Orlando, continuò Giuseppe. Dice che Francesco non vede nessuno.

Giò annuì e afferrò il suo bicchiere di vino. Mirella l'ha visto il mese scorso alla Vucciria, disse. Mi ha raccontato che le è sembrato dimagrito. Non ha voluto accompagnarla fino a casa. L'aveva invitato a cena ma alla fine non si è presentato. Secondo me non vuole vedere nessuno.

Non mi stupisce.

Che cos'è successo? domandò il poeta francese. Scusatemi, non capisco. Il vostro amico è malato?

Lo scorso autunno l'ha rapito una banda di criminali, disse Giò. Fece spallucce, come a significare che certe cose capitano. Il sequestro è durato finché la famiglia non ha raccolto i soldi per il riscatto.

Poverino.

È una cosa che a Mussolini riusciva benissimo, disse André. A certi uomini dava la caccia come se fossero animali.

Anche Hitler lo faceva, disse Licy bruscamente. Ma non ti ho sentito elogiarlo.

Dava la caccia anche ad altri tipi di uomini, mormorò Giuseppe.

Sì, disse Licy senza guardarlo.

Non lo sto elogiando, disse André. Non lo elogerei. Ma vorrei che con certi criminali si facesse giustizia.

A quanto pare sono *loro* ad amministrare la giustizia, intervenne il poeta francese. Almeno in parte.

Giuseppe aggrottò la fronte. Non gli piaceva la piega che aveva preso la conversazione.

André dovette cogliere il suo imbarazzo o in parte condividerlo, perché, dopo aver posato una mano sulla spalla del poeta, cambiò improvvisamente argomento: E Lucio come se la passa?

Giuseppe passò due dita sullo stelo del suo calice. Oh, si dedica ai suoi versi, disse.

È un grande poeta, a quanto so.

Giò rise. Così dice lui.

Giò, lo redarguì Licy.

Ma anche lei sorrideva.

Quella sera Alessandra era cambiata. Un cambiamento graduale, impercettibile, ma Giuseppe se ne accorse per la disinvoltura con cui passeggiava al suo fianco di ritorno in via Butera, per come aspettava, con le mani immerse nella pelliccia, che lui aprisse il cancello, si facesse di lato e le cedesse il passo. Gli venne in mente che in un matrimonio lungo come il loro era facile tornare alle vecchie abitudini, a un'intesa che a volte era segno di una forma di perdono. Sapeva che persino durante le settimane passate, pur evitandolo, Licy aveva badato ai sintomi della sua malattia, e capiva che quella preoccupazione era stata la fonte di gran parte della sua rabbia. Quando si spostò alle sue spalle per aiutarla a togliersi il cappotto, le fu immensamente grato per avergli permesso quella piccola gentilezza. Erano tutti e due brilli, e lui la ascoltò mentre ripercorreva la conversazione di quella sera, all'inizio esitante, senza guardarlo.

Le era sembrato che André fosse più felice ed era molto contenta di averlo visto così, disse. Invece Giò era sottotono, assente, una cosa strana per quel ragazzo. Anche Giuseppe l'aveva notato, meravigliandosi per l'assenza di Mirella, ma se pure ne sapeva qualcosa Licy non vi fece cenno. Il pesce era stato eccellente, lo scorfano succoso e saporito. Entrambi giudicavano positivamente il carattere triste e rassegnato del film di Rossellini. All'incupirsi del film, Giuseppe si era acceso una sigaretta e aveva guardato qua e là fra gli spettatori. Gli piaceva scrutare le facce del pubblico nella luce azzurrina e tremula, mentre fumava piano; gli piaceva guardare come si muovevano all'unisono, si piegavano in avanti per cogliere l'intensità dell'angoscia di Ingrid Bergman. L'aveva sorpreso il numero di persone a quello spettacolo e si era chiesto se il desiderio di cinema impegnato fosse maggiore di quanto pensava. Secondo Licy la cinepresa indugiava un po' troppo sulla Bergman.

Comunque era così bella nella sua infelicità, disse.

Era bellissima, concordò lui.

Sì. Ma il film non era su di lei, credo.

Giuseppe si era chinato per infilarsi le pantofole, e nella sua voce aveva colto un tono particolare; la guardava in attesa.

Ma Licy non si spiegò. Aggiunse soltanto: Penso che lui avesse paura della sua compagnia, di stare solo con lei. Credo l'abbia sempre vista da lontano.

George Sanders?

Mmm.

Immagino che tutta l'Italia si sia chiesta se era un film sulla vita di Rossellini.

Succederà anche per il tuo romanzo.

Giuseppe riconobbe in quell'osservazione il tentativo di stabilire un contatto, e la guardò attentamente. Capì che quella sera non avrebbe accennato alla sua malattia, ma che ogni parola in realtà ne era pregna.

Non credo che tutta l'Italia leggerà il mio romanzo, amore.

Forse. Ha già un titolo? Bisogna dargli un titolo se vuoi presentarlo a Mondadori. Lucio dovrà saperlo.

Be'.

Licy gli lanciò uno sguardo felino. Dimmi, qual è?

Non ti piacerà.

Perché?

Pensavo a Il Gattopardo.

Il Gattopardo.

Non ti piace.

Tacque, pensierosa. Ma non ci sono gattopardi in Sicilia, Giuseppe.

Lui si schiarì la voce. Non più.

Né ora né mai. Ti criticheranno per questo. Aggrottò la fronte. Ma senz'altro alludi al principe morente.

Be'.

Lo capirà Mondadori? Lo capirà il pubblico?

Giuseppe s'impensierì, d'un tratto dubbioso.

Licy si tolse gli occhialini di metallo e fece scorrere il vestito sui fianchi, per poi protendere le braccia, con le sue splendide dita allargate. Non sorrideva ma lo guardava serissima.

Vieni qui, gattopardo, disse soavemente.

L'AMORE TORNA IN SICILIA

Ottobre 1956

Aveva conosciuto Licy nell'estate del 1925. Ai tempi era ancora sposata con André, che le aveva già spezzato il cuore. Quella prima sera avevano passeggiato insieme, senza toccarsi, in mezzo alla calca di lavoratori inglesi, avevano passeggiato dall'ambasciata dello zio fino a Whitechapel, parlando per tutto il tempo in un francese pacato dello Shakespeare uomo e dello Shakespeare artista, e dell'abisso che li separava. In realtà, anche se nessuno dei due avrebbe usato quelle parole, parlavano di bellezza e di mondo invisibile, e quando ricordava quella prima sera – la risata improvvisa e sommessa di Alessandra, il suo sguardo diretto e sfrontato – gli tornava vivido alla mente il proprio imbarazzo, perché una parte di lui aveva capito già allora che il vero argomento di quella conversazione era il desiderio.

Era il suo primo viaggio a Londra. Arrivava da Parigi, gli occhi ancora sbalorditi per i padiglioni moderni dell'esposizione di arti decorative, per la Senna a mezzogiorno, per i dipinti di Raffaello al Louvre. Viaggiava senza la madre e in quella prima occasione era ospite dell'ambasciata italiana a Grosvenor Street. Avrebbe soggiornato presso il fratello del padre, Pietro Tomasi, marchese di Torretta. Suo padre non lo stimava granché, ma Giuseppe gli aveva sempre voluto bene, forse a maggior ragione perché il padre lo biasimava. A quei tempi zio Pietro era l'ambasciatore di Mussolini in Inghilterra, e anche se i fascisti gli ripugnavano, in qualche modo aveva continuato a ricoprire l'incarico. Era stato diplomatico sia a Vienna che nella Russia rivoluzionaria, e a Mosca aveva conosciuto e ammirato Lenin. Nel 1922 aveva accettato l'assegnazione a Londra, trasferendosi con la nuova moglie Alice Barbi, più grande di quindici anni, un mezzosoprano in pensione che era stata musa di Johannes Brahms. Giuseppe ricordava l'espressione che aveva il padre a cena la sera in cui era arrivata la notizia del matrimonio dello zio; la lettera l'aveva lasciata cadere accanto alla sedia e il cane si era svegliato per annusarla e poi era tornato languidamente vicino al caminetto, come se la fame gli fosse passata. Sua madre aveva evitato domande; ma Giuseppe era andato all'altro capo del tavolo, aveva raccolto la lettera e l'aveva letta in silenzio.

Ai tempi non conosceva ancora zia Alice; nessuno la conosceva. L'avrebbe incontrata soltanto due volte, brevemente, prima di arrivare a Londra in quell'estate del 1925. La ricordava pallida e sottile, come la fiamma tremula di un fiammifero; e così non aveva riconosciuto l'imponente matrona che lo riceveva, una vedova con due figlie grandi. La giovane Alice, come la chiamava la madre, in barba ai suoi sessantasei anni. La zia gli parlava in inglese, ma al marito si rivolgeva in russo. I capelli neri erano striati di grigio e li portava con un taglio sbieco all'altezza del mento, alla maschietta, come una ragazza con un quarto dei suoi anni. Aveva il volto pesante, le labbra sottili e imbronciate, ma una vitalità tale nell'eloquio e nei gesti che Giuseppe l'aveva subito ammirata. Era una donna, capì, che si aspettava di essere osservata.

Era arrivato senza preavviso, e quella prima sera, con il boato di Piccadilly ancora nelle orecchie, se ne stava seduto su un angolo del suo baule da viaggio nell'androne dell'ambasciata, mentre la zia e lo zio gli spiegavano che non potevano accoglierlo; doveva capire, diceva lo zio, che li aspettavano a un ricevimento a palazzo; ma di lui si sarebbe presa cura la figlia di Alice, sarebbero andati d'accordo, perché era un'amante dei libri, per certi versi molto simile a lui. Suo marito era lontano, le avrebbe fatto piacere avere compagnia.

Giuseppe immaginava una donna con gli occhi da gufo, timida e infelice. Reagì interdetto, sforzandosi di sorridere. Sì, fa piacere anche a me, farfugliò. Mmm, magari prima disfo i bagagli, mi do una rinfrescata e faccio un sonnellino, e poi... Ma non gli venne in mente un modo per finire la frase e guardò lo zio disperato, per aggiungere: Non c'è bisogno di disturbare sua figlia, zia. Davvero.

Ci avessi avvisato del tuo arrivo, capisci, cominciò zio Pietro. Ma sotto i baffi impomatati un sorriso gli increspava le labbra, come a dire che quello era il comportamento tipico di un giovane uomo.

Giuseppe disse che sperava di non recare troppo disturbo.

Sciocchezze. I giovani disturbano sempre. È vostro diritto.

La zia, che aveva taciuto, adesso era presa a infilarsi in gran fretta gli orecchini lunghi e splendenti. Dai, andiamo, disse con tono energico. Ti mostro le tue stanze. No, il baule lascialo lì. Qualcuno te lo porterà su, ci pensa Pietro. Prima che usciamo voglio presentarti Alessandra.

Zio, protestò Giuseppe.

Ma lo zio si limitò ad aggiustarsi i gemelli e agitò la mano per congedarlo.

Nell'ascensore, quando la grata si era chiusa con uno scatto e il seno della zia gli aveva sfiorato un braccio, aveva provato qualcosa, un fremito violento, non sgradevole, ed era avvampato di vergogna.

Non poteva immaginare come sarebbe cambiata la sua vita di lì a poco. Il secondo pomeriggio a Londra uscì con Alessandra per andare a vedere i Turner alla Tate Gallery, e quelle foschie gli sciolsero la lingua, come se la pittura emanasse una musica in grado di contagiarlo. La terza sera, a una cena, un ex viceré dell'India gli cedette il passo dando mostra delle buone maniere inglesi e insistendo che Giuseppe varcasse una porta prima di lui. In quell'occasione colse lo sguardo di Alessandra all'altro capo del tavolo, sentendo all'improvviso un calore imbarazzante salirgli alle guance. A Londra acquisì un certo gusto per i papillon e le ghette, cominciando a portare i baffi sottili che lo avrebbero accompagnato per gran parte della sua vita e a pettinarsi i capelli all'indietro senza scriminatura. Tutte abitudini incoraggiate ironicamente da Alessandra.

Ma quella prima sera la zia l'aveva introdotto nelle stanze di Alessandra senza bussare, e l'avevano trovata seduta a una scrivania, ad annotare impressioni su un quaderno. Scriveva con mano lenta e decisa, e Giuseppe si era fermato sulla soglia, notando il mobilio pesante, i tappeti spessi e le finestre spalancate, in cerca di una brezza che non entrava. Sulla scrivania sferragliava in una gabbietta un piccolo ventilatore metallico.

Chiudi il quaderno, Licy, disse la zia in francese. È arrivato il nipote di Pietro.

Da Palermo, immagino, rispose Alessandra senza scomporsi, come se lo aspettasse. E poi alzò gli occhi e glieli puntò addosso, e lui non poté fare a meno di guardarla. Aveva i graziosi occhi tristi della madre.

Giuseppe Tomasi, disse con un leggero inchino, tutto a un tratto solenne. Al suo servizio, Madame.

Puoi chiamarmi Licy, disse lei.

Licy, mormorò lui.

Lo squadrò da capo a piedi. Immagino che siamo cugini, io e te, disse.

E si alzò dalla scrivania, alta, potente, la veste bianca con una stampa giapponese e i capelli neri sciolti sulle spalle. Aveva mani grandi, notò Giuseppe quando gliene porse una, senza anelli, e stringendola sentì una leggerezza riempirgli il petto come acqua.

Cugini, disse timidamente.

Suppergiù, disse lei.

La zia, già vicino alla porta, mormorò qualcosa. Vi lascio soli, annunciò, e Giuseppe era così confuso che neanche si voltò a guardarla.

Aveva trascorso gran parte di quel decennio in viaggio, appoggiato alle ringhiere di ferro battuto degli alberghi viennesi, a passeggio per i viali di Parigi e Berlino, nella calca che affollava i jazz club di Amsterdam, nel tentativo di sbarazzarsi dei ricordi della guerra. Di ciò che accadeva nel mondo gli importava poco. Benché l'avesse applaudito quando si era battuto per l'annessione di Fiume, D'Annunzio gli sembrava ridicolo e la passione nazionalista gli ripugnava. Irritato dagli impegni sociali di Palermo e disgustato dalla propria fragilità fisica, migrò per un certo periodo a Genova e a Torino, dove vivevano diversi sopravvissuti al campo di Szombathely. Negli anni seguenti andò con la madre a Bologna, Monaco e Parigi, in cerca di nulla ma insoddisfatto di tutto. Aveva acquistato una macchina fotografica e scattato foto della cattedrale di Pistoia, del battistero e di Ponte Vecchio a Firenze, delle fontane monumentali di Roma. Aspettava sempre di poter fotografare un edificio senza che ci fossero persone; voleva che il monumento risaltasse nella sua solitudine ed eternità, in cerca di una forma di purezza in quella pietra che viveva fuori dal tempo. Ma altrove si concedeva di andare alla deriva. Gli piaceva non essere nessuno, gradiva l'invisibilità che trovava nelle città europee. Erano i ruggenti anni venti, quando il gin e il jazz furoreggiavano per il continente come una specie di fuoco americano.

Eppure neanche viaggiare gli dava pace; dormiva male, aveva incubi e non restava a lungo lontano dalla Sicilia. Non riusciva a non tornare a Palermo, e da sua madre, come se fosse ancora un ragazzino, senza legami ma dipendente, anche se in verità si avvicinava ai trent'anni. Adesso, a sessanta, capiva che aveva cercato di fuggire da se stesso e che, essendo sopravvissuto agli orrori della guerra, non si fidava di una vita sedentaria. Sapeva fin troppo bene che quanto si riceve si può anche perdere, e che il corpo è estremamente vulnerabile e incline al disfacimento. Ma allora tutto ciò che conosceva era una vaga infelicità, il disgusto per le chiacchiere meschine degli altri, cui faceva da contraltare il piacere che provava in compagnia dei libri. Non era più giovane, è vero; e benché il viso restasse florido e le maniere gentili, gli occhi grandi e tondi, malinconici, leggermente sporgenti, tradivano gli orrori che aveva visto sul fronte dell'Isonzo.

Nutriva ancora il desiderio che la sua vita somigliasse a un romanzo. Era abbastanza giovane per nutrirlo. Adesso capiva che a quell'epoca aveva avuto bisogno non solo di un obiettivo, ma soprattutto di una forma chiaramente distinguibile; aveva avuto bisogno di un senso di movimento, di direzione; era sopravvissuto a quell'inizio e desiderava tutto ciò che il futuro aveva in serbo per lui. Voleva le cose che aveva conosciuto nella sua infanzia, ma più ricche, intricate, pericolose. Nessuno è il narratore della propria vita, aveva confidato un giorno a Licy. Una vita non è come un libro, aveva risposto lei. Forse; ma adesso gli sembrava di poter distinguere in certe vite forme, schemi, echi che si potevano interpretare in modo da ricavarne una specie di illuminazione. Questo aveva desiderato. Non lo si poteva ottenere subito, ma solo a posteriori, appunto come una storia prende forma in un romanzo, attraverso un filtro che seleziona solo certi fili.

Il più prezioso di quei fili era per lui la curiosa attrazione per la figlia maggiore di sua zia. Aveva poca esperienza con le donne, ma abbastanza per sapere, fin da quella prima sera a Londra, che la bellezza di Alessandra Wolff non era convenzionale. La sua espressione era mutevole come luce sull'acqua, sembrava in moto costante, seguendo ora l'arricciarsi del naso aristocratico, ora lo stringersi dei severi occhi scuri. Non si muoveva con grazia ma con decisione, come a cogliere l'attimo, come se da un momento all'altro potesse incontrare un ostacolo sul suo cammino, sempre pronta all'eventualità che qualcuno all'improvviso le opponesse resistenza. Aveva studiato a Vienna con i più celebri psicoanalisti del mondo e si era sposata con un eroe di guerra zarista, nonché barone. Era una creatura mondana e ferita, ma in un certo senso le sue perdite non l'avevano cambiata. Giuseppe capì che il fuoco che aveva dentro l'aveva sempre avuto, e lo trovava tanto provocante quanto spaventoso, così che le migliaia di scambi abituali tra un uomo e una donna che non si conoscono ancora lo lasciavano confuso, imbarazzato. Quando si trovavano in un caffè o in un ristorante, la guardava incerto, come se avesse paura di parlare senza il suo consenso, di ordinare anche per lei. Oppure si fermava davanti a una porta, senza sapere se tenergliela aperta o no. E lei ordinava da sé ciò che voleva e spalancava energica la porta, guardandolo con un misto di soddisfazione e biasimo. Non aveva mai conosciuto una donna così.

Tranne sua madre, forse. Nelle lettere che mandava a Palermo, e che scriveva tutte le sere e imbucava tutte le mattine, non accennava a quell'essere meraviglioso e terrificante, quella nuova cosa che era entrata nella sua vita, quella Alessandra Wolff.

Pensò molto a quei giorni durante quel mese di ottobre, quando osservava Giò e Mirella, incredibilmente giovani, arrossire d'amore, mentre in macchina viaggiavano tutti e tre insieme verso est, lungo la costa settentrionale, in direzione della casa dei Piccolo a Capo d'Orlando.

Era una domenica pervasa di luce dorata, alla fine della stagione, ed era la prima volta che Mirella faceva visita ai Piccolo. Guidava Giò; Giuseppe era pigiato al suo fianco, con le ginocchia svettanti, e la ragazza stava dietro, le braccia allargate e il vento che le sferzava i capelli. Il cielo era azzurrissimo. A seconda delle curve lungo la strada nuova, Giuseppe poteva scorgere il mare in basso, il ritrarsi dei frangenti, continuo, riposante, una linea ondosa di schiuma che era sempre esistita e sempre sarebbe esistita. Il rombo dell'aria calda li costringeva a urlare. Giò andava veloce, cambiando agilmente le marce man mano che rallentava o accelerava lungo il profilo delle scogliere, tra i canali di ombra e di abbacinante luce bianca che il sole creava alle loro spalle.

Ogni tanto Mirella apriva gli occhi e si chinava avanti per accarezzare la nuca di Giò, e lui sorrideva con il suo sorriso da ragazzino e alzava gli occhi allo specchietto retrovisore per guardarla. A Giuseppe piaceva osservare l'amore fra i suoi giovani amici. Quell'affetto era allo stesso tempo qualcosa di più e di meno di una passione, una sorta di amicizia; era questo a ricordargli il corteggiamento di Licy. Ma lui non era mai stato così giovane, si disse. Lui e Licy avevano più di trent'anni quando si erano sposati, avevano già abitudini radicate, erano già se stessi. Quando osservava Giò e Mirella, invece, vedeva due persone che stavano ancora imparando chi sarebbero state, appoggiandosi l'una all'altra, adattandosi e crescendo insieme.

Quel giorno non videro altre auto, e Giuseppe, pur non sapendo se fosse insolito, durante quel viaggio sentì una desolazione tale che il mondo gli sembrava essersi ritirato, come se avessero attraversato una piega nel tempo e stessero guidando verso il cuore di una Sicilia antica.

Alessandra aveva declinato l'invito per quella settimana. Aveva ancora troppi impegni con i suoi pazienti e purtroppo non poteva disdirli con così poco preavviso, eccetera eccetera, o almeno così aveva detto a Mirella. Ma aveva aggiunto che, per quanto eccentrici, la ragazza avrebbe trovato i Piccolo ospitali e piacevoli. A Giuseppe aveva risparmiato quelle scuse. Entrambi sapevano che Licy evitava la villa dei Piccolo già da anni, perché non sopportava le pose artistiche del cugino e considerava decisamente sciocca la fissazione di quella famiglia per spiriti e occultismo.

Sono bambini, diceva. Non lo dico per essere scortese.

C'era un che di vero in quelle parole, Giuseppe lo sapeva, ma non avrebbe mai osato darle ragione ad alta voce. Di quei tre cugini nessuno era sposato e sin dalla morte della madre vivevano insieme nella villa di famiglia che dominava il mare. Come per magia, nonostante i bombardamenti che avevano infuriato sulla strada costiera e sulle ferrovie di Capo d'Orlando, la villa era uscita illesa dalla guerra. Nei mesi più bui del 1942 Giuseppe e la madre erano fuggiti da Palermo, prendendo in affitto una casa colonica non lontana dai Piccolo. Un pomeriggio, mentre loro erano fuori, la casa venne distrutta da una bomba. Era il mese dello sbarco alleato nel Sud. I Piccolo continuavano la loro vita, incolumi, già orfani. Il padre, il barone di Calanovella, anni addietro era scappato a Sanremo con una ballerina ed era morto prima della guerra. Casimiro sosteneva che il suo spirito infestava le stanze della villa, addolorato, colmo di rimorsi.

Se anche era nervosa per quella visita dai Piccolo, Mirella non lo dava a vedere. Era pomeriggio tardi quando Giò imboccò la lunga strada per la villa, che dopo aver attraversato agrumeti e belle valli rocciose punteggiate di fragole di bosco, sbucava su uno scricchiolante vialetto inghiaiato. Una polvere chiara restava sospesa dietro l'automobile. I tre cugini Piccolo aspettavano insieme appoggiati alla ringhiera, le porte della loro villa incantata aperte, e Giuseppe cercò di vederli con gli occhi di Mirella, figure fuori dal tempo, inviolate, assurdamente privilegiate: Casimiro con una camicia macchiata di pittura, fuori dai pantaloni e sgualcita, una figura allampanata che si stagliava contro le mura bianche e portava galosce inglesi alte fino al ginocchio, come un lord in attesa dei suoi ospiti; poco distante, Agata Giovanna, più vecchia, teneva in braccio un cagnolino e aveva i capelli intrecciati in un'acconciatura di squisito gusto celtico; e infine Lucio, con i suoi immacolati pantaloni alla zuava e i calzettoni di lana, più basso degli altri, i baffetti che si muovevano a seconda che sorridesse o si accigliasse, quasi indeciso su come considerare quei tre ospiti, arrivati in una nuvola di polvere come una replica misteriosa e spettrale della loro vera persona.

Giò spense il motore. Aspetta, amore, disse a Mirella. Meglio non scendere adesso.

Lei lo guardò interdetta.

E poi partirono latrati e uggiolii. Rimasero nell'auto, a braccia rigorosamente conserte; Giò e Giuseppe ridendo chiesero l'aiuto dei Piccolo, perché i cani da caccia erano sciolti e si erano precipitati attorno all'automobile, eccitati e aggressivi, e non li avrebbero fatti scendere.

L'ultima volta si è versato sangue, disse Giò sorridendo. Mise un piede sul cruscotto per arrotolare l'orlo del calzone e mostrare una cicatrice.

In tutto questo Giuseppe sentiva una grande felicità. Aveva mandato il romanzo a Lucio, che l'aveva apprezzato tanto da volerlo proporre a Mondadori. Erano passati cinque mesi. Non sapeva quanto ci volesse in genere a ricevere una risposta, ma non disperava. Sapeva che era un'opera valida e che aveva compiuto qualcosa di insolito, qualcosa che neanche lui si aspettava di realizzare. Provò a immaginarlo stampato e rilegato, provò a immaginarlo fra le sue mani. Provò a immaginare la normalità di tutto questo, dopo che fosse passato abbastanza tempo, provò a immaginare di non emozionarsi più per quella concretezza fisica, ma non ci riuscì, e quell'incapacità lo rese, se possibile, ancora più felice.

Si capisce che l'ho letto, disse Casimiro più tardi.

Fu dopo che Giuseppe e Mirella avevano disfatto le valigie e si erano rinfrescati collo e mani, avevano bevuto una limonata al fresco del salone, dove un ventilatore elettrico ruotava sul televisore come una meravigliosa scultura vivente. Giò non aveva preso la sua valigetta bianca dal bagagliaio, perché Agata Giovanna non voleva che una coppia di fidanzati dormisse sotto lo stesso tetto. Quella sera avrebbe guidato fino all'albergo più vicino, a una ventina di chilometri da lì. Giuseppe occupava la sua solita stanza. Sopra la testiera del letto era appesa un'antica vetrinetta Luigi XVI, che conteneva statuine d'avorio della Sacra Famiglia, salvate parecchi decenni prima dalle macerie del palazzo materno a Santa Margherita. Prima di raggiungere gli altri, aveva strofinato con un dito la tonaca di Maria, come faceva sin da quando era bambino, sentendo la materia fredda, liscia come acqua.

In sala, Agata Giovanna aveva servito un pranzo freddo di fettuccine con burro e parmigiano, un enorme filetto di tonno e poi salse, pâté di fegato, tartufi neri, pistacchi. Lucio già mangiava. A capotavola il posto era riservato, come da usanza, al fantasma della madre dei Piccolo; la sedia era discosta per consentire al suo spirito di vegliare sugli ospiti. Mirella se n'era accorta ma era rimasta in silenzio. Dopo un po' Giuseppe e Casimiro si erano ritirati; adesso il principe attraversava lo studio del cugino, esaminando il nuovo dipinto, un piccolo acquerello di fatine e creature notturne ritratte nel giardino dei Piccolo. Di là dalle finestre gli giungevano le risate di Mirella, che chiamava Giò. Lei e Agata Giovanna erano andate a vedere le orchidee e le ortensie; sentiva le loro voci a sprazzi e capì che Giò si era nascosto per gioco in mezzo alle palme.

Lo studio, piccolo e con le imposte chiuse, era fresco e al riparo dal sole pomeridiano. Sul davanzale della finestra stavano un bicchiere d'acqua e un piatto con uno spicchio d'arancia. Senza girarsi, Giuseppe chiese seccamente al cugino: E quindi?

Quindi cosa?

Che impressione ti ha fatto?

Sono solo un imbrattatele, cugino, non un critico letterario, rispose Casimiro sorridendo.

Giuseppe intrecciò le mani. Non ti è piaciuto.

Be', penso che susciterà scalpore.

Ma non ti è piaciuto.

Al contrario, disse subito il cugino. L'ho trovato divertente. Provocatorio. Non so se ho capito tutto, naturalmente. Ma Lucio mi ha detto che è bellissimo. Saprai già che l'ha raccomandato al suo editore.

Gli ho portato due capitoli nuovi.

E hai portato anche la ragazza del giovane Lanza. Non viaggi leggero, tu, santo cielo…

Giuseppe sorrise. È incantevole, non trovi?

Così sembra.

Io e Licy stravediamo per lei.

Be', non potete adottare anche Mirella, scherzò Casimiro. Sono sicuro che la legge non lo consente.

Non in Sicilia.

Forse no.

Magari potreste adottarla tu e Lucio.

Ah. E cosa direbbe Giovanna?

Giuseppe, che scherzava solo fino a un certo punto, scrollò le spalle. Anche lei le vorrebbe bene alla fine. Vi conquisterebbe tutti.

Casimiro si aggiustò le maniche arrotolate e guardò Giuseppe con un'espressione a un tratto pensierosa. E così il romanzo non è ancora finito?

Giuseppe sbatté le ciglia. Penso di sì, mormorò. Almeno credo.

Però hai portato pagine nuove...

Giuseppe indicò il piccolo acquerello del cugino, fissato con il nastro adesivo al tavolo da disegno. Casimiro era rinomato per la sua pignoleria e lentezza. Quand'è che un'opera è finita? domandò.

Invece di aspettare una risposta, attraversò lo studio per osservare una marina a olio, poggiata su una credenza di noce. La guardò in silenzio. Casimiro lo seguì, tenendosi a una certa distanza. Giuseppe, incerto se cambiare argomento e non sapendo come portare avanti la conversazione, dopo un attimo disse: Tua sorella ha l'aria stanca.

Ah.

Non sta bene?

Abbassa la voce, può sentirti.

Non credo.

Abbassa la voce.

Con le mani alzate come per difendersi, Giuseppe disse a voce più bassa: Non è malata, spero.

Oh, Giovanna è sempre malata. È la malattia a tenerla in piedi. Dovremmo preoccuparci se un giorno si sentisse bene. Io ho la pittura, Lucio la poesia, Giovanna la sua salute. Quel dipinto, la piccola marina, l'ha fatto nostra madre. Lucio l'ha trovato appena un mese fa, era avvolto in una tela cerata, sotto la paglia nella rimessa per le carrozze.

Giuseppe lo studiò attentamente. I colori erano insoliti, aranci e rossi, come se la sabbia del Sahara avesse oscurato il sole e macchiato il mare di calore. Perché l'ha nascosto lì?

Forse aveva paura che arrivassero gli americani, disse Casimiro. O chissà, forse l'aveva messo lì già prima della guerra. Non lo so.

Non sapevo che dipingesse.

È un dipinto strano per essere suo. Non somiglia alle altre opere.

Forse non è neanche suo.

Casimiro sorrise. Forse aveva un amante, l'avrà fatto lui.

Dei tre fratelli Piccolo, Casimiro era il più vicino per età a Giuseppe. Per quel cugino sentiva una cocente tristezza, nel vedere come si teneva lontano dal mondo. Da giovane aveva studiato pittura e scultura a Monaco, dove la sua fidanzata si era ammalata di tubercolosi ed era morta; dopodiché era tornato a Capo d'Orlando distrutto, il dolore l'aveva stranito, lo atterriva ogni anelito di vita. Affabile com'era, non rifiutava di stringere una mano, ma poi scappava con una scusa a disinfettarsela con l'alcol. In salotto stava a debita distanza anche dal fratello e dalla sorella, in un angolino a lui riservato; a pranzo agganciava i piedi alle gambe del tavolo e trascinava la sedia, in modo da non toccare nulla. Si teneva un fazzoletto sul naso quando era costretto a stare vicino agli altri, indietreggiando sui talloni e distogliendo gli occhi, come se potesse contrarre la malattia attraverso un semplice sguardo.

In quel momento si udì un leggero frullare alla porta, e lui e Casimiro videro profilarsi Agata Giovanna e Mirella, delicatamente illuminate dal sole alle loro spalle, entrambe sornione e sorridenti.

Mi sono sempre chiesta di cosa discutano gli uomini in mia assenza, disse Agata Giovanna con la sua voce bassa.

Casimiro sollevò un sopracciglio. E quando mai saresti assente, sorella?

Discutono del prezzo dei sigari, propose Mirella. All'infinito.

Davvero?

Discutiamo di voi, naturalmente, disse Giuseppe. Siete un mistero.

Di *me*?

Di signore, signore in generale.

Voi ragazze sembrate già affiatate, disse Casimiro. E non è passata neanche un'ora. Mia sorella ha già carpito i tuoi segreti, bambina? Non farti ingannare. Non fa mai domande innocenti.

Agata Giovanna rise. Ma temo di aver perduto l'altro, disse. Gioacchino passeggiava in giardino e devono averlo rapito le fate.

Oppure gli gnomi, sorrise Mirella.

Oppure gli gnomi. È difficile sapere chi. Chissà se ce lo restituiranno mai.

O chi ci daranno al posto suo.

Già.

Dovremo interrogarlo a fondo quando torna.

Cera bollente sulla punta delle dita. È l'unico modo per accertarsi che non sia vittima di un incantesimo.

Casimiro si passò le mani sui capelli neri, curvando le spalle. Sorrise a Giuseppe e poi attraversò lo studio per parlare con Mirella. Si tenne a più di un metro da lei e quando prese parola si mise il fazzoletto davanti alle labbra, come per purificare l'aria contaminata che ne usciva. Ma non hai ancora visto i miei dipinti, bambina, le disse. Vieni, vieni. Ti guiderò nel grand tour.

È fidanzata, Casimiro, disse la sorella.

Casimiro fece l'occhiolino a Mirella. Il suo fidanzato l'hanno rapito i folletti, disse. La poverina ha bisogno di consolazione.

Mentre si inoltravano nello studio, e Casimiro si teneva sempre a una certa distanza dalla ragazza, Giuseppe si voltò a guardare Agata Giovanna. Aveva preso il piatto e il bicchiere, come a voler pulire lo studio del fratello, e se li teneva in grembo.

E che cos'è successo a Lucio? domandò Giuseppe. È sparito anche lui?
Compone i suoi versi, disse lei.
Adesso?
Agata Giovanna lo guardò beffarda. Oh, Lucio compone sempre versi, disse.

Quella prima sera cenarono tardi, con portate abbondanti di lasagne, vol-au-vent di aragosta, cotolette impanate con patate, piselli e prosciutto, e una sfoglia farcita di crema e amarene. Mangiarono nella sala da pranzo, dove Giuseppe poté osservare Casimiro che agganciava i piedi alle gambe del tavolo per trascinare la sedia al suo posto. Era preoccupato per quel cugino bislacco, la cui fobia non sembrava migliorare, e gli dispiaceva la solitudine in cui doveva vivere. Cenarono a lume di candela, sotto un lampadario che Giuseppe ricordava spento da quando era morta la zia; capì che era stata Agata Giovanna a voler fare colpo su Mirella. Quando ebbero finito il dolce, Giò schioccò le labbra senza pudore e si mise a ridere notando l'espressione della fidanzata; poi si alzò offrendosi di aiutare a lavare i piatti. Quella sera ai domestici si era concesso riposo, e quindi Agata Giovanna annuì delicatamente al ragazzo; Giuseppe vide che era contenta. Lui seguì i cugini in salotto, Mirella lo accompagnò.
Era un piccolo ambiente elegante: pareti tappezzate dagli acquerelli di Casimiro, una libreria ad angolo colma di poesia e testi esoterici sull'occulto, pavimento di marmo. Giuseppe accese una lampada dopo l'altra, comportandosi da padrone di casa. Badò bene a non sconfinare nell'angolo di Casimiro, in fondo alla stanza, un angolo che apparteneva soltanto al cugino e custodiva le sue riviste e la sua poltrona. Casimiro vi si accomodò e accese la lampada.

Anziché sul divanetto accanto a Mirella, Lucio sedette allo sgabello del pianoforte, con grande allarme di Giuseppe; accavallò le gambe e intrecciò le mani su un ginocchio. I piedi sfioravano appena il pavimento. Guardò Giuseppe di sbieco, visibilmente imbarazzato.

Non vorrai suonare per noi? disse Giuseppe.

È anche pianista? chiese Mirella a Lucio. Pianista *e* poeta.

Lucio alzò modestamente le spalle.

Sa suonare tutto il *Parsifal* a memoria, gridò Agata Giovanna dalla sala da pranzo, trasportando una pila di piatti. È bello da piangere. Dovremmo proprio dare un concerto fra qualche giorno.

Fra molti giorni, intervenne Giuseppe.

Moltissimi, concordò Casimiro.

Mirella, da parte sua, a quell'idea si mostrò entusiasta. Sarebbe meraviglioso, disse.

Lucio rimase immobile, con le dita intrecciate, e li scrutava facendo vibrare i baffetti, come stupito di aver destato tanto interesse.

Naturalmente è autodidatta, precisò Casimiro. Non devi aspettarti molto dal mio fratellino, bambina.

Lucio è anche compositore, disse Giuseppe. Non lo sapevi?

Mirella sembrò confusa. Perché sorride, Don Giuseppe?

Sorride, disse Lucio ad alta voce, perché giudica la cosa sciocca.

Che stupido, disse Giuseppe allegro. Il mio stimato cugino ha quasi messo a punto un Magnificat alla maniera di Malipiero. Ed è eccellente. Alzò una mano. Come so che è eccellente? Lo so perché lo scrive da venticinque anni.

Con tutto il rispetto, non è tanto tempo? domandò Mirella.

Casimiro rise. Dipende dal Magnificat.

Lucio scrive una semicroma all'anno, precisò Giuseppe.

Creare arte richiede tempo, sospirò Lucio fissando gli occhietti sulla ragazza, e facendo finta di ignorare il cugino e il fratello. Ma ricorda, cara, che una creazione dura in eterno.

In eterno! gridò Casimiro.

Sarebbe un Magnificat veramente lungo, chiosò Giuseppe.

Vorrei sentire quello che ha scritto finora, propose Mirella.

Oh, ne avrai occasione, non temere, intervenne Casimiro.

Lucio arrossì. Sarebbe un onore. Non è finito. Non sono in grado di scrivere un romanzo in dodici mesi, come mio cugino. Ma non…

Un romanzo in dodici mesi? gridò Giuseppe. Scriveresti sì e no una frase all'anno, cugino.

A quel punto Giò entrò nel salotto, portando con attenzione un vassoio annerito pieno di pasticcini, che poggiò con un rintocco metallico sul tavolino di fronte a Giuseppe. Agata Giovanna lo seguiva con un piattino riservato a Casimiro; glielo portò nel suo angolo in fondo alla stanza e glielo poggiò accanto stando attenta a non toccare niente. Giò aveva una macchiolina di sugo sulla camicia.

I ragazzi sedevano sul divanetto bordeaux; Giò passò un braccio segaligno attorno alle spalle di Mirella e a vederlo Giuseppe si sentì felice, a vederli così giovani e innamorati. Notò alle caviglie di Giò un paio di vivaci calzini gialli.

Te l'hanno detto che la villa è stregata? chiese Giò.

Mirella lo guardò storto. Lo dici solo perché non dormi qui.

È vero, protestò lui. Chiedi a Lucio.

È vero, confermò Lucio.

Ma non come immagini tu, precisò Agata Giovanna. Versava tè inglese in piccole tazze di porcellana bianca. Gli spiriti non vengono a infastidirci. Camminano in mezzo a noi, assorti nella loro esistenza. Siamo *noi* che li infastidiamo.

Mirella guardò Giuseppe imbarazzata.

Non stare ad ascoltarli, sussurrò lui teatralmente. È una casa di pazzi. Non c'è modo di farli ragionare, sono incorreggibili.

Anche il dubbio è un tipo di fede, cugino, gridò Casimiro dalla sua poltrona. Abbiamo visto i defunti con i nostri occhi, bambina.

È vero, disse Agata Giovanna.

È vero, disse Lucio.

Giuseppe alzò le mani come per arrendersi. Vedi, Mirella. Sono senza speranza, temo. I miei cugini sono così esperti sul mondo degli spiriti che li ho invitati a scrivere un Baedeker sull'argomento.

Mirella si rannicchiò addosso al fidanzato. Non vi siete spaventati quando li avete visti? chiese ad Agata Giovanna.

Un pochino, disse lei.

Che aspetto hanno?

Già, diteci, intervenne Giuseppe. Che aspetto hanno?

Non sono spaventosi, disse Lucio. Sono come noi, un po' indistinti, con i contorni sfocati. Appaiono soltanto da lontano. Alla fine di una stanza lunga o di un corridoio, oppure al capo opposto del giardino. Non vogliono disturbarci. Vivono in un'altra vita, nel mondo dell'aldilà. È tutto perfettamente naturale.

Mirella ebbe un brivido.

Se mai fossimo obbligati a credere in un aldilà, commentò seccamente Giuseppe, penso che la versione della Chiesa sia un po' più persuasiva.

Peccato che sia la Chiesa a non avere senso, disse Giò.

Giuseppe si allungò a prendere un pasticcino, sorridendo felice.

Qualche tempo prima, quell'estate, erano al ristorante da Renato; una calura polverosa arroventava il tendone esterno e le candele si scioglievano piegandosi sui tavoli, quando Licy se n'era uscita con un'idea balzana.

Ti sembrerà una pazzia, disse.

Lui sorrise. Pensavo che a Freud non piacesse quella parola.

Sssh, disse lei.

L'idea di Licy era questa: lei e Giuseppe avrebbero adottato ufficialmente Gioacchino, nominandolo figlio ed erede legale. Il ragazzo era esasperante, incorreggibile, e tutti e due lo adoravano. Così il vecchio titolo familiare, quello di duca di Palma, non si sarebbe estinto. Anche se il titolo più importante, principe di Lampedusa, non si poteva trasferire, erano il ducato e la sua storia di asceti e santi a stare a cuore a Giuseppe. Lui restò in silenzio, meditabondo. A parte il loro affetto, non potevano offrire altri incentivi. Il patrimonio dei Lampedusa era ridotto all'osso: a dargli il colpo di grazia era stato il bisnonno principe Giulio, morto senza testamento e con nove figli ingordi. Quel poco che restava della grande proprietà immobiliare, oltre al palazzo distrutto, era finito alla prozia Concetta; costei, morta nel 1930, aveva preferito lasciare tutto alla cognata vedova e senza figli, purché l'odiato nipote, il padre di Giuseppe, non mettesse le mani su quei beni. Adesso non restava nulla. Giuseppe pensò a quei morti e alle loro aspre controversie, che costituivano il grosso della sua eredità. D'altra parte Giò, aristocratico, ricco di nascita, figlio di genitori che passavano parte dell'anno a palazzo Mazzarino, non avrebbe avuto bisogno di niente; il patrimonio era un incentivo trascurabile. Si appoggiò allo schienale della sedia scricchiolante, guardandosi attorno nella sala vuota.

Per noi è già come un figlio, disse sua moglie.

Giuseppe tamburellò leggermente un dito sul tavolo. Cioè mangia a casa nostra senza essere invitato?

Lo sai che cosa voglio dire. Ha l'età che avrebbe un figlio nostro.

Se ne avessimo avuto uno.

Licy lo guardò negli occhi. Se ne avessimo avuto uno, sì.

Riflettendoci nei giorni che seguirono, capì che l'idea gli andava a genio. Si preoccupava sia per Licy sia per la propria salute cagionevole e gradiva l'idea di un figlio e di una nuora a cui la moglie potesse volere bene e che avrebbero ricambiato l'affetto. Giò l'avrebbe in qualche modo consolata. Ma, al di là di quelle considerazioni razionali, nell'idea della moglie c'era anche un altro aspetto di suo gradimento. Giò era il figlio minore di un suo cugino di secondo grado, Fabrizio Lanza Branciforte, principe di Trabia e Butera, duca di Camastra, i cui titoli si sarebbero tramandati comunque. Giò e Mirella erano entrati nella loro vita solo negli ultimi anni, ma li avevano visti quasi tutte le settimane, e i loro giorni, prima assai grigi e stanchi, erano diventati come una stanza rovente in cui si aprissero all'improvviso tutte le finestre. Il mondo era diventato più netto, chiaro, lo sentivano con maggiore nitidezza.

Quando gli parlarono della proposta, Giò sorrise sornione, dicendo: Ma a quel punto non potrete più sbarazzarvi di me.

E scoppiò a ridere.

È una proposta seria, disse Licy.

Il ragazzo annuì, tradendo una qualche felicità negli occhi. Parlo sul serio anch'io, disse.

La dolcezza di quella scena colpì intensamente Giuseppe, che se ne stava a fumare alla finestra. I tre erano ancora in via Butera, nella biblioteca, e si preparavano per andare a cena; al ristorante avrebbero incontrato Mirella e un amico. Giuseppe si voltò a guardare la luce del crepuscolo, sopraffatto dall'emozione, e non si girò finché non gli riuscì di ricomporsi.

Ma che ne diranno i tuoi genitori? domandò Licy. È questo il dilemma, Gioitto. Saranno d'accordo?

Senz'altro troveranno strana l'idea di adottare un uomo adulto, disse Giuseppe.

Che oltretutto ha genitori vivi e vegeti, aggiunse Licy.

Giò reagì lisciandosi i pantaloni con una mano e torcendo le labbra in un sorriso ironico. Be', non si può dire che non sia strana come idea, disse.

Anche Giuseppe sorrise. Si capisce.

Scriveremo loro una lettera, suggerì Licy. Sarà meglio mettere per iscritto le nostre motivazioni.

Giò annuì. E magari potreste incontrarli.

Non lo vedo da quindici anni, tuo padre, disse Giuseppe. Mi è sempre piaciuto. Non si perdeva come gli altri al Circolo Bellini. Era un uomo intelligente e di gusto.

Scrivilo nella lettera, disse Giò con un sorriso.

Licy allargò una mano sul cuscino che aveva accanto, come se fosse occupato per qualcun altro. E Mirella che cosa ne penserà? domandò a bassa voce.

Giò rise. Oh, lei approverà. Potrebbe persino convincersi che dopotutto non sono un buono a nulla.

Ma se davvero ti adottiamo potresti diventarlo, disse Giuseppe.

Due giorni dopo Giuseppe era seduto a scrivere la lettera. Lo sorprendeva che il suo entusiasmo per il progetto non accennasse a diminuire, e che le parole giuste fluissero con calma e chiarezza. Si scusò per la natura insolita della proposta, augurandosi che non fosse fonte di sofferenza. Considerava oramai evidente l'affetto che lui e sua moglie provavano per Gioacchino, senza contare che quel ragazzo gli era molto simile, sia nel senso dell'umorismo che nell'intelletto. Non sapeva se la corte d'appello avrebbe accettato quel tipo di adozione. Ma se il principe e la principessa avessero dato il loro benestare, Giuseppe e Alessandra erano pronti a intraprendere quel difficile percorso di documenti e dichiarazioni da scrivere. Una risposta ufficiale all'eventualità dell'adozione – ovvero alla sua fattibilità, a prescindere dalla forma e da quando sarebbe stata attuata – si poteva ottenere entro la fine dell'anno.

Furono convocati a palazzo Mazzarino, in via Maqueda, per un tè con il principe e la principessa, in un abbagliante pomeriggio assolato. Li ricevette un domestico che, raccolti soprabiti e cappelli, li guidò su per un'imponente scalinata, lungo un corridoio tappezzato di specchi e sedie di velluto, fino a una splendida sala. Lì trovarono Giò, in maniche di camicia e con il sorriso stampato in faccia, un ciuffo di capelli sopra gli occhi.

Vi aspettano nello studio di mio padre, disse con tono cospiratorio. Via quell'aria spaventata. Secondo me non hanno nulla in contrario.

Ottimo, disse Alessandra.

Quando fecero per andare, Giuseppe osservò il mobilio d'epoca e gli eleganti stucchi settecenteschi, quell'aria fresca che sapeva di storia, e pensò con dolore al suo amato palazzo.

Giò li condusse attraverso una porta di servizio e lungo una buia sala da ballo, con i mobili coperti da lenzuola bianche, e poi per un'altra porta di servizio e una scalinata. Al pianerottolo si fermò, con la mano sul pomolo d'ottone della porta.

Sono curiosi sul tuo conto, disse.

Fanno bene a esserlo, rispose Licy.

Di te papà si ricorda, aggiunse il ragazzo rivolgendosi a Giuseppe.

Lui abbozzò un sorriso. Che cosa ricorda?

I tuoi silenzi, credo.

Lo scopriremo tra poco, disse Licy. Facci entrare, Giò.

A dominare lo studio, si meravigliò Giuseppe, era un enorme fossile di ammonite bianca, su un tavolo al centro della stanza. Sullo sfondo delle librerie scure e del grande piano di noce della scrivania sembrava quasi un oggetto dotato di intelligenza, che splendeva di luce propria.

Vide per prima la madre di Giò, Conchita. Era alta quanto Licy, ma magra, i capelli neri, lunghi e lisci, stretti in uno chignon, come una ballerina di flamenco. Portava una gonna longuette bianca che le arrivava al ginocchio, con uno spacco posteriore, e un bolero in tinta, come la moglie di un industriale romano venuta al Sud per il fine settimana. Aveva qualcosa di sgargiante e aggressivo, e da spagnola viveva da vent'anni a Palermo la vita di un'estranea; era questo il motivo principale per cui piaceva a Giuseppe.

Fabrizio stava dietro di lei, di una spanna più basso, con i suoi favoriti leonini. Pur essendogli cugino secondo, a Giuseppe non somigliava per nulla: lui sì che aveva serbato l'influenza del nome, e indossava il potere come un pesante orologio d'oro al polso, tenuto morbido, seminascosto da una manica, a malapena degno di uno sguardo. Aveva una stretta di mano forte, dolorosa.

Davanti alla scrivania erano sistemate tre poltroncine; dopo che ebbero preso posto, Conchita fece il giro della scrivania e restò in piedi di fianco al marito, con un'espressione indecifrabile.

Gioitto ci ha detto che volete portarcelo via, disse. Il mio dolcissimo bambino.

Sì, rispose Licy, senza sorridere. Possiamo averlo?

Per un lungo istante nessuno parlò. Giuseppe cercò disperatamente Giò con lo sguardo. Il ragazzo aveva detto che i suoi genitori sembravano favorevoli all'idea, o no? Ma in quel momento colse lo spettro di un sorriso sulle labbra di Conchita: eccolo lì, e poi non c'era più.

Oh, il mio povero bambino, disse. L'avete preso per un orfano? Ha bisogno di una casa? Non ha forse genitori amorevoli?

Giuseppe vide che Gioacchino sorrideva.

Fabrizio si schiarì la voce, intrecciando le grosse dita sul tavolo. Conchita gli mise premurosamente una mano sulla spalla.

La prima questione, disse Fabrizio, concerne la proposta stessa e la sua opportunità per le parti coinvolte. A quanto pare il nostro figlio più piccolo, scapestrato com'è, è assai propenso ad abbandonarci per unirsi alla vostra famiglia. Non si cura molto della sofferenza che causa ai suoi poveri genitori.

Non siete mai stati poveri, padre, disse Giò, sussurrando in modo da farsi sentire.

La seconda considerazione, continuò Fabrizio pacatamente, riguarda l'ammissibilità di questo tipo di adozione. Non so neanche a chi bisogna presentare domanda per un caso del genere. Potrebbe essere, immagino, la corte d'appello di Napoli.

Sì, disse Giuseppe. L'aveva precisato nella lettera, ma non lo sottolineò.

Fabrizio spostò la lettera davanti a sé. È una decisione che può richiedere mesi, se non anni, continuò. Possono presentarsi ostacoli enormi ed è d'obbligo chiedersi se ne valga la pena.

Giuseppe annuì. Osservò Licy seduta al suo fianco, il viso composto, un'intensità silenziosa e intelligente nel suo modo di ascoltare.

E infine c'è da valutare come un'adozione, ammesso che sia accettabile, condizionerà il futuro di nostro figlio, se sotto una luce positiva o negativa.

Qui Fabrizio tacque. Non era certo una domanda, e Giuseppe non voleva interrompere i pensieri del principe. Ma sembrava che avesse finito.

Gioacchino acquisirebbe un titolo, mormorò Giuseppe. E lo stesso varrebbe per i vostri discendenti.

Un altro titolo, vorrà dire.

I Tomasi sono un'antica famiglia, Don Fabrizio.

Lo so chi sono i Tomasi, cugino.

Giuseppe annuì con attenta gravità.

È consuetudine, quando mancano eredi, destinare le proprietà a un parente prediletto. L'adozione è una misura alquanto estrema, non credete?

Giuseppe, che non aveva quasi nessuna proprietà da lasciare e il cui bene più importante era un palazzo irrecuperabile, ridotto in macerie dietro un cancello chiuso in via Lampedusa, non disse nulla.

Non è la proprietà che vogliono salvare, Fabrizio, intervenne Conchita delicatamente. È il titolo, penso.

Per noi Gioacchino e Mirella sono già parte della famiglia, disse Giuseppe. Negli ultimi anni ci sono stati di grande conforto.

La famiglia di Gioacchino siamo *noi*, lo incalzò Fabrizio.

Nel silenzio che seguì Giuseppe cominciò ad arrossire. Guardò Licy sconfortato, sperando che prendesse la parola.

Ma fu Giò a intervenire. Aveva l'aria seria, intensa, un'aria a cui Giuseppe non era abituato. Disse: Non cambierà nulla, padre. Vorrà solo dire che aggiungerò Tomasi al mio nome. Naturalmente siete voi la mia famiglia. E lo sarete anche dopo che avrò sposato Mirella e che sarò entrato a far parte della sua famiglia. E quando avremo figli, allora daremo vita a una terza famiglia. È lo stesso per tutti, padre. Quest'adozione significa soltanto che ci sarà una famiglia in più nella mia vita.

Giuseppe provò una profonda ammirazione per il ragazzo. Fece per alzarsi ma, vedendo che nessun altro si muoveva, si rimise bruscamente a sedere. In un angolo dello studio ticchettavano le lancette di un orologio inglese. La luce mutava. Licy sorrise triste.

Vostro figlio sarà ancora vostro figlio, disse. Non il nostro. Non fino in fondo.

Fu Conchita a parlare per prima. È questo che vuoi, Gioitto?

Sì.

Il principe Fabrizio, signorile e maestoso dietro la scrivania, si passò la mano sui favoriti, con gli anelli che riflettevano la luce. Allora non ci opporremo, disse.

***

In tutto ciò, Giuseppe aveva la sensazione che la sua vita fosse in subbuglio, che si andassero svolgendo eventi fatidici. Per molto tempo aveva cercato di evitare il cambiamento, di muoversi il meno possibile da quello che era sempre stato il suo posto. E adesso, man mano che ultimava il romanzo e che si profilava l'adozione di un figlio, davanti allo specchio non riconosceva più il volto che ricambiava il suo sguardo. Era una cosa che lo disorientava; ma sorprendentemente gli piaceva anche. Era così, pensava, che viveva sempre uno come Gioacchino: nel momento, sensibile alle possibilità, impreparato.

Eppure di tanto in tanto si svegliava immobile e stentava a prendere fiato, come se un terrore gli gravasse sopra di notte, e allora si metteva seduto, curvo sulle ginocchia, a boccheggiare, mentre il piccolo abat-jour acceso sul comodino, accanto alle pile di libri letti a metà, proiettava ombre impazzite sulle lenzuola. Nell'ultimo mese gli attacchi erano peggiorati. Ma a Capo d'Orlando stava meglio, e osservava i ragazzi flirtare e punzecchiarsi da un lato all'altro del tavolo, a colazione, oppure guardarsi troppo a lungo quando passeggiavano per i vicoli del paese, tutto con un calore e un'intensità che sapeva non essere esattamente amore ma solo l'infatuazione che col tempo poteva sfociare nell'amore, e provava a capire che cos'è che avvicina due persone. Ma non ci riusciva. Il cuore era una stanza chiusa. Poteva solo meravigliarsene e non ne faceva parola con i cugini, che quasi non lo notavano. Era felice. Guardava Giò e Mirella e pensava alle sue pagine nuove, ai giovani Tancredi e Angelica e al loro disperato nascondino nelle stanze polverose di Donnafugata. Capì che per i suoi amanti non ci sarebbe stata felicità e che forse il loro destino doveva essere esplorato più a fondo. Forse neanche adesso il suo romanzo era finito.

L'idea non lo riempì di sgomento e non macchiò la sua felicità, il che lo sorprese. Aveva sperato che il romanzo fosse concluso; che non restasse altro se non l'attesa. Eppure tutte le mattine, in quella settimana a Capo d'Orlando, continuava a trovare nuovo materiale e a elaborarlo in frasi nella sua mente, frasi che non affidava alla carta, preso com'era a guardare la storia in controluce, a girarla e rigirarla come per cercare un punto debole. Non sapeva perché non riuscisse a metterla da parte. Casimiro rideva a vederlo con la testa fra le nuvole; Lucio lo prendeva in giro a cena; lui arrossiva e rideva insieme a loro, ma non si fermava.

Sperava ancora di parlare con Lucio a quattr'occhi. Ma tutte le volte che cercava un'occasione per discutere del romanzo, per chiedergli un parere sulle pagine nuove, il cugino era sempre sul punto di alzarsi dalla sedia, di uscire da una stanza.

Il mercoledì sera Lucio declamò con voce emozionata una poesia di Browning. Mirella applaudì; Giò si alzò e batté le mani meccanicamente.

Nonostante fosse anche lui un estimatore di Browning, erano anni che Giuseppe diceva a Lucio di preferire la moglie.

Non sapremmo nulla di quello che le donne pensano a letto, disse quella sera, se non fosse per le liriche di Saffo e i sonetti di Elizabeth Barrett. Il tuo amato Browning deve tutto il suo acume alla moglie, cugino.

Lucio arrossì. Lanciò uno sguardo a Mirella e si schiarì la voce; imbarazzato, giocherellò con il bicchiere di vino che teneva in mano.

L'indomani mattina, dopo che Lucio non li aveva raggiunti a colazione perché stava scrivendo, Giuseppe lasciò la sua omelette per andare a disturbarlo. La porta dello studiolo era chiusa. Bussò piano, due volte; poi tirò la porta, infastidito, perché sabato sarebbero partiti presto e la sua ansia era cresciuta. Ma

Lucio non si mosse. Era steso su un divano rosa, i piedi su un mucchio di libri, un telo sopra gli occhi.

Sì, ce le ho le pagine nuove, mormorò ancora prima che Giuseppe glielo chiedesse. Casimiro le ha lasciate sulla scrivania. Ma no, non ho avuto tempo di guardarle.

A Giuseppe non importava. Voleva sapere quando sarebbe arrivata una risposta da Mondadori e come avrebbero potuto trasmettere le pagine nuove.

Cugino, disse Lucio, togliendosi il telo dagli occhi e sollevandosi su un gomito. Ora sto lavorando. Lasciami alla mia poesia. Ne parliamo domani.

Agitò una mano brutta e piccola per congedarlo e si rimise il telo sugli occhi prima di stendersi di nuovo. Giuseppe, turbato, all'improvviso insicuro, si scusò chiudendosi la porta alle spalle.

Dopo quell'episodio voleva stare solo. Passeggiò fino alle fragole di bosco che si trovavano più giù della villa, in mezzo all'erba pallida che gli arrivava agli stinchi e alle api che squarciavano il silenzio con il loro ronzare; afferrò le piccole bacche da sotto le foglie e se le rigirò tra le dita alla luce del sole, sentendone l'acuta durezza, ricordando. Poi l'esplosione di dolcezza gli arrivò sulla lingua, e Giuseppe si accigliò, immergendosi ancora di più nel passato. Provò a non pensare al romanzo e alla scontrosità del cugino e si disse che una cosa non era certo la causa dell'altra.

Si ricordò allora di un pomeriggio a cui non pensava da tanti anni, di come le fragoline di bosco che crescevano nelle foreste vicino a Riga, nella tenuta di Stomersee, avevano avuto il sapore della Sicilia sulle labbra di Licy. Era stato il loro primo bacio. Un sentore della sua isola. Ai tempi erano quasi giovani, incerti, esitanti nell'addentrarsi in quell'amore strano e serio.

Era la tarda estate del 1930, il vecchio mondo dell'Europa era percorso da qualche scintilla ma non era ancora in fiamme. Lui aveva trentacinque anni. Era il suo primo viaggio nel Nord, in Lettonia. Adesso ricordava la luce ambrata nella carrozza fumatori, il modo in cui si insinuava sui favoriti dei vecchi passeggeri russi. E ricordava di aver attraversato un'ampia foresta di conifere, silenziosa come la neve, vicino alla frontiera sovietica, mentre mangiava una pasta con il prosciutto nella carrozza ristorante. Quello. E poi il morso dell'aria agostana nel boato che divideva una carrozza dall'altra, e il dialetto certamente polacco urlato dai facchini sulle banchine di Kovno, quando passarono lì sferragliando nella notte. Per tutto quel lungo viaggio si era sentito come un uomo che si sfila dalla propria vita e aveva gradito immensamente l'idea che nessuno su quel treno conoscesse il suo nome, la sua storia, il suo rango. Passò un giorno e una notte, e poi un altro giorno, senza parlare ad anima viva; si limitava a guardare e ad annuire educatamente, e anche questo gli piaceva. Nel frattempo i binari scorrevano verso nord, sempre più a nord, come in cerca dell'inverno venturo.

Alessandra non gli andò incontro alla stazione di Riga. Grandi pozzanghere torbide si allargavano attorno agli edifici in legno. Benché fosse tardi, le strade erano pervase da una luce metallica che splendeva all'orizzonte, un pallido bagliore di zinco che Giuseppe trovava ineffabilmente bello. Se ne stette sulla lunga banchina, nel vapore e nel fumo del treno, mentre i passeggeri gli sciamavano attorno carichi di fagotti, di gabbiette con i polli; da sotto la falda del cappello scrutava la luce, le braccia lungo i fianchi, come un uomo stremato dal mondo.

Era decisamente solo, nonostante la calca.

Al principio non seppe che cosa fare. Si sentì improvvisamente smarrito e sciocco, chiedendosi se aveva commesso errori, se era sceso alla stazione sbagliata, forse, o se era venuto a

Riga nel mese sbagliato. Non vedeva Licy da tre anni, da quando i fascisti avevano ordinato allo zio Pietro di tornare a Roma, e benché si fossero scritti lettere via via più intime, di colpo temette che i frequenti inviti ad andare a trovarla in Lettonia si fossero fatti meno calorosi, meno sinceri. Che fosse stato un equivoco? Stette lì, rigido in mezzo al suo piccolo mucchio di valigie, mentre la banchina si svuotava e il treno ripartiva, a guardare fisso a terra, come se avesse perduto delle monetine, e cominciò a chiedersi se non era meglio comprare un biglietto di ritorno per Berlino quella sera stessa.

Ma quando guardò oltre un gruppo di ombre distinse un'altra persona in attesa, un vecchio lettone con un cappotto cascante, gobbo, fiacco. Lo riconobbe subito per un domestico.

L'uomo si avvicinò nervoso, togliendosi il cappello, e disse qualche parola in una lingua gutturale che Giuseppe non conosceva.

Sono Giuseppe Tomasi, disse calmo. Lei viene da Stomersee?

Stomersee, ripeté il vecchio.

Deve portarmi a Stomersee?

Stomersee, ja, Stomersee.

Chinava di continuo la testa brizzolata.

Giuseppe notò che le dita del vecchio si perdevano nelle maniche della giacca, probabilmente non era sua, e poi che affondava con esitazione i pesanti stivali nelle pozzanghere, come se cercasse di non sciuparli.

Era solo. Quel vecchio domestico, se veramente di un domestico si trattava, non poteva certo occuparsi dei bagagli, e Giuseppe sentì un inaspettato imbarazzo a quella prospettiva, strana per lui che aveva vissuto tutta la vita da padrone, e si affrettò ad aiutarlo mentre lottava per infilare le valigie nel bagagliaio di una lunga automobile inglese argentata.

Dopodiché il vecchio mise in moto girando la manovella e accese i fari anteriori, per poi salire sull'auto e guidare lentamente, costeggiando alberi che via via si incupivano sulla strada tortuosa che usciva da Riga.

A Stomersee le ampie sale della *Gutshaus* baronale brillavano di una nuova luce elettrica. Alessandra scese una rampa della scala a ferro di cavallo, con un abito azzurro e i capelli acconciati all'insù, la mano che accarezzava la boiserie, sorridendo con manifesto piacere. Emanava una calma e una luce deliziosa che a Londra non aveva notato. Aveva dimenticato quanto fosse bella. Tutto ciò lo sorprese e riuscì soltanto a sorridere timidamente, senza dire nulla.

Non pensavo che sarebbe venuto, disse lei cordialmente, continuando a scendere le scale. Non è in Sicilia adesso, signore.

Ah, no. Be'.

Giuseppe Tomasi.

Lui sorrise, deglutì. Voleva dirle che quella formalità era superflua, ma non lo fece.

Il viaggio l'ha stancata? Avanzò, guardandolo intensamente negli occhi come un'attrice del cinema, e lui sentì di colpo l'immobilità del castello, la vicinanza di lei, e arrossì.

Giuseppe, le disse alla fine. Sono sempre solo Giuseppe per te.

Giuseppe, disse lei, come per assaporare il nome sulle sue labbra.

Lui si riprese e si guardò attorno, ma non vide il marito.

André non è in casa stasera, disse lei con un sorrisino indecifrabile. Ti manda i suoi saluti. Voleva che riallacciassimo i rapporti in privato.

Giuseppe, confuso e soddisfatto allo stesso tempo, balbettò una frase di circostanza.

Oh, non spaventarti! disse lei, ridendo. Domattina sarà qui. André avrà pure tanti difetti, ma è senz'altro un gentiluomo.

Lo prese sottobraccio e lo portò in un salotto illuminato a giorno, con bei mobili antichi e librerie di quercia chiara, colme di opere in tedesco e francese, fino a uno studio a pianta circolare alla base di una torretta, e da lì nell'elegante sala da pranzo del castello; le quattro finestre profonde affacciavano sui giardini illuminati dal tramonto, la luce elettrica disegnava ombre sui raffinati stucchi di sapore neoclassico. Camminavano, quando lei disse: Ma per questa sera, caro Giuseppe, saremo solo noi due. Hai mangiato?

Ah, solo un boccone sul treno.

È un treno che ho preso anch'io. Non è mangiare quello.

Allora non ho mangiato.

Alessandra lo guardò illuminandosi. Molto bene. Quindi per prima cosa mangeremo. E poi mi racconterai tutto su com'è vivere con tua madre nel caldo Sud.

Con mia madre? Non è vivere, Alessandra.

E lei rise maliziosa.

Fu così per tutte quelle due lunghe settimane, ricordava. Come se una parte dell'audacia di Licy l'avesse contagiato, fosse penetrata in lui cambiandogli il carattere, così che con lei parlava più apertamente e si permetteva di schernire la propria ridicola situazione. Si svegliavano di buon'ora e si cercavano per trascorrere la mattina a passeggiare per quei prati maestosi, per fare un picnic sulla ripa declinante del lago, conversando per tutto il tempo. In vita sua Giuseppe aveva conosciuto solo un'altra donna la cui mente lo affascinasse in modo paragonabile, e quella donna era sua madre. Ma Licy era colta, aveva una vasta conoscenza della letteratura europea, e con lei poteva parlare liberamente di Stendhal, Dickens, Balzac, Yeats. Il secondo giorno gli raccontò di quando, durante la Grande Guerra, aveva fatto lunghe passeggiate con un tenente tedesco che le aveva parlato di una nuova scienza chiamata psicoanalisi. Di quell'ufficiale si era innamorata, confessò, ma alla fine della guerra lui era tornato dalla moglie a Berlino, spezzandole il giovane cuore. Quell'anno sposò André. Aveva ventitré anni e non aveva ancora capito che avrebbe potuto assecondare il desiderio anziché il senso del dovere. Aveva conosciuto Freud di persona e studiato la psicoanalisi a Vienna; mentre era lì leggeva poesia in un circolo di signore, ognuna delle quali affermava di essere stata l'amante di Rilke prima della guerra. Dapprincipio se n'era scandalizzata, e poi non più; tanto che alla fine sembrava che nulla potesse scandalizzarla. Quando parlava del passato aveva l'abitudine di tirarsi una ciocca di capelli sulla nuca e di attorcigliarsela attorno al dito, e Giuseppe lo trovava sorprendente, e incantevole, come se la donna che aveva di fronte si trasformasse nella ragazza di un tempo. Figlia di un barone, era profondamente leale al vecchio impero russo. André era stato uno dei pochi ufficiali zaristi a sopravvivere alla battaglia dei laghi Masuri, vinta dai tedeschi, ed era stato questo forse a farla innamorare; tra loro Giuseppe notava ancora una profonda gentilezza ma, a detta di Licy, il matrimonio non era mai stato felice. Dormivano separati, gli confidò una mattina, facendolo arrossire violentemente.

E poi aggiunse a bassa voce, mettendolo in grave imbarazzo: La sera non devo neanche chiudere la porta a chiave.

Amava la sua villa baronale di Stomersee, le torrette, la grandiosa scalinata, gli abbaini fiabeschi. Era stato suo padre a farla ricostruire nei primi anni del secolo, dopo un terribile incendio, assoldando artigiani locali fedeli alle antiche tradizioni dei lettoni. Quei lettoni di cui lei parlava con disprezzo, specie del vecchio domestico che aveva accompagnato Giuseppe dalla stazione. Quell'uomo era al servizio della famiglia di Alessandra da settant'anni, aveva conosciuto il suo bisnonno.

È innegabile che sia pigro e che non si lavi, disse sprezzante. Non so come raddrizzarlo.

Ma più tardi, senza che lei se ne accorgesse, la vide chinarsi sopra il vecchio, che si era addormentato su un lavandino, e togliergli con dolcezza uno spazzolone dalla mano rugosa per poi sistemargli un piccolo cuscino dietro il collo.

Quanto ad André, era tutto grazia e cortesia estoni. Ogni tanto sedeva con loro la mattina, al sole che illuminava il cortile, beveva il caffè e fumava le sue sigarette russe tenendole fra due dita affusolate, come un gentiluomo appena tornato dalle terme di Baden-Baden. Giuseppe, inaspettatamente, gradiva molto la sua compagnia. I tre andarono in automobile a Marienburg, dove, sul soffice prato della famosa isola nel lago, mangiarono *kulebyaka* di anatra, sedano e una gustosa sfoglia dorata con burro ed erbette. Il pomeriggio dopo andarono al paese di Stomersee e Giuseppe si emozionò tanto da chiudersi nel silenzio per il dolce odore di quei boschi che sembravano non finire mai. La seconda settimana cercarono di andare a Pečory, in Estonia, per visitare il monastero ortodosso, ma siccome André non aveva i documenti dell'automobile i russi li respinsero alla frontiera.

La sera il barone usciva spesso, ma Licy non faceva parola di quelle sortite notturne, e Giuseppe non domandava.

Pur ignorandone il motivo, comprendeva la sua reticenza e da tutta la vita credeva che quelle forme di pudore meritassero rispetto. Lui stesso non era privo di segreti: a sua madre non aveva confessato il motivo del viaggio in Lettonia, cosa di cui Licy era all'oscuro, anche se probabilmente lo immaginava. Alla madre aveva detto che avrebbe incontrato un vecchio compagno di prigionia del campo di Szombathely e che avrebbero viaggiato in treno per visitare le nuove terre di frontiera sovietiche, per scoprire che cos'avevano salvato i bolscevichi del vecchio regime, e che cos'avevano abbattuto per costruire il nuovo. Che gli credesse o no, la madre non lo disse.

Licy l'aveva baciato in mezzo alle fragole di bosco la prima settimana. Di questo era certo, ma adesso non ricordava il momento, se fosse mattina o pomeriggio, o dove fossero diretti, che cos'avesse pensato. Ricordava invece il cortile lastricato, immerso nel sole; il tavolino di ferro battuto su cui facevano colazione, che sembrava quello di un caffè della Rive Gauche; ricordava l'ultimo mattino, Licy nel suo vestito bianco, l'attimo in cui si era fermata nel mezzo di una frase, si era avvicinata e – per sottolineare qualcosa che stava dicendo – gli aveva toccato la mano.

L'aveva attraversato un sussulto, il sussulto di un'improvvisa intimità che non aveva previsto. L'aveva guardata attonito, sordo a tutti i rumori.

Mesi dopo, tornato a Palermo, si sarebbe sorpreso a fissare trasognato il punto in cui lei gli aveva sfiorato la mano, senza pensare a nulla, massaggiandoselo, sentendo nelle proprie dita il calore di quel tocco.

Un giorno, nella stanza della colazione a Stomersee, la cameriera gli aveva consegnato un'inaspettata lettera dello zio Pietro, che parlava di sua madre e delle sue lamentele per la sgradevole *spedizione russa* del figlio; Giuseppe si trovò nella condizione di dover spiegare quel comportamento a Licy.

Prima di allora aveva parlato poco di sua madre. Licy senz'altro sapeva del suo brutto carattere, visto che ai tempi Beatrice non aveva perso occasione per offendere la fidanzata dello zio Pietro.

È perché ha sofferto terribilmente, disse lui. È stato il dolore a renderla difficile.

Ognuno di noi ha vissuto il proprio dolore, disse Alessandra.

Non come lei.

Forse è perché non lo affronta a viso aperto.

Be'.

Il dolore va elaborato. È perfettamente naturale. Non è possibile ignorarlo.

Giuseppe tacque per un lungo istante e poi aggiunse: Ha perduto tre delle sue quattro sorelle in pochi anni. Erano molto legate. Quando sono nato io, la mia unica sorella è morta di febbre. Non puoi neanche immaginare quanto abbia sofferto.

Hai ragione.

Non lo fa apposta a essere così severa, disse. Sorrise brevemente. Ma Dio mio, farebbe impazzire chiunque.

Licy si schiarì la voce e bevve un sorso del suo forte caffè mattutino. Giuseppe capì che era troppo intelligente per dare peso alla sua ultima frase e farsi spingere in una posizione in cui lui, del resto, non voleva metterla. Rimpianse di aver parlato così.

Tua madre ha un cuore grande, disse semplicemente Licy. Deve contenere un amore enorme.

Come fai a dirlo?

Perché ne è uscita così stremata.

Sì, disse lui, e la guardò con un senso di gratitudine. Credo sia vero. Forse lei non ti darebbe ragione. Troverebbe ridicola l'idea.

Perché sono stata io a formularla.

Lui rispose con un sorriso confuso. Non capisco.

No?

Che differenza farebbe se fossi tu a dirlo?

Oh, Giuseppe, tua madre ha perduto troppe persone amate. Non si rassegnerà facilmente a perdere anche te.

Giuseppe restò di stucco, come se l'avesse preso a schiaffi. La lucidità di quella disamina lo fece voltare; guardò fuori dalle finestre invase di luce, verso gli alberi del giardino, arrossendo. Niente nella società palermitana l'aveva preparato a quella franchezza. Con Licy ciò che bisognava tacere veniva afferrato e scosso sulla pubblica piazza, come una camicia sgualcita.

Intimidito, ebbe paura che portandosi la tazzina di caffè alle labbra la mano gli tremasse in modo innaturale, e così restò immobile con le dita intrecciate, le gambe accavallate, incapace di pensare a cosa rispondere. Sorrise.

Licy nel frattempo mescolava il caffè con il cucchiaino e lo sorseggiava con gusto, e cambiò argomento, fingendo di ignorare di aver appena aperto un varco di luce su come potevano stare le cose.

Quel primo inverno Stomersee parve stranamente vicina. Era tornato a Palermo solo da un paio di settimane quando era arrivata la prima lettera di Licy. La madre gliel'aveva consegnata una mattina a colazione senza dire una parola e lui aveva guardato l'inchiostro blu, il corsivo elegante e la busta che aveva preso a tremare nella sua mano. Si era sentito avvampare. Alzando gli occhi, si era accorto che la madre lo guardava con una specie di compiaciuto disprezzo, pur continuando a tacere, cosa che a posteriori considerava l'aspetto peggiore. Le sue armi erano sempre state il silenzio e il biasimo.

In quella prima lettera Licy gli chiedeva di tornare da lei all'inizio della primavera, un'impresa che si poteva compiere facilmente. *Sarei felice di rivederti presto*, scriveva in francese. *Da parte mia, non ho smesso di pensare alla tua Stomersee e alla sua bellezza*, le rispondeva lui in tedesco. *Scrivi come Kleist*, lo prendeva in giro lei. *Oh, i giorni hanno ripreso a scorrere tutti uguali, uno dopo l'altro, grigi, sciocchi e lenti come pecore*, scriveva lui in tedesco, ringalluzzito. *Devi tornare da me*, rispondeva lei con il suo corsivo imperioso. *Mia cara Licy, sono passati quasi due giorni dall'ultima volta che ho avuto tue notizie, spero che vada tutto bene*, le scriveva la primavera dopo. *Giuseppe! Ieri due lettere!* rispondeva lei; *penso che bastiamo noi a scongiurare la prospettiva di una bancarotta per i servizi postali europei. Oh Licy, qui a Palermo vivo come più mi aggrada, almeno nel pomeriggio*, le scriveva in inglese, senza osare criticare direttamente sua madre. *Mio caro siciliano, anche se arriverai a Riga fra appena due giorni e so che non leggerai questa mia prima di avermi lasciato di nuovo, non riuscivo ad aspettare, dovevo scrivere*, scriveva lei quell'estate, trafelata. E dopo quel secondo viaggio delirante, dopo che era tornato in Italia, nelle sue lettere nulla era stato più lo stesso: *O vita mia, amore mio, mio angelo, mia cara; tesoro, amore mio, mia adorata: i tuoi pensieri sono dolci come i tuoi baci e come la bellezza del tuo corpo nella pioggia.*

E fu così per mesi, anni, lettera dopo lettera.

Anche dopo che si furono sposati.

Accadde a Riga, nell'agosto del 1932. Aveva temuto l'idea di dirlo alla madre e le aveva scritto la notizia il giorno stesso del matrimonio. Lei non aveva risposto. Si erano sposati tardi, sì, e per amore, ma poiché alla fine non sopportava di vivere lontano dalla madre e dalla sua isola, e poiché la sua nuova moglie non sopportava di vivere con loro, avevano vissuto separati fino agli anni bui della seconda guerra mondiale. Licy aveva trascorso il tempo a esplorare le stanze della propria mente, a Stomersee, a studiare psicoanalisi, a raccontare tutti i giorni per lettera a Giuseppe le proprie scoperte. E Giuseppe aveva vissuto con la madre nel palazzo di Palermo, a leggere voracemente, a pensare, a scrivere lettere. Il desiderio si era a poco a poco raffreddato, si era placato diventando qualcos'altro, una sorta di contrappunto, un gettare l'amo e ritirarlo, finché ciò che era giunto ad apprezzare di più era la consapevolezza che da qualche parte nelle verdi foreste del Nord viveva, come un personaggio delle fiabe, un essere di sensibilità, intelligenza e bellezza al quale era legato il suo destino. Non era solo al mondo.

La settimana passava, e il venerdì portò con sé un caldo torrido di fine estate.

Casimiro aveva organizzato un'uscita su uno yacht privato. Quattro anni prima lo aveva commissionato in Francia un conte industriale che aveva velleità da pittore, un gentiluomo con proprietà in Sicilia, e Giuseppe ammirò le lucide tavole di mogano e gli arredi di ottone, e lo skipper francese nei suoi lindi pantaloni bianchi che li aiutò a salire sulla passerella d'accesso. Il proprietario se n'era andato in aereo da Roma a Parigi il mese prima, spiegava Casimiro, ed era un peccato, perché sospettava che Giuseppe l'avrebbe trovato piuttosto divertente.

Ha una gamba di legno, disse sorridendo e sistemandosi sui cuscini di un sedile a poppa.

Giuseppe si fermò sulla scaletta, con un libro sotto il braccio e un cestino in mano. È un mutilato di guerra?

Superandolo agilmente, Agata Giovanna disse senza voltarsi: Don Franzetta si trovava in Arabia nel '38, prima che scoppiasse la guerra. La sua jeep si ribaltò e prese fuoco. Rimase intrappolato sotto.

Povero, disse Mirella.

Agata Giovanna scosse la testa. Povero? Poteva restarci secco.

Giuseppe la seguì su per la scaletta e scavalcò goffamente l'impavesata.

Casimiro sorrise a Mirella. La ragazza portava pantaloni alla Capri rosa e una camicetta bianca annodata sulla pancia liscia; con gli occhiali scuri, assomigliava a una diva del cinema, pensò Giuseppe.

Casimiro le disse: Franzetta nuota più veloce di Lucio e scommetto che batterebbe anche te, bambina. E in più la storia della gamba l'ha tenuto lontano dalla guerra. Non c'è bisogno di compatirlo.

A Giuseppe erano piaciuti i progetti per quel giorno. Non vedeva l'ora di parlare con Lucio delle pagine nuove e decidere quale fosse il destino del romanzo. Il cugino minore era parso indaffarato per tutta la settimana, attento a evitare la sua compagnia, ma su un piccolo yacht non avrebbe avuto modo di nascondersi. Fu deluso quando vide che non era ancora a bordo.

Lucio è tornato a casa, aveva il solito mal di testa, rispose Agata Giovanna quando le chiese dove fosse finito.

Meglio lui che noi, disse Casimiro sorridendo.

Secondo me vuole solo lavorare. Lo sai com'è Lucio.

Di tutto questo Giuseppe prese atto in silenzio.

Scrive sempre, disse Mirella.

E ci tiene a farcelo sapere, disse Giò ironico, balzando fuori dalla cabina in pantaloncini e camicia sbottonata.

Agata Giovanna andò sottocoperta a posare il cesto del pranzo e a sistemare le bottiglie d'acqua, e Mirella la seguì, passando molto vicino a Giò, sebbene non ce ne fosse bisogno. Sulla ripida scaletta si resse attentamente al corrimano di ottone, mentre con la mano libera si toglieva i capelli dagli occhi. Gli uomini si erano seduti a poppa e Giuseppe, sistematosi il cappello nella luce abbacinante, guardava lo skipper che metteva in moto, ricontrollava le cime e piano piano, con cautela, usciva di poppa dalla marina per entrare nel porto. Il sole era già alto, ma tirava una brezza fresca. Il mare nero scorreva viscoso e denso all'ombra della murata, il tendalino crepitava nel vento. Al beccheggiare della barca nella maretta leggera, mentre prendevano velocità, Giuseppe chiuse gli occhi. Una parte di lui aveva sempre amato il mare, e sospettava che fosse la parte antica e più vera, tramandatagli dal sangue paterno.

Più tardi, quando il sole ormai picchiava e Giò se l'era svignata a prua per crogiolarsi su un asciugamano come un gatto, Giuseppe si era rimboccato le maniche, aveva allargato le braccia e poggiato la testa per chiudere gli occhi. Che ci faceva quel

Franzetta in Arabia? domandò al cugino, come se ne avessero appena parlato.

Franzetta? Casimiro lo guardò interdetto.

Il vostro amico. Il proprietario della barca.

Faceva una spedizione. Franzetta si diletta di archeologia. Sapeva che sotto quella sabbia si nascondeva una città e voleva cercarla.

E poi?

Poi cosa?

La trovò?

No, non la trovò, la città, disse Casimiro. Sfilò un paio di occhiali da sole dalla tasca e se li mise.

Il cielo era azzurro e terso, e all'orizzonte s'intravedevano nella foschia isole rocciose. Lontano a occidente una grande nave da carico percorreva la sua rotta.

Una città sotto la sabbia, mormorò Giuseppe.

Dormì e al risveglio si accorse che la luce era cambiata, il sole era allo zenit. Erano in un tratto di mare punteggiato di isolotti rocciosi, senza nome, che affioravano dall'acqua butterati e imperscrutabili. Anche Casimiro dormiva sul suo sedile. Ora che navigavano tra gli scogli il mondo dell'uomo sembrava antichissimo e remoto; sulla cima di un'isola Giuseppe scorse il solitario tugurio di pietra di un pescatore, che forse era lì da millenni, ma nessun altro segno di vita. Non c'erano né vento né uccelli.

Giò, con la sua pelle dorata, era disteso a prua su un asciugamano. Giuseppe si alzò, intontito, e andò sottocoperta a prendere un po' di fresco. Mirella e Agata Giovanna giocavano a carte sul tavolino; Giuseppe esitò a disturbarle e le osservò in silenzio, finché Agata Giovanna disse all'improvviso: Ricordi la scomparsa di quello scienziato, prima della guerra?

Lui scosse il capo. Di chi parli?

Majorana. Quello che si buttò dal traghetto. Mirella non ne sa niente e io non ricordo i particolari.

Capisco.

Non era scomparso da queste parti?

Giuseppe si asciugò la fronte. Faticava a ricordare. Era un fisico, credo. Viveva a Napoli.

Giusto.

Era coinvolto in segreti di stato.

Agata Giovanna si accigliò. Non so se è vero, Giuseppe. Forse volevano coinvolgerlo loro.

È per questo che si uccise? domandò Mirella.

Se si uccise, disse Giuseppe. Nessuno trovò mai il cadavere. Svanito.

Vero. Non si sapeva nulla.

Lo cercarono dappertutto, davano anche una ricompensa a chi lo avesse visto.

Sì.

Giuseppe scrutò il mare scintillante e le isole che scorrevano al di là degli oblò. Sicura che fosse qui? chiese. Secondo me era più vicino a Napoli.

Agata Giovanna fece spallucce e buttò una carta sul tavolo sorridendo a Mirella. Un'altra partita? domandò. La ragazza raccolse le carte per mischiarle. A Giuseppe non chiesero di giocare e dopo un po' tornò sopra e si risistemò al suo posto a poppa. Casimiro era sveglio.

Speravi che venisse anche Lucio, disse. Non sei ancora riuscito a parlargli. Casimiro si sfiorò la gola. A me non hai chiesto che cosa ne penso.

Di che cosa?

Delle pagine nuove.

Ah. Ma Lucio le ha lette?

Casimiro si aggiustò gli occhiali da sole, si voltò languidamente nell'aria torrida. Non lo so, chissà, disse. La mia opinione non t'interessa?

D'un tratto nervoso, Giuseppe chiuse gli occhi. Le ombre azzurrine delle sue palpebre sembravano nuotare seguendo il rollio dello yacht. Me l'hai detto tu che non hai un'opinione.

Non mi pare.

Hai detto di essere solo un povero imbrattatele...

Il cugino sbuffò.

... e non un critico letterario.

Non credo di aver detto esattamente questo.

Giuseppe aprì gli occhi e si raddrizzò. Guardò il mare azzurro, la schiuma bianchissima della scia che si apriva dietro lo yacht. Si avvicinavano a un grappolo di faraglioni e così a motori spenti cominciarono a scarrocciare lateralmente in quelle acque calde.

Qui è un bel posto per fare una nuotata, gridò lo skipper. Giò e Mirella si alzarono a prua per togliersi i vestiti e tuffarsi.

Che te n'è parso, quindi? domandò Giuseppe alla fine.

Gli occhiali a specchio di Casimiro si voltarono verso di lui. Interessanti, esprimono quello che prima era soltanto suggerito. È un peccato che non fossero pronte quando Lucio ha proposto il romanzo. Sbaglio o Donnafugata è il palazzo di Santa Margherita? Poco male. Ma quel dialogo tra il principe e il politico di Torino, quello Chevalley. Che Don Fabrizio rifiuti un seggio da senatore credo sia una provocazione estrema. Temo che ti metterà nei guai. Ti farai dei nemici.

Addirittura!

Sì, dico sul serio. Non ridere. È un tema interessante per gli altri italiani. Siamo un oggetto curioso per loro. Ma qui in Sicilia non si può scrivere così del vecchio regime e del nuovo. Sembrerai un reazionario. I siciliani non lo sopporteranno.

È quel grido di disperazione che li offenderà. Non solo l'idea che la nuova Sicilia è rovinata, corrotta, ma l'idea che non può essere diversa da così, che bisogna biasimarci per una nostra caratteristica intrinseca.

È il principe a dirlo, non io. È un romanzo, Casimiro.

Ma il principe sei tu.

Che sciocchezza.

Appartiene alla tua classe. Penseranno tutti che sei tu.

I cretini, forse.

Quindi non sono opinioni tue?

Giuseppe non rispose.

Lo sai che sono d'accordo con te, continuò Casimiro. Sì, la Sicilia è addormentata e vuole restare addormentata, e sì, il sonno è il suo desiderio di morte. Anch'io lo vedo, lo sento. Come scena è magnifica. Ma non importa. Ti consiglio di riscriverlo, quel passaggio. Ti porterà solo critiche.

Proprio allora Mirella si tuffò dalla barca e tornò in superficie nuotando a dorso; Giò, urlando e battendosi il petto, si buttò dopo di lei. L'acqua era così blu da sembrare nera, la schiuma bianchissima, e nella luce tersa del mare tutto sembrava incredibilmente bello e vivo. Giuseppe guardò i ragazzi che nuotavano ridendo, disegnando piano un lungo arco che infrangeva la placidità dell'acqua; la cuffia rossa di Mirella si girava da una parte e dall'altra nella luce del sole, le mani di Giò si alzavano e si abbassavano come lame chiare. Aveva lavorato per molte ore al dialogo fra il principe e Chevalley, aveva scritto e riscritto le battute fino a trovare quella che gli sembrava un'espressione vera, tanto chiara quanto acuta. Il principe, cinico e al contempo pieno di rimpianto, alla fine gli sembrava complesso e insondabile quanto una persona in carne e ossa. Pensando a questo e riflettendo sui timori di Casimiro, si sentì pervadere da una strana pesantezza, che offuscava la sua felicità. Si mise una mano sul petto, respirò.

Stai bene, Giuseppe? domandò Casimiro.
Non la cambierò quella scena, mormorò. Non saprei come.

Il problema, lo sapeva, era che lui non si era mai interessato di politica, al contrario di altri.

Quella sera, mentre lo yacht rientrava lentamente nel porto, erano tutti stanchi, ognuno perso nei propri pensieri, e più tardi, sotto il pergolato dei giardini di Capo d'Orlando, mentre il sole rutilava dietro le colline, Giuseppe ripensò alla sua conversazione con Casimiro, domandandosi se i timori del cugino fossero fondati. Non aveva pensato che il suo romanzo potesse risultare controverso. Aveva provato a mettere in chiaro che c'era ben poco da ammirare sia nel vecchio regime che nel nuovo, semplicemente per il fatto che la natura umana e le persone non erano cambiate rispetto al passato.

Quanto alla monarchia e alla sua abolizione, nutriva sentimenti ambigui; a differenza dei cugini, non rimpiangeva la fine di quel mondo. Sì, al referendum del 1946 aveva votato per la monarchia, e aveva assistito con dispiacere all'esilio di Umberto in Portogallo. Ma a giustificare il suo voto era stata la volontà di salvare un vecchio ordine, un ordine che comprendeva, e non tanto quel re caduto in disgrazia.

Si diceva che Umberto avesse imputato la sconfitta a donne e comunisti. Per la prima volta le donne erano andate alle urne. Era stata l'influenza degli americani. Ma Giuseppe non poteva ignorare che il padre di Umberto, Vittorio Emanuele III, aveva permesso a Mussolini e ai fascisti di salire al potere; non li aveva solo tollerati, li aveva appoggiati; e capiva la rabbia del paese. Quella rabbia l'aveva provata anche lui.

Naturalmente la nuova età cui avevano dato inizio i liberatori americani, l'età del miracolo economico, del Nord industriale, non era meno corrotta, crudele, spendereccia dell'agonizzante età feudale descritta nel suo romanzo. Possibile, come aveva insinuato Casimiro, che quella storia non parlasse veramente del passato? Senz'altro lui era stato il testimone della morte di un ordine sociale, non meno del suo principe; senz'altro aveva assistito alla nascita di una nuova repubblica; e aveva visto svanire il dolce mondo della Belle époque, anche se le vecchie famiglie non si rassegnavano all'evidenza.

Era svanito veramente, quel mondo, lui lo sapeva: perché tutto era cambiato, fino in fondo, tanto che la sua infanzia non sembrava più perfetta, e neanche degna di essere recuperata, quand'anche fosse stato possibile.

Tutta quella settimana si era sorpreso a osservare i cugini, a guardarsi attorno pensieroso, a lasciar vagare la mente. Si chiedeva com'erano i loro ricordi, se il passato stava loro addosso, in quale fase della vita si trovavano. Aveva già cominciato a concepire una storia nuova, una storia in cui il passato distruggeva la felicità presente di un personaggio. Il passato sarebbe stato quello della sua isola, di una Sicilia classica, qualcosa di omerico e di estraneo allo spirito del mondo moderno. Aveva scelto come protagonista un artista attempato, uno scrittore o forse uno studioso, un uomo che in gioventù aveva conosciuto la tradizione greca toccandone con mano l'esuberanza, la vitalità, tanto da trascurare tutto il resto, fino a ricavarne amarezza e disillusione. Non sapeva che forma dare a quella disillusione. Era stato mentre osservava i dipinti di Casimiro – le creature notturne, le fate, gli gnomi grinzosi delle sue visioni in giardino – che Giuseppe aveva trovato quello che cercava. Il passato avrebbe preso concretezza: il protagonista, il suo vecchio, in gioventù si era innamorato di una sirena.

Anche quando passeggiava per i giardini, quando mangiava in silenzio, al passare della settimana e all'avvicinarsi di novembre, sapeva che aver scritto il romanzo non gli bastava. Sarebbe stata la seconda opera il vero banco di prova, quella in grado di consacrarlo o no come scrittore. Si sentiva sicuro di sé mentre vagliava interiormente la storia nuova. Pensava alla misteriosa scomparsa di quel fisico, a Napoli, e ripercorreva la storia insieme a quella della sirena, finché intravide un collegamento. Nel frattempo – sognando, pensando, rimuginando – non diceva nulla né a Lucio né a Casimiro. Quella storia ancora inesistente gli procurava un piacere nitido. Non solo vi vedeva un potenziale formidabile, ma sentiva di essere alle prese con qualcosa di tanto originale quanto vero, e voleva preservarlo, sottacerlo, per il maggior tempo possibile.

L'ultima sera dai cugini uscì nel buio giardino posteriore e si sedette accanto a una piccola pozza di ninfee, per guardare la villa che ardeva di luce e risuonava delle risa di Mirella, inframmezzate al suono del pianoforte. La luna piena era alta, l'aria dolce e calda, e sotto quel chiarore argenteo l'erba e le foglie parevano cosparse di brina. Lontano, in basso, splendevano le luci di Capo d'Orlando. Sentì il suono dei tacchi sulla pietra del lastricato e con disappunto vide apparire la sagoma di Agata Giovanna alla base delle scale. Si aspettava Lucio, ma fu lei ad attraversare il prato, a sedergli accanto sulla panchina di pietra e a offrirgli una sigaretta. L'aveva sempre trovata imperscrutabile. I suoi occhi grigi erano capaci di una pallida e piatta freddezza, le nocche dure, le bastava girare il capo per zittire i fratelli. Era lei a governare la villa. Li spaventava tutti.

Non sapeva perché l'avesse raggiunto. Sedevano in silenzio, fumando. Lei teneva le ginocchia unite, uno scialle stretto intorno alle spalle; il suo profilo gli ricordava quello della madre, come un rimprovero.

Non devi preoccuparti per il romanzo, Giuseppe, disse pacata. Lucio dice che ad agosto a Milano non si lavora, e che il mese di agosto non finisce mai prima di ottobre. Avrà notizie a breve, ne è sicuro.

Non sono preoccupato, disse Giuseppe.

Ma lo disse troppo in fretta, accavallando le gambe, tutto impegnato a scrollare la sigaretta per non dover aggiungere altro. Lo metteva in imbarazzo che fosse uscita lei. Si domandò che cosa le avessero detto i cugini, quando lui non c'era.

Non credo sia un problema, continuò lei con la sua voce roca. I capitoli nuovi li aggiungeranno senza protestare.

D'improvviso capì che prima di andarsene non avrebbe avuto occasione di incontrare Lucio da solo e che Agata Giovanna gli stava portando una sorta di ambasciata. Deglutì, incerto. Quindi Lucio vuole mandarli? domandò dopo una pausa.

Si capisce.

Ma non l'ha detto?

Lei si schiarì la voce, esitante.

Giovanna, che cos'ha detto Lucio?

Talvolta è meglio non importunare troppo un editore. Non essere una seccatura.

Come me?

Agata Giovanna si voltò verso di lui al chiaro di luna, abbozzando un sorriso. Lucio e io parliamo di tante cose, Giuseppe. Non solo del tuo romanzo.

Certo.

Lei finì la sigaretta, la buttò, un piccolo tizzone di luce, e la schiacciò con la punta della scarpa. Lucio deve andare a Milano il mese prossimo, disse. Gli dirò di sentire Federici e chiedergli del romanzo, se non avrà ancora ricevuto notizie. Potrebbe usare i capitoli nuovi come pretesto per il viaggio.

Se secondo te è la soluzione migliore.

Lo è.

Giovanna...

Sì?

Questo silenzio deve preoccuparmi?

Lei alzò il viso. Giò strimpellava il pianoforte in casa, tra le rumorose proteste di Lucio. Un tintinnio di bicchieri. Risa.

No, rispose.

Ma senza rassicurarlo.

Partite domani, disse dopo un po'.

Nel pomeriggio, sì.

Saremo di nuovo soli, tutto a un tratto.

Sì.

Lei lo guardò dritto negli occhi. È una buona cosa, disse. È bene stare soli.

Giuseppe le sorrise. Un altro ospite potrebbe offendersi.

Ma non tu.

Non io.

Perché tu ci capisci, disse lei. Poi si alzò e restò davanti a Giuseppe, lisciandosi la gonna. Mia madre diceva sempre: Abbiamo perso tutto ma riavremo tutto. Alzò una mano per spostarsi una ciocca di capelli dal viso. Distoglieva gli occhi e guardava il giardino come se ci fosse qualcun altro.

E tu ci sei riuscita?

Nulla si può recuperare, Giuseppe. Non si può tornare indietro. Così è la vita.

Così come?

Una serie di perdite.

Anche Giuseppe si alzò. Mia madre diceva: C'è una soluzione per tutti i problemi. Si accigliò. Aveva tantissimi amici, mia madre. Ma era sempre triste, sempre sola. Al problema della solitudine non credo abbia mai trovato una soluzione.

Eri tu la sua soluzione, mormorò Agata Giovanna. Così come Gioacchino è la tua.

Giuseppe la guardò e stava per parlare, ma poi tacque.

Come ci sembrano strani i nostri genitori, vero? disse lei. Viviamo tutta la vita accanto a loro, eppure restano sempre inaccessibili.

Non solo i genitori.

Mmm.

È un'idea deprimente, Agata.

Non deprimente. Triste, forse.

Be'.

Immobile nella quiete del giardino, finì la sigaretta e la schiacciò al buio. Poi tacque, pensieroso, mogio, mentre quella calda quiete li avvolgeva e i suoni notturni del giardino si alzavano tutto attorno. Il cielo era poroso di luce, punteggiato di stelle nel loro latteo velo di galassie. Li raggiunse il fragore delle risate, di un vetro che andava in frantumi.

Sentili, disse lui. Sono come bambini.

Lo siete tutti, disse lei girandosi.

Il giorno dopo Giuseppe si svegliò tardi e trovò la casa vuota. Era da tanto che non dormiva così profondamente. I Piccolo, Giò e Mirella erano andati a piedi in paese dopo la colazione; gli avevano lasciato un bigliettino divertente sul tavolo, accanto alla fruttiera, con tanto di disegno di folletti che gli tiravano i baffi mentre dormiva. Lo lesse vicino alla finestra della sala da pranzo e poi alzò il viso al sole, appagato. Sentiva i domestici che vagavano per la casa, come fantasmi. All'orizzonte il mare era celeste, il sole bianco ne accendeva la superficie con un milione di minuscole lame. Sarebbero partiti nel pomeriggio.

Si sentiva calmo. Mise l'acqua a bollire e versò i chicchi di caffè nel macinino, per poi girare la manovella mettendoselo sotto il braccio. Non aveva fame.

Quando fu pronto, bevve il caffè nella sua stanza e mise i pochi vestiti, i quaderni e la stilografica blu nella vecchia valigia, che portò nell'androne. Sciacquò la tazzina e la mise a rovescio per farla scolare, dopodiché si fermò, mentre si asciugava la mano con lo strofinaccio, all'improvviso sopraffatto.

Gli era tornato in mente un periodo della sua infanzia. Dopo il terribile terremoto di Messina. Erano venuti a Capo d'Orlando, dove allora viveva anche il cuginetto Filippo, che era stato sepolto vivo e poi salvato dalle macerie. Ricordava che era un pomeriggio d'inverno, pioveva, nella villa la luce era ombreggiata di azzurro. Filippo sedeva sotto una finestra, disegnava navi da guerra e corazzate e parlava allegramente di cannoni. Ricordava il biancore della sua pelle, l'apparenza diafana delle mani, come se non uscisse da anni. Aveva ciglia belle e lunghissime, piccoli denti dritti. Era bleso. Casimiro aveva reagito con indifferenza quando Giuseppe gli aveva rivolto un'occhiata d'intesa. Lucio se n'era andato. Nonostante i genitori fossero morti da appena un mese, Filippo non parlava del proprio dolore, non esprimeva dispiacere.

Zia Teresa, quando stavano per andarsene, aveva sussurrato alla madre che il bambino era ancora in stato di choc. Presto se ne renderà conto, meschino, disse.

Ma adesso gli sovveniva un secondo ricordo. Ricordava di aver visto Filippo in fondo al corridoio, mentre andava via, una figurina solitaria che si stagliava contro la luce invernale delle finestre alle sue spalle. Con quella pelle bianca e gli occhi nerissimi, gli era parso morto. E Giuseppe gli aveva subito voltato le spalle.

Quella reminiscenza non poteva interessare a nessuno tranne che a lui, lo sapeva. Sospettava che se avesse chiesto a Casimiro o a Lucio, nessuno dei due avrebbe neanche ricordato quel periodo. Che cosa diceva il principe del romanzo del proprio declino? Lui era l'ultimo a possedere dei ricordi inconsueti. Giuseppe si tolse la giacca, si arrotolò lentamente le maniche della camicia e poi uscì a piedi scalzi sul caldo lastricato della terrazza di Agata Giovanna, come un uomo molto più giovane.

Tutto ciò che ricordava era scomparso dal mondo da molto tempo, lo sapeva. E adesso c'era silenzio nei giardini di Capo d'Orlando, non si sentivano né il canto degli uccelli né lo zampillio della fontana. Solo il rumore, come uno stormire secco tra le foglie verdi, della sua solitudine e del sangue che gli pulsava dentro, vivo, colmo di speranza, mentre la piena possibilità che il suo romanzo esistesse gli aleggiava attorno nell'aria calda, e lui alzava il viso nel sole radioso per accoglierla.

L'AMBASCIATA DI LUCIO PICCOLO

Novembre 1956

Lucio aveva male a un polso. Il dolore si era manifestato a Capo d'Orlando, quando trascinava la valigia fino alla macchina, e si era acuito sulla strada per Messina, per poi peggiorare nello scompartimento del treno una volta superata Roma. Al sentire il picchiettio della pioggia sui finestrini aveva chiuso il libro tenendo il segno con un dito per fissare lo sguardo torvo sul paesaggio; le scarpe se le era sfilate, sistemandole sotto il sedile con le punte congiunte. Più tardi, attraversando la fredda stazione di Milano, continuava a massaggiarsi il polso guardandosi attorno e pensando, sprezzante: Non possiedi abbastanza poesia, Lucio, per rendere bello anche tutto questo.

Sua sorella aveva parlato di quel viaggio al cugino. Poco male. Valutò di andare direttamente dall'amico Federici in Mondadori, ma poi cambiò idea. La giornata era agli sgoccioli e la stanchezza si faceva sentire; le faccende del cugino potevano aspettare. Si mise in fila per il taxi, ne prese uno e si frugò le tasche per cercare l'indirizzo dell'albergo.

Sapeva che, in un modo o nell'altro, la sua presenza a Milano sarebbe passata per un tacito sostegno all'opera del cugino. E ci teneva molto a non compromettere la propria reputazione; ossia a fare di quel romanzo un successo.

Ma non un successo eclatante. Che cos'aveva detto Casimiro la mattina della sua partenza? Quando gli dai da mangiare, il Mostro diventa sempre più vorace.

Avevano riso molto di quella battuta, con il sole rosso negli occhi, il fragore delle onde che rombavano lontano.

In albergo si sedette vicino alla finestra, a sfogliare le pagine del suo libro, ma non riusciva a concentrarsi. Nonostante fosse ancora pomeriggio, dovette accendere le lampade per vederci a sufficienza. In Sicilia la nostra lampada è il mare, pensò. Alla fine si alzò. In bagno si tagliò la barba con uno dei rasoi inglesi del cugino, si pettinò, si mise una goccia di profumo su collo e polsi. Poi si cambiò d'abito, afferrò ombrello e impermeabile e si studiò allo specchio. Un omuncolo insignificante, occhietti neri troppo ravvicinati, naso lungo come un bandito. Si chiese che cos'avrebbe detto Casimiro a vederlo vestito a quel modo. L'abito l'aveva fatto confezionare a Roma l'anno prima, un taglio moderno, ma non l'aveva mai usato, preferendo nasconderlo per l'imbarazzo nel suo guardaroba di Capo d'Orlando. Al contrario di lui, Casimiro non sapeva che la moda stava cambiando e che al Nord si usavano altri criteri per giudicare gli uomini. Non era questione di fattura artigianale ma di novità.

Scese nell'atrio. Sotto il tendone sgocciolante dell'albergo si accese una sigaretta e osservò la strada, dopodiché aprì l'ombrello e si avviò. Le spirali di fumo restavano sospese sotto quel guscio impermeabile. Passò davanti a un bar – un jukebox mandava musica americana a tutto volume – e poi girò a sinistra in un vecchio vicolo sopravvissuto alla guerra. Un gruppetto di ragazzi, incuranti della pioggia, stava attorno a una motocicletta, ad ammirarne le curve. Un tizio tatuato, in canottiera, era affacciato a una soglia, ad asciugarsi il collo con un telo; da dentro provenivano urla. Lucio attraversò la strada, oltrepassò un cinema chiuso, continuò a camminare.

Imboccò a sinistra via Bagutta, in direzione della trattoria. Era il posto dove i letterati della città mangiavano, discutevano, a volte addirittura dormivano, e lì Lucio, in quanto poeta in visita, pensava di doversi far vedere. Ma quell'abito di taglio moderno, con le spalle strette, gli faceva difetto da tutte le parti, tanto che non si sentiva se stesso; e poi a Milano conosceva pochi scrittori e, cosa peggiore, temeva che nessuno conoscesse lui.

Davanti alla trattoria, scosse l'ombrello, si asciugò le scarpe con calma ed entrò. Una cappa di fumo, note jazz in sottofondo. Gli passarono accanto due uomini, che discutevano con foga, vagamente familiari. Con la coda dell'occhio notò un lungo viso cavallino, avvolto in una stola di pelliccia, che lo scrutava con interesse. Era un'attrice? L'entrata era in penombra, fumosa, un muro di frastuono e odori pungenti della cucina. Si fece largo per presentarsi al cameriere e farsi mostrare il tavolo che aveva prenotato. Gli altri tavoli erano pieni, il ristorante era immerso nel fragore. Lucio era l'unico a sedere da solo. In quelle occasioni sentiva acutamente il proprio isolamento, la propria lontananza dal mondo letterario. In fondo alla sala, con le spalle al muro, cercava di tenersi occupato accendendosi una sigaretta, sfogliando la carta dei vini e spostando le posate.

Lo ammirava, lui, il romanzo del cugino? A Giuseppe – pacato, ironico, amaro – andava riconosciuto il talento di saper sintetizzare le proprie letture, di giustapporre scrittori, lingue, culture. Era senz'altro un appassionato. Ma un artista? Lucio fece una smorfia. Negli ultimi tempi il cugino gli era sembrato stanchissimo, malato; quando si trovava a Capo d'Orlando, l'aveva sentito tossire la mattina e aveva capito che la scrittura l'aveva stremato. Il romanzo era scioccante, divertente, una parodia deliziosa dei loro comuni antenati e del loro ceto sociale, ma chissà se poteva interessare a lettori che non fossero siciliani. E poi c'era il fatto che Giuseppe si era messo a scriverlo solo dopo che lui aveva riscosso successo come poeta. Se di una cosa sono certo, caro cugino, gli aveva detto seccamente Giuseppe, è che non sono più fesso di te. Lucio sentiva che invidia e competizione erano fonti cattive a cui attingere poesia.

Ma era un pensiero ingeneroso. Nello specchio annerito accanto alla porta colse il proprio deforme riflesso, curvo, macilento. Era a causa di quell'ambasciata, della sua spedizione al Nord, del fatto che si trovava in quella trattoria se faceva certi pensieri.

Pensò a Casimiro, a quando si erano salutati, nel sole che inondava il pavimento della villa. Sapeva che lui e la sorella non davano peso alla sua fama di poeta. La guardavano da lontano, come dall'alto in basso, ironici e distaccati: sorridevano accondiscendenti al fratellino più piccolo. Aveva il sospetto che lo considerassero manierato, che giudicassero i suoi versi poco sinceri. E poi la sua mente si spostò come per incanto a Capo d'Orlando, al basso brusio serale dei giardini, e a quanto la sua poesia dipendeva da quel posto. Non era un Verga; lasciando la Sicilia, avrebbe inesorabilmente perduto la propria poesia. Sarebbe svanita, magari lentamente, come l'acqua in una ciotola abbandonata al sole, ma comunque sarebbe svanita. Non avrebbe retto.

Non avrebbe dovuto trovarsi lì, pensò tristemente; doveva stare a casa, a scrivere nel suo giardino. Osservò la sala, i tavoli pieni di gente che rideva, e sentì all'improvviso montare l'odio. Chi di loro avrebbe mai letto i suoi *Canti barocchi*? Ma sapeva che non importava. In quel tipo di ambienti sarebbe sempre stato un ospite, un forestiero in cerca di elemosina; pazienza, tanto non aveva orgoglio, pensò vergognandosene, e ciò che voleva nessuno poteva darglielo.

***

Sul tavolo si allungò un'ombra che interruppe quel treno di pensieri; alzò gli occhi agitato. Era Montale, con le mani nelle tasche della giacca, i capelli neri pettinati all'indietro, l'espressione accigliata. Aveva gli occhi chiarissimi.

Don Lucio, disse con un inchino. È molto lontano da casa.

E Lucio lo guardò provando un'improvvisa gratitudine, da un lato lusingato, dall'altro mortificato per la propria disperazione. Signor Montale, disse, sorridendo cortesemente. Mi faccia compagnia.

Lei è il solo di cui potrei tollerare la compagnia, stasera.

Nulla di grave, spero.

Montale si sedette con una smorfia. No, solo stanchezza. Troppi poeti e pochissima poesia.

Lucio sorrise. Infilò una sigaretta all'angolo della bocca e fece cenno al cameriere di aggiungere un coperto. Che cosa la porta a Milano? domandò.

Affari con Mondadori. E lei?

Affari con Mondadori.

Sorrise anche Montale. Si accese una sigaretta, per un attimo lo avvolse un lieve bagliore.

Credevo fosse qui per il premio Bagutta, disse Lucio.

I freddi occhi di Montale percorsero la sala, la luce oblunga sui quadri alle pareti, le signore in elegante abito nero che ruotavano lo stelo dei calici come fiori recisi. Un basso strimpellare di jazz risuonava dalla parete accanto. No, disse. Mondadori vuole parlare della mia nuova raccolta di poesie. Come lei, io a Milano ci vengo solo per amore della mia arte. Partirò il prima possibile.

Lucio accennò un sorriso sofferto. Quindi c'è un nuovo libro, non lo sapevo.

Non ancora. Almeno, non uno che meriti la pubblicazione.

Ha già un titolo?

Montale lo osservò. Reclinò la testa, si passò lentamente sui capelli una mano macchiata dagli anni. *La bufera e altro*, rispose con riluttanza.

Mi piace.

Montale borbottò qualcosa, ma Lucio capì che era soddisfatto. I camerieri solcavano il fumo come le ombre di un drappello di morti e Lucio pensò a quel verso di Dante, *la bufera infernal, che mai non resta*, e provò un segreto stupore per la temerarietà di quell'uomo.

Mesi orsono Neri Pozza ha stampato una tiratura, continuò Montale. In forma privata, si capisce. Mondadori vorrebbe metterla sul mercato. Ma non so se le poesie sono pronte. Agitò una mano in segno di irritazione. Piuttosto, mi dica, lei sta scrivendo altre liriche? Devo dirle che vederla qui fa un effetto molto strano, Don Lucio, con quelle mani cotte dal sole. Sembra un ricordo del nostro agosto. Come sta suo cugino, quello che ha portato a San Pellegrino Terme?

Oh, Giuseppe scribacchia sempre, quando pensa che nessuno lo stia guardando. La cattiveria gratuita di quella risposta sorprese anche lui. Si sentì avvampare, come se avesse tradito un lato brutto di sé; scavallò le gambe e si curvò in avanti per spegnere la sigaretta nel posacenere. Non volevo essere irrispettoso, disse, all'improvviso serio. Giuseppe è uno scrittore dotato.

Non era un critico?

Un romanziere.

Montale fumava in silenzio, pensoso. Lucio lo guardò. Gli occhi del poeta brillavano nell'ombra che gli tagliava il viso. Alla fine disse: L'aristocrazia siciliana dovrebbe stare più attenta, Lucio. Tutta l'Italia finirà per conoscerne i talenti.

Lucio sorrise, alzò una spalla dell'abito sgualcito. Che vergogna, disse.

***

Più tardi, nel buio della sua camera d'albergo, si avvicinò alla finestra roteando il polso dolorante e chiedendosi come mai non aveva accennato al manoscritto. Montale era un uomo di gusto e un critico influente. In strada passò un'automobile, i fanalini di stop netti e lucenti. No, si disse, il romanzo l'avevano già preso in esame; non avrebbe fatto un piacere al cugino distribuendolo di straforo. E se Montale l'avesse considerato mediocre o debole? A quell'ora tarda Lucio si carezzò i baffi con il pollice, riflettendo. Un simile verdetto avrebbe devastato Giuseppe.

E messo in imbarazzo anche lui, pensò prima di riuscire a fermarsi. Andò a sedersi ai piedi del letto, d'improvviso triste. E si domandò se il cugino avrebbe apprezzato quello che si era preso la briga di fare.

Il pomeriggio dell'indomani incontrò il suo amico conte Federici, un uomo alto e stempiato, vestito impeccabilmente con un completo blu e una cravatta gialla. Di anno in anno il suo viso si faceva più scabro, più malinconico, come il viso di un uomo che custodisce un segreto, la voce più aspra e bassa, in netto contrasto con il calore e la gentilezza delle sue maniere. In quel senso, a Lucio sembrava quasi un russo. A Palermo uomini così non ce n'erano.

Amico mio, diceva Federici, con un sussurro rauco. Si alzò dalla sedia, tutto gomiti e ginocchia, quasi due metri di razza aristocratica, e allargò le lunghe braccia per stringere il siciliano senza imbarazzo. Per un attimo Lucio si trovò con la guancia schiacciata contro le costole del conte; giusto il tempo di cogliere un profumo caldo di sudore e colonia, dopodiché tornò libero, di nuovo discosto. La trovo bene, in splendida forma. Si sieda. Prima una bottiglia di Regaleali…

Lucio, già agitato, contrasse per un attimo il viso. Mi farà dimenticare di essere al Nord, disse.

... e poi parliamo di poesia. Le labbra del conte si schiusero in un sorriso magnanimo in risposta al commento di Lucio, per poi subito richiudersi. Sta bene? Certo che sì. Mi racconti su cosa sta lavorando. Voglio sapere tutto. Un'altra raccolta, spero?

Be', sì.

Immagino che sarà curioso di sapere se i *Canti* vendono. Le dico subito che siamo soddisfatti. La raccolta ha avuto diverse recensioni positive. Vuole che gliele mandi? Mi dica lei. Non deve decidere adesso, ma mi faccia sapere.

Sedevano accanto a una finestra; sul vetro era dipinto a lettere d'oro il nome del ristorante. Al di là, raffiche di pioggia spazzavano la strada. La luce era fredda, fioca. Mentre l'amico parlava, Lucio notò che il tavolo era apparecchiato per tre e si sentì a disagio; tuttavia Federici non aveva accennato a un altro ospite e Lucio, per educazione, non fece domande. Spostò lo sguardo su una macchiolina viola accanto al suo bicchiere d'acqua e gli venne il sospetto che non avessero cambiato la tovaglia.

In fondo alla sala avevano acceso un caminetto; nonostante la pioggia, Lucio trovava in quel ristorante un tepore e un'accoglienza familiari.

Arrivò il vino, fresco, dorato. Federici alzò il bicchiere. Ha avuto modo di pensare all'antologia?

Lucio lo fissò. Non gli sovveniva nulla di quell'antologia.

Ah, non gliene ho parlato? L'antologia di siciliani? Federici sorrise di nuovo fugacemente. Dato il recente interesse per il Mezzogiorno, pensiamo che sia il momento buono per una raccolta di opere sul tema. La Sicilia, in particolare. Mi era parso di capire che lei avesse un saggio o una poesia...

Quella richiesta lo gratificò, ma non voleva darlo a vedere. Sì, potrei procurarle qualcosa.

Magnifico.

Forse una poesia.

Ottimo.

Lucio accavallò le gambe e si fermò a riflettere. Dev'essere un pezzo inedito? Qualcosa di nuovo?

Oh, credo sia indifferente.

A quel punto rimasero per un po' in cordiale silenzio.

Don Federici, esordì Lucio, schiarendosi la voce.

Sì?

Mi sa dare notizie sul romanzo di mio cugino? Le ho inviato due capitoli aggiuntivi, il mese scorso, ma non ho ricevuto risposta.

Mmm, il romanzo di suo cugino.

Sì, *Il Gattopardo*. Lucio ebbe il timore che l'amico non fosse riuscito a presentarlo all'attenzione di Mondadori, visto che l'aveva già rimosso dalla mente. Ma poi Federici sollevò il mento e annuì.

È un resoconto interessante, disse. Che cosa vuole ricavarne suo cugino?

Cosa intende?

Chi pensa possa essere il suo lettore ideale?

Lucio fu colpito dall'asprezza di quella domanda, da quanto era simile al giudizio severo che lui stesso aveva formulato. Si sentì arrossire, e stropicciandosi il mento disse: In che senso, Federici? È un romanzo, è scritto per i lettori di romanzi.

Non l'ho ancora finito, sia paziente.

Le consiglio di farlo.

Temo sia un po' antiquato.

È in parte ispirato a Joyce.

Federici sgranò gli occhi. Si appoggiò allo schienale della poltroncina di vimini. Forse non sono ancora arrivato a quella parte del manoscritto, disse cordialmente. Come sa, la decisione non dipende da me. Posso solo dare il mio parere di lettore. Lo sta leggendo anche Vittorini.

Non lo ritengo affine al gusto di Vittorini.

Federici si accigliò un poco. Alla fine Mondadori deciderà per conto proprio, disse.

Lucio annuì.

Me lo dica francamente, Lucio. Lei che cosa ne pensa?

Lui tacque per un po'. Sfilò una fettina di limone dal bordo del bicchiere e prese a spremerla nell'acqua. Poi alzò lo sguardo. È un capolavoro, disse.

UN RICEVIMENTO IN COLLINA

Dicembre 1956

Il rifiuto arrivò la seconda settimana di dicembre. Mondadori era dispiaciuta di non poter pubblicare il romanzo.

Lucio portò la lettera a Giuseppe una sera che erano nel palazzo di amici a Palermo; Giuseppe parve nervoso e inforcò gli occhiali da lettura per esaminarla con calma. Si sentiva addosso lo sguardo del cugino; quando ebbe finito, alzò le sopracciglia con leggera ironia, sorrise, e senza dire una parola restituì la lettera. Sulle finestre picchiettava una pioggia intensa.

Il volume ha interessato molto, ed ha avuto più di una lettura. Tuttavia i pareri dei nostri consulenti, sia pur favorevoli, non sono stati senza riserve, ragione per cui, tenuta anche presente la situazione dei nostri impegni, veramente gravosi, siamo venuti nella determinazione che non ci è possibile farci i presentatori dell'opera.

A casa, in via Butera, Licy abbassò la lettera per lanciare un'occhiataccia. Mai letto una simile fandonia in vita mia, gli disse. Hai scritto un'opera di genio, Giuseppe. Se ne pentiranno.

Vero, mia cara, disse lui. Vivranno giorni amari.

Ma si sentiva rimescolare da qualcosa, un vago presagio di onore o rispetto, e a volte si sorprendeva a guardare la pioggia fuori da una finestra, senza pensare a nulla in particolare. La sua opera non sarebbe valsa a niente. Così era deciso.

Il tempo esitava, si allungava, scorreva.

***

Adesso era il mostro a prendere il sopravvento.

Era il male ai polmoni; il freddo dell'inverno; l'età. Non sapeva da quale di queste cose dipendesse, ma sotto gli occhi aveva borse più pesanti, fitte pieghe di pelle violacea. Negli ultimi tempi la carne delle mani, brutte come quelle di tutti i vecchi, appariva di una strana luce azzurrina, le dita spettrali, tranne dove si erano ingiallite per via delle sue sigarette inglesi. Tutto d'un colpo lo assaliva una grande stanchezza. Le deboli spalle erano più strette di prima, il ventre più ampio, come se, diceva scherzando, avesse ingoiato un bambino intero. Gli occhi erano sporgenti. Si trascinava nella penombra respirando a fatica, il bastone stretto in mano come la clava di un orco. Quando si guardava allo specchio, per un certo tempo si era divertito a fare smorfie spaventose, ma poi aveva smesso, limitandosi a distogliere gli occhi. Tutte le mattine si pettinava all'indietro i capelli radi, si aggiustava i baffi sottili alla moda di un signore attempato, come per rendersi invisibile, per far sì che nessuno lo guardasse due volte. Nelle strade continuava a cadere la pioggia scura della Sicilia.

Aveva scritto per tutto quell'autunno: un capitoletto in cui il prete del principe, padre Pirrone, si recava in un paesino dell'interno; un capitolo dedicato a un ballo, in cui la vivacità della festa creava un contrasto netto con la successiva morte del principe. E poi si era tormentato su una parte nuova, il *Canzoniere di Casa Salina*, e sull'idea di una scena ambientata all'Hôtel des Palmes, in cui il principe intercettava Angelica e il suo amante, sventando uno scandalo che avrebbe nuociuto a Tancredi; ma fin da subito si era accorto che quella storia rispecchiava troppo la tragedia di sua zia Giulia, la tresca sanguinaria nell'alberghetto vicino alla stazione di Roma, dopodiché l'avevano assalito i ricordi di sua madre in lutto e di quei mesi trascorsi con Ferri in Linguadoca, e del crudele barone Paternò del Cugno, e non aveva potuto continuare.

Dopo la lettera di Mondadori non sopportò più neanche la vista del romanzo, come un uomo in lutto, e cercò di concentrarsi invece sull'imminente adozione del giovane Gioacchino Lanza. La corte d'appello aveva accettato la domanda; il titolo di duca di Palma si poteva trasmettere, al contrario di quello di principe di Lampedusa; finalmente si perfezionarono i dettagli burocratici. Per l'occasione la madre del ragazzo, la principessa Conchita, preparava un festeggiamento in una villa sulle colline. Sobriamente raggiante di soddisfazione, quella mattina Alessandra si mise il tailleur bianco che le aveva confezionato la sarta di Roma, sembrava una sposa. E così Giuseppe trovò meno difficile di quanto avrebbe pensato mettere da parte il suo dispiacere, come una pianta travasata solo a metà o una lettera aperta ma non letta, e godere invece di quell'evento più felice.

Era un pomeriggio piovoso della terza settimana di dicembre, quando lui, Alessandra e Giò andarono nello studio di un notaio, nel centro storico di Palermo. Saliti al terzo piano di un palazzo un tempo maestoso, ora suddiviso in appartamenti, avevano lasciato gli ombrelli sgocciolanti in un vecchio vaso, e sedevano tenendo i soprabiti umidi sulle ginocchia, Giuseppe e Alessandra con la dignità impettita dei loro anni, Giò segaligno e con i capelli neri fradici.

Il notaio rigirava nervosamente fra le dita una stilografica d'oro.

Sono lieto di avervi convocati oggi, farfugliò nel suo italiano forbito. Era un uomo basso, barba folta e stempiatura ampia, mento asburgico che lo rendeva simile, pensò Giuseppe, a uno di quegli psicoanalisti che frequentavano i congressi di Licy. Parlava con voce bassa e roca e chiudeva spesso gli occhi mentre illustrava le conseguenze sulla linea di successione e il fatto che il titolo dei Tomasi si sarebbe trasmesso. A Giuseppe ricordò d'un tratto il Don Calogero del suo romanzo, di umili natali e modi melliflui; gli tornò in mente la lettera di Mondadori e sospirò.

Ci vorrà tanto? intervenne Alessandra, quasi avesse intuito la sua insoddisfazione.

Il notaio esitò, la guardò negli occhi. No, principessa, non tanto.

Ottimo.

Prima di continuare, il notaio lanciò uno sguardo a Giuseppe, come a chiedergli il permesso. La pioggia batteva forte. La luce al soffitto era rimasta spenta, così che il piccolo studio andava immergendosi nel buio invernale. Se mi consentite, allora, procedo a illustrarvi gli effetti dell'adozione per entrambi...

Gioacchino sarà legalmente figlio nostro? chiese Alessandra.

Il notaio alzò di nuovo gli occhi. Sì, principessa.

Non è solo questa la conseguenza dell'adozione?

Sì, principessa, ma...

Andiamo al sodo, allora.

Su un tavolino sotto la finestra, Giuseppe vide i documenti divisi in sei fascicoli incredibilmente sottili. Dovevano essere le belle copie. Un atto esile, pensò, considerata la sua sostanza.

Il notaio si alzò e invitò Giuseppe ad avvicinarsi con la sedia alla scrivania, offrendogli la penna d'oro con dita umidicce e girandogli i fogli. Per piacere, Eccellenza, firmi qui, qui e qui.

Giuseppe obbedì.

Nessuno parlò. La pioggia che scrosciava sul vetro proiettava ombre sui documenti, sulle dita di Giuseppe. Il pennino mandò un lieve stridore. Il vecchio orologio alla parete ticchettava e ticchettava. Una volta vicino, aveva annusato il dopobarba del notaio, gli aveva visto macchioline gialle sul colletto. Finito di firmare, si raddrizzò e alzò gli occhi. Si sentì un po' ridicolo, con il notaio chino a quel modo sopra di lui, come un precettore con un allievo.

Tutto qui? chiese. Il ragazzo ci appartiene adesso?

Il notaio lo guardò sbigottito, deglutì. Appartiene, Eccellenza, non è la parola...

La prende in giro, signore, esclamò Giò.

Ah, sì.

Poi fu Alessandra ad alzarsi in tutta la sua imponenza. E da me che cosa desidera? disse.

Solo una firma, principessa. Qui, qui e ancora qui.

E dopo che ebbe firmato anche Giò, il notaio finalmente parve distendersi. Non erano passati neanche venti minuti. Pioveva ancora forte. Giuseppe sapeva che oltre quelle finestre si stendevano i tetti fradici del centro storico di Palermo. Guardando a occidente, oltre la luce purpurea, avrebbe scorto il traffico screziato di via Roma, che avanzava piano nella pioggia, e poi il grandioso complesso ricostruito del palazzo delle Poste. A oriente, lungo la buia via Valverde, avrebbe visto la severa facciata dell'oratorio di Santa Cita, che custodiva un trionfo di amorini rococò per celebrare la vittoria sui turchi. Quella cappella era sopravvissuta per caso ai bombardamenti americani. Ma il suo sguardo si sarebbe soffermato sull'ingresso di una via che conosceva fin troppo bene, ed era lì che l'antico mandamento perdeva la sua bellezza e diventava qualcosa di diverso dal quartiere di una vecchia città su un placido tratto di costa siciliana. Perché via Valverde sfociava su via Lampedusa, e lui sapeva che lì riposavano gli stucchi e le pietre in rovina della sua amata casa, dove la madre aveva vissuto gli ultimi anni, magra, cupa, solitaria, un tremulo riflesso dell'essere straordinario che era stata un tempo, dove una mattina l'avevano trovata morta, su una logora poltroncina nel salotto bombardato, sotto un cielo aperto, un'altra vittima di quella guerra che era già finita da due anni ma che non voleva finire mai, dopo aver distrutto sia il passato che il futuro e aver ridotto il presente a devastazione e dolore.

Strofinandosi le piccole mani, il notaio si alzò.

Le porgo le mie congratulazioni, disse a Giò stringendogli la mano. Da questo momento lei è Gioacchino Lanza Tomasi. Eccellenza, le presento suo figlio.

Mio figlio, mormorò.

Ciao padre, disse Giò, prendendo Giuseppe per una spalla. Ma nella voce del ragazzo sentì un'esitazione, e lo vide deglutire.

Seguì la moglie e il figlio lungo le vie piovose di Palermo, in silenzio, tutti e tre in qualche modo cambiati, immensamente commossi per quella felicità comune, e nel freddo improvviso i loro ombrelli si aprirono di scatto e fecero drappello, con uno squisito fruscio, come una famiglia.

A volte si sorprendeva a riflettere sulla natura del sangue e sul titolo, e su come il nome Tomasi non appartenesse a lui ma gliel'avessero tramandato coloro che se n'erano andati prima, perché lo custodisse a favore di coloro che sarebbero venuti dopo, come accadeva per le vaste dimore, ormai tutte scomparse. Che cos'avesse significato tutto questo, quanto avesse pesato sulla sua vita, non si sentiva in grado di comprenderlo.

Sua madre quelle verità sul mondo le aveva capite. La settimana prima era andato a visitare la sua tomba, rimestando nei ricordi, come una mano che scuote l'acqua bassa. L'aveva accompagnato Licy, solida, severa, con un'espressione che tradiva i suoi personali rovelli interiori. Tirava un vento forte ma il cielo era di un grigio chiaro, quasi azzurro, e la luce che squarciava le nuvole annunciava che non sarebbe piovuto. Percorsero i vialetti inghiaiati, oltre le tombe monumentali e gli angeli di marmo, oltre i fiori gialli appassiti e sporchi dentro barattolini di vetro al di là dei cancelli. Da lui ci si sarebbe aspettato che i cimiteri gli piacessero, pensò. Ma non gli erano mai piaciuti. Passarono davanti alla tomba di zia Giulia, quella creatura di luce, arguzia e grazia che adesso nessuno ricordava. Sua madre era sepolta nella vecchia tomba dei Tomasi, accanto al padre, tuttavia lui sapeva che non era quello il suo desiderio. Un giorno o l'altro anche lui avrebbe riposato dietro quella recinzione, forse presto. Lo stesso valeva per Alessandra. Sentì il vento che gli sollevava il cappello. Non riusciva a scaldarsi.

Aprì il cancello con una piccola chiave, dopo aver armeggiato a lungo. L'erba incolta si era aggrovigliata ai cardini. Vicino alla tomba materna sfilò la mano dalla tasca e l'appoggiò insieme all'altra sul bastone, ansimante, sforzandosi di rallentare il respiro. Da qualche giorno gli era venuta una tosse che gli aveva affondato i piccoli artigli nel petto, e si erano riaffacciati alla mente i timori di Coniglio sull'eventualità di una bronchite o di un'infezione batterica; per questo cercava di non tradirsi con Alessandra. Ma mentre barcollava si sentì addosso i suoi occhi vigili.

Gli sembrava una scena piuttosto ridicola. Era venuto su insistenza di Mirella, che gli aveva consigliato di dire alla madre e al padre che il nome della famiglia si sarebbe tramandato. E la dolcezza di quel gesto aveva commosso sia lui che la moglie, sebbene nessuno dei due credesse che dopo la morte parte di una persona possa sopravvivere.

Andrò da lei, aveva detto malgrado tutto. Parlerò a mamma di te e di Giò.

Tuttavia, arrivato alla tomba, scoprì di non sapere come cominciare, che cosa dire. Non tanto perché Licy era con lui, anche se la cosa contribuiva a metterlo in imbarazzo. Quanto per il ricordo degli ultimi anni della madre, di com'era morta sola nelle sale in rovina di casa Lampedusa, come un'eremita pazza. Era l'inverno del 1946, molto dopo che l'isola era stata dichiarata libera e dopo che la guerra era finita nelle fiamme di Berlino, e i malconci palermitani erano tornati tristemente alle loro strade ridotte in macerie. A lui, a sua moglie e a sua madre non era rimasto niente.

Era morta sola, sì. Era stato il medico, Coniglio, a trovarla. Una cosa che lei avrebbe detestato. Da quanti giorni era morta: uno, due? Strinse gli occhi, al montare di quel rimorso, mentre cercava di non figurarsi la scena. Non da molto, di questo era certo. Il corpo non mostrava segni di corruzione. Quella mattina doveva farle visita, ma alla fine aveva rimandato al pomeriggio, e quando era tornato nel suo appartamentino ad attenderlo c'era la moglie, con un tè sul fuoco e la notizia della morte della madre. Arrivato al palazzo in rovina, l'aveva trovata già composta, distesa sul suo lettino in ordine, le mani fredde intrecciate sul petto e le palpebre chiuse. Le labbra erano leggermente aperte, la pelle cascante sopra zigomi e orbite. Il primo pensiero era stato che quella non era sua madre, che era tutto un equivoco.

Aveva settantasei anni. Aveva assistito alla fine della guerra, all'ascesa e al crollo della sua moderna nazione. La sua Europa, l'Europa della Belle époque, non era neanche un ricordo. Automobili, aeroplani, cinematografo, le nuove spaventose bombe americane, in grado di cancellare le città, avevano segnato la nascita di un altro mondo, un mondo che lei non comprendeva. Si lamentava senza pietà ma con circospezione, osservando costernata le piccole differenze, la qualità del vino, la moda delle signore, il prezzo dei viaggi. Nel corso dei decenni era stata testimone del declino definitivo della sua famiglia, finché non era rimasto nulla, né un erede, né una fortuna, né case maestose. Era sopravvissuta alla sua stessa esistenza.

Cercava di ricordarsi la donna che era stata un tempo, terribilmente moderna, stupefacente nelle sue opinioni, una donna che faceva trasalire e spaventare il nuovo secolo appena all'alba. Ma quella era una creazione della sua infanzia, non una prospettiva di cui potersi fidare; era la lente dell'adorazione a trasformarla in qualcosa d'incomprensibile e magnifico. Durante la guerra era scappato con lei in una piccola casa in contrada Vina, a Capo d'Orlando, e poi, quando persino i borghi di quella costa erano diventati poco sicuri, avevano seguito i Piccolo verso l'interno, sulle sponde della fiumara di Naso. Lui, un cagionevole e malconcio uomo di rango superiore, e la sua vecchia principessa madre. Che spettacolo dovevano dare. A Naso presero in affitto una casetta colonica nella piana sotto la casa dei cugini e vissero frugalmente, immersi nel canto degli uccelli e nel vento. Poi, nel tardo autunno del 1942, Alessandra dovette lasciare la Lettonia e attraversare in treno i paesi dell'Asse, usando i documenti italiani; arrivò scossa e malata alla villa di sua madre a Roma. A Natale Giuseppe la raggiunse. Non la vedeva e non la toccava da sei anni. Seduto al suo fianco nel giardino di zio Pietro, le teneva la mano, sentendosi vicino a una sconosciuta.

All'inizio dell'anno tornò in Sicilia, solo. Era un periodo strano, tutto il paese sembrava nel panico. Dappertutto era in azione la macchina della morte. Le incursioni su Palermo aumentavano. Più o meno una volta al mese Giuseppe andava a controllare la sua amata casa Lampedusa, per accertarsi che non fosse preda degli sciacalli oppure occupata da abusivi. Lasciava la madre sola e si chiedeva che cos'avrebbe trovato al ritorno. In marzo una nave esplose nel porto di Palermo, facendo saltare le porte e le finestre del palazzo, sventrando il soffitto della biblioteca e di altre due sale. In aprile fu colpito direttamente il grandioso scalone d'ingresso, così che Giuseppe non poteva più entrare in casa, neanche dalla porta di servizio, visto che un cumulo di calcinacci alto due piani bloccava la strada. Poi in maggio caddero altre bombe e le mura del palazzo crollarono; la distruzione quella volta fu completa. Non c'era modo di salvarlo, neanche avesse avuto i soldi per ricostruirlo. Camminò in mezzo alle macerie, solo e in lacrime, finché non calò il sole e l'aria diventò fresca, e poi si sedette sulle pietre e chiuse gli occhi.

Non aveva cuore di tornare dalla madre. Capiva che, dandogli voce, quello che aveva visto sarebbe diventato per sempre reale, ineludibile, e questo non voleva ancora affrontarlo. Andò sulle colline attorno a Palermo, nella villa di un cugino, e restò lì, una figura incongrua e sconsolata, gli occhi allucinati, incapace di parlare, persino di spiegare la natura della perdita che l'aveva colpito. Non si radeva. Non dormiva. Solo dopo due giorni di silenzioso cordoglio intraprese il difficile viaggio attraverso una Sicilia in guerra, con le tasche rivoltate, a capo scoperto, l'abito impolverato.

A Capo d'Orlando la madre uscì sul portico e gli andò incontro lungo il viottolo di terra battuta, dove lui se ne stava tremante, e lo abbracciò senza biasimo, come aveva sempre fatto, dando l'impressione di avere già capito.

Va tutto bene, tesoro mio, gioia mia, disse. Oh, il mio dolce bambino, va tutto bene.

Il cambiamento che subì dopo che il palazzo era andato distrutto fu graduale, morbido, malleabile come un impasto. Fu un arrendersi, capiva adesso, al fato e alle sue distruzioni. Lui non sapeva che cosa fare. A luglio di quell'anno finalmente Licy riuscì ad attraversare il Sud fino alla Sicilia. La settimana prima del suo arrivo gli americani erano sbarcati sulla costa meridionale e qualche giorno dopo la casetta di contrada Vina crollò sotto una bomba. Giuseppe restò fermo sulla stradicciola, mentre polvere e fumo striavano il cielo, e prese a tremare. Non riuscirono a salvare nulla; lui, la moglie e la madre sfollarono all'interno, a Ficarra, in un tugurio di una stanza, con i soli vestiti che avevano addosso. Le due caparbie donne si erano incontrate soltanto due volte prima di allora, ed entrambe le occasioni erano state un disastro. Nella tensione e nel caldo di quel tugurio, Licy aveva scarsa pazienza verso le maniere imperiose della madre, e la madre non gradiva l'atteggiamento progressista della baltica e la sua eccessiva intimità con il figlio. Non le piaceva che Licy fosse stata già sposata, che fosse troppo vecchia per mettere al mondo figli, che non fosse siciliana. *È mia moglie*, le aveva risposto Giuseppe con rabbia. Era stata la cosa più simile a un litigio che avesse avuto con lei.

A ottobre di quell'anno Giuseppe tornò a Palermo con Alessandra. La madre era andata a stare dalla sorella Teresa, a Capo d'Orlando, da dove gli spediva lettere taglienti.

Resisté al pensiero che lo attraversava in quel momento, davanti alla tomba della madre, di fianco ad Alessandra vestita di nero e nel vento freddo che gli increspava il cappotto. Attorno a loro si assiepavano le lapidi e i monumenti sghembi dei morti. Preferiva ricordare la madre come una donna forte e tenace, che viveva in una solitudine che si era costruita da sé, non solitaria ma sola. Era stata chiara e diretta nelle sue necessità, per tutta la vita, si diceva. Ma adesso cominciava a chiedersi se era vero. Aveva deciso di vivere fra le macerie di casa Lampedusa, dopo che gli americani avevano liberato Palermo, perché quella era casa sua, diceva, e perché lei era una Filangeri e una Cutò, e le famiglie in rovina stavano bene nelle case in rovina.

Oh, non guardarmi così, Giuseppe, aveva sbuffato impaziente. Non sono persona da soccombere.

Lui non aveva protestato tanto. Forse ne era rimasta sorpresa. Dopo tre anni passati a barcamenarsi tra il brutto carattere della madre e i silenzi rabbiosi di Alessandra, era stanco. Giunse a credere che la madre fosse vittima delle correnti che lei stessa agitava, convinta di esercitare sul figlio un ascendente più forte di quello che aveva. Non che lo considerasse ancora un bambino, no; ma forse pensava che non l'avrebbe abbandonata in balia della sua natura volitiva, e così lui, per confutare quella tesi, sia con se stesso che con lei, aveva preso alloggio con la moglie ai confini del centro storico, in piazza Castelnuovo, in un misero monolocale dove non c'erano né acqua né riscaldamento, vicino alle barricate. Licy barattava le pellicce al mercato nero in cambio di lattine di cibo americano scaduto; lui accettò l'incarico di presidente provinciale della Croce Rossa. Nei rigidi mesi che seguirono l'arrivo della madre non andò spesso a casa Lampedusa. Non era il cuore di Licy a trattenerlo. Sentiva che la madre, infreddolita e sofferente mentre se ne stava vicino ai fornelli da campo nelle vecchie stalle, sempre più arruffata, non era riuscita a comprendere la sua tristezza.

Entrare nella corte della casa d'infanzia lo distruggeva, ogni volta. Già mentre si faceva strada tra i calcinacci cascanti cominciava a tremare e ammutoliva, e certi giorni, quando alla fine trovava la madre, era incapace di parlare. Gli sembrava estremamente sciocco, in confronto con il vasto mondo di sofferenze che lo circondava, ciononostante non riusciva a discuterne, neanche con lei, che pure aveva perduto tutto e continuava a vagare per il palazzo, non come un fantasma ma come un'abusiva. Non capiva che una casa può essere non solo il passato di una persona ma anche il presente e il futuro; ciò che rimpiangeva lei era sparito da molto tempo. Lui poteva spingere lo sguardo lontano, tuttavia vedeva ancora profilarsi il proprio dolore. Solo Licy, avendo perduto anche lei il castello di Stomersee dopo l'invasione sovietica, aveva compreso. Si fosse trasferito a casa Lampedusa, avesse insistito, forse la madre sarebbe sopravvissuta a quell'inverno. Sarebbe rimasta in vita. Ma così lui avrebbe dovuto rinunciare a qualcosa che non poteva cedere, e ne sarebbe uscito a pezzi. Se lei avesse chiesto e lui rifiutato, quello che sentiva ora sarebbe stato più semplice. Invece ciò che gli restava era il vago sospetto di averla delusa, che forse avrebbe potuto agire diversamente.

Erano passati dieci anni; di più. Attorno alla sua tomba erano cresciute le erbacce. Non andava spesso al cimitero, perché non gli piaceva pensare che il suo corpo si trovava lì. Aveva deliberato di morire nel gelido guscio di un palazzo in rovina, senza acqua corrente, senza riscaldamento, in un inverno di fame e morte. Lui aveva scritto agli amici che l'avevano conosciuta, a Corrado della Fratta, a Guido Lajolo, allo zio Pietro, sottolineando che la madre era morta contenta e in pace in via Lampedusa, come aveva desiderato. Dei suoi sentimenti non si era concesso di parlare, neppure ad Alessandra. Aveva evitato i ruderi del palazzo, non aveva animo di passare in rassegna gli oggetti sparpagliati della madre, poiché sentiva che il suo fantasma, il suo ricordo, la sua presenza restavano ancorati a quel posto e non si sarebbero dileguati. Non aveva bisogno di pronunciare quelle parole a voce alta; era una verità evidente. Aveva voluto che il figlio scegliesse lei. In caso contrario, era disposta a morire.

E lui l'aveva permesso. Una mattina stava solo sulla terrazza di via Butera, a guardare il mare piatto e grigio, con il bavero alzato, incapace di raccontarsi ancora menzogne. L'aveva riempito di rabbia che lei lo mettesse in quella posizione, e così aveva rifiutato di scegliere. Si era reso conto delle atrocità di quell'inverno, di quant'era fragile la madre, del gran numero di morti assiderati sulle soglie e nei vicoli del centro storico. L'aveva abbandonata. Poteva salvarla, metterla al riparo, mostrarle che era amata e ancora viva.

Quello che voleva, adesso gli era chiaro, era che il figlio andasse da lei, la abbracciasse, le dicesse che era ancora importante. La morte non c'entrava nulla. Voleva preservare l'incantesimo della sua gioventù. Aveva preferito annientarsi anziché diventare un relitto.

Ai tempi lui non l'aveva capito. Gli era sembrata una specie di follia. Si era imbastita le complicazioni della sua esistenza come un romanziere imbastisce un libro, le aveva plasmate senza cercare altre risposte che non fossero conflitto e intensità. E il percorso avrebbe seguito la sua logica, fino all'epilogo. Lui credeva che la vita interiore della madre fosse stata tumultuosa e bellissima, e che nessuno di paragonabile a lei sarebbe mai vissuto di nuovo. L'influenza che l'aveva colta l'ultimo inverno, i cocktail di farmaci prescritti da Coniglio, gli occhi pesti, faceva tutto parte, lo sapeva, della storia che si era preparata a scrivere, e adesso ricordava il riso crudele e sguaiato che a volte la prendeva, ma anche la sua curiosità, l'amore generoso, le debolezze e la vulnerabilità. Era tutto passato, scomparso dalle ossa della madre, ridotto in polvere.

Pensava a quel corpo morto e al palazzo intatto, invaso di sole, che un tempo lei aveva attraversato con passo lieve come una dea, e all'intelligenza dei suoi occhi lucenti. Era diventata parte della sua perdita, un'altra grande casa, una perdita che lui abitava, che era sua e sua soltanto, e che nessuno poteva sottrargli di nuovo perché non si trovava più nel mondo dei vivi. Era diventata ricordo, e questo non poteva rifiutarlo, perché era una cosa che lo riguardava intimamente, e così alla fine lei aveva compiuto quello che desiderava.

Non aveva mai osato immaginare un figlio.

Era questo il lato meraviglioso della vicenda. Adesso camminava piano nella pioggia, lungo la strada nebbiosa, con una mano sulla spalla del figlio e l'altra sul bastone, e alle loro spalle lo studio del notaio a poco a poco svaniva. In via Butera, Mirella già li aspettava nel salotto bianco, con i suoi terrier in grembo; Giuseppe versò i cocktail per tutti e brindarono alla loro nuova famiglia. Sembrava insolito, e bello, un momento affatto privo di rimpianto e di dispiacere, e appunto per questo non sapeva interpretarlo. Per festeggiare, i genitori di Giò avevano organizzato un ricevimento nella villa di amici, sulle colline fuori città, e così la giovane coppia si congedò, mentre lui e Alessandra sorseggiavano il cocktail e si sorridevano vagamente. In quella sera d'inizio inverno cominciarono a prepararsi, dopodiché uscirono.

Era una casa moderna, tutta spigoli e cemento, come le ville degli industriali a Milano. Le grandi finestre sfolgoravano. Alessandra guidò piano lungo il vialetto e parcheggiò sull'erba ancora bagnata vicino alle altre automobili; Giuseppe scese aggiustandosi la cravatta e attese la moglie.

C'è molta pace, disse lei.

Lui annuì.

Entriamo?

Salirono adagio le scale di cemento e oltrepassarono la porta di vetro, pulendosi attentamente le scarpe con un fazzoletto. Non videro altri ospiti. La casa splendeva sullo sfondo delle tenebre fredde; il lungo soggiorno, con i divani bassi e i tavolini rigorosi, aveva un aspetto insolito. Alessandra gli lanciò uno sguardo, e Giuseppe alzò le sopracciglia come per dirsi d'accordo.

Si sentivano voci; attraversarono un corridoio luminoso e salirono una rampa di scale che portava a una specie di mezzanino. Davanti a loro si apriva una vetrata, oltre la quale stava un prato su cui brillavano decine di lumi; videro una folla di invitati, in piedi vicino a una piscina vuota. Un quartetto di musicisti in cappotto aspettava, con gli strumenti sulle ginocchia, su sedie sistemate in mezzo al prato.

Il padre di Giò, il principe Fabrizio, era in piedi su una sediolina pieghevole e faceva un discorso.

Si fermarono in cima alle scale che portavano al prato e Giuseppe sentì sul viso la fredda sera dicembrina. Proprio allora una figura alta si staccò dagli ospiti per andare loro incontro, e Giuseppe riconobbe lo scuro profilo spagnolo della principessa Conchita.

Venite, venite, disse agitando i braccialetti. Vi presento agli ospiti.

Giò non c'è? domandò Giuseppe.

Vedrà. È entusiasta e nervoso. Mirella non è ancora arrivata.

Sapeva che era una serata di tensione per Giò, perché non solo festeggiava l'adozione ma era anche la prima volta che Mirella veniva presentata alla cerchia dei genitori del ragazzo, o meglio degli *altri* genitori, si corresse Giuseppe, accorgendosi di quanto suonasse insolito. Sarebbe stato, insomma, il debutto in società di Mirella. Intravide Giò in mezzo a un gruppo di ragazzi, all'erta e nero come una biscia nell'abito azzimato. Continuava a guardarsi intorno, in attesa dell'arrivo di Mirella.

Giuseppe? sentì alle sue spalle la voce bassa di un uomo. Mi sembravi tu. Da quanto tempo…

Lo guardò: alto, magro, quasi calvo se non per una corona di capelli grigi che gli cingeva la testa come una chierica. Teneva una sigaretta nella mano sinistra, mentre con la destra apriva e chiudeva i bottoni del cappotto, quasi meccanicamente.

Giuseppe scosse il capo.

Non mi riconosci? disse l'uomo.

Lui sorrise timidamente. È stato tanto tempo fa?

Vi conoscete, Alfredo? intervenne Conchita.

L'uomo sorrise senza distogliere gli occhi da Giuseppe. Giocavamo insieme da bambini. Non ti ricordi? Una volta, a Santa Margherita, ti nascondesti da me e ti trovai nella sala da ballo, che leggevi. Ero così arrabbiato che ti strappai il libro a metà.

Il vago ricordo di un bambino, un pomeriggio assolato, un sentimento di terrore. Reclinò il capo. Alfredo, disse, sì, certo. Questa è mia moglie, Alessandra.

Alfredo si riparò la sigaretta con la mano, s'inchinò. Principessa, disse.

Ve la rubo per un istante, disse Conchita. Alessandra, c'è un medico che voglio presentarle, il dottor Moreno. È uno psichiatra, credo che lo troverà di estremo interesse.

Allontanandosi, Licy lo guardò incuriosita, uno sguardo che lui non capì. Si sentì percorrere da un certo imbarazzo.

Rimpiango ancora quel giorno, disse Alfredo.

Quale giorno?

Quando ti strappai il libro. Ero arrabbiatissimo.

Be', eravamo bambini.

Vivo in Marocco ora, disse Alfredo. Scappai da questa vita non appena ebbi l'età della ragione.

E che cosa fai in Marocco?

Ci furono applausi, risa. Fabrizio aveva finito il discorso e scese agilmente dalla sedia. Il gruppetto cominciò a disperdersi, a fluire verso il tepore della casa. Giuseppe prese un calice di champagne da un cameriere di passaggio, ma non bevve.

Alfredo fece un risolino. Sono un editore, disse. Pubblicazioni d'arte. Ho una tipografia in Marocco. Piccole tirature, ma riproduzioni bellissime. Soprattutto di architettura, qualcosa anche di scultura.

Giuseppe lo guardò con interesse. Ti guadagni da vivere, quindi.

A quanto pare.

A te pare di no?

A mia moglie, più che altro. Lo considera un hobby.

Mmm.

E tu, ci sei mai venuto in Nord Africa? È un altro mondo.

Hanno una vita più ricca, più completa. Qui siamo ancora così soffocati. Me ne sono accorto appena sono tornato.

Quando?

A luglio. Per sistemare l'eredità di mio padre.

Ah, mi spiace.

Alfredo annuì. Era vecchio, ha vissuto bene. È morto nel sonno. Nulla di cui dispiacersi. E tua madre?

Dopo la guerra. Anche lei nel sonno.

L'altro accennò senza scomporsi le sue condoglianze, con una sorta di grazia che Giuseppe si sorprese a studiare, incerto se fosse un moto falso o forzato. Concluse che non lo era. Chissà se il suo principe astronomo sarebbe stato così affabile, fosse stato vero. Ma il principe era tutto cortesie e riverenze esauste, e la differenza stava lì: il suo principe era troppo pieno di sé.

Raccontami, diceva Alfredo, a te come va? La guerra non ti ha rovinato, vedo.

Giuseppe sorrise tristemente. Quasi. Ma non del tutto.

In fondo al prato suonavano i musicisti. Di fronte a loro ballava una ragazza con un vestito rosso, la sua ombra si allungava sull'erba alla luce intensa che veniva dalla villa, il suo fiato si condensava per il freddo.

La guerra ha lasciato sul lastrico la mia famiglia, disse Alfredo. Non possiamo ricostruire. Mio padre non si è mai ripreso. A me non importa granché, non m'interessano le vecchie proprietà. Lascerò Palermo non appena i suoi affari saranno sistemati.

In Sicilia non si sistema mai niente.

Alfredo strizzò un occhio. Prese un lungo tiro dalla sigaretta e la buttò. È facile scappare, disse, quando non si vuole custodire il passato.

Giuseppe non riusciva a ricordare quell'uomo da bambino. Cercava di esumare una reminiscenza di quel viso, di quel pomeriggio al palazzo materno, ma non trovò niente. Vagando con lo sguardo, notò che li osservava una giovane donna con uno scialle nero, poco lontana da loro, sola, accanto alla vasca di cemento della piscina. Si rigirava fra le dita lo stelo di un calice di vino. Pensò che si trattasse di una conoscente di Alfredo. Ma subito lo prese la sensazione che stesse fissando lui con quell'intensità. La donna aveva lunghi capelli bianchi, quasi argentei nel buio, eppure sembrava giovanissima. Aveva solo una catenina sottile al collo, non portava gioielli pesanti, e questo lo indusse a pensare che fosse molto ricca, probabilmente la figlia di qualche industriale del Nord. Ipotizzò che si trattasse di una cara amica di Giò e Mirella, venuta per festeggiarli. Ma non ne era affatto convinto, sentiva che c'era dell'altro. Non aveva né il fascino disteso né la giovialità diffusi tra gli amici del figlio e tra gli altri ragazzi riuniti quella sera. Sembrava invece che irradiasse una specie di solitudine, quasi rabbiosa nella sua forza, tale da impedire a chiunque di avvicinarla. Aveva il volto segnato, come se per tanto tempo avesse vissuto in climi spietati, e i suoi tratti lunghi e sottili non erano belli. Quando alla fine Giuseppe si decise a guardarla negli occhi, lei ricambiò audacemente lo sguardo, senza sorridere e senza alzare il calice per salutarlo. Più che ostilità era un atteggiamento diretto che lo spiazzava, come se quella donna fosse in grado di porgli domande sul suo romanzo, la sua salute, il suo cuore infelice, e conoscesse già la verità senza che lui parlasse. Decise che l'avrebbe evitata. Ma quando si girò di nuovo vide che entrava in casa insieme agli altri, e poi era sparita.

Dimmi, di chi è la casa? chiese quindi ad Alfredo.

Alfredo rise. Era di mio padre, disse. Lui e Fabrizio facevano affari insieme. Investimenti. Credo abbiano comprato una fabbrica a Napoli, per convertirla in appartamenti. Alfredo alzò le spalle. Non mi è ben chiaro, a dire il vero. A quanto pare ti devo le mie congratulazioni.

Grazie.

Gioacchino è un ragazzo meraviglioso.

Sì.

Adesso Giuseppe era definitivamente preda dell'imbarazzo. Ignorava che cosa sapesse l'ospite delle sue condizioni, ma immaginava che il padre di Giò l'avesse messo al corrente. Il quartetto aveva riattaccato a suonare dentro casa, un brano di Mozart, e Giuseppe sentiva le risate degli invitati, il rintocco dei calici e delle posate d'argento sui piatti. Camminavano sulla terrazza, vicino a un banchetto di cibo e vino, e Alfredo si fermò per offrirgli qualcosa, ma Giuseppe, che aveva ancora lo champagne da bere, scrollò la testa in segno di rifiuto.

E poi l'ospite si allontanò, infilandosi tra gli invitati, ora sorridendo ora dando una pacca sulle spalle, tutto con una disinvoltura che Giuseppe poté solo ammirare. La casa sfolgorava di luce, gli ospiti si muovevano in coppia o in trio per le stanze illuminate a giorno. Ai lati della scala di cemento che scendeva al prato si stendeva un giardino selvatico di piante da frutto, e ai rami degli alberi bassi erano appese lanterne.

Trovò Alessandra, sola e meditabonda, in uno studio. Su un balcone poco oltre, due ragazze ridevano, poggiate alla ringhiera.

Non sembri contenta di essere qui, disse lui.

Lei scrollò il capo. Giò ti ha trovato?

Mi cercava? Mirella è arrivata?

Sì.

La ameranno tutti, disse lui. Cadranno tutti ai suoi piedi, com'è successo a noi.

Forse.

Ne sono certo.

***

Nel vasto ingresso fu braccato dal padre di Giò, che gli mise un bicchiere di vino in mano e se ne andò. Prese a camminare all'aperto, lungo i vialetti del giardino, dandosi un'aria assorta, come se dovesse andare da qualche parte. Giò e Mirella lo trovarono vicino a una fontana, gli tirarono le maniche scherzando. Vide Licy immersa in conversazione con un uomo basso, vicino al banchetto sulla terrazza; si voltò a guardare dalla parte opposta. La festa continuava. I musicisti posarono gli strumenti per mangiare qualche pasticcino. Rientrò in casa e salì al primo piano; se ne stette per un po' su un balcone, a osservare gli ospiti sul prato, che volteggiavano tra le luci, cantavano. In casa i musicisti presero a suonare un valzer, al che vide Giò e Mirella che danzavano, eleganti, giovani, amati.

Nei giardini notò un angolo defilato, una panchina vicino a una fontana invasa di foglie, e così decise di uscire, ma una volta lì si accorse di non essere solo.

Mi perdoni, disse con un leggero inchino e fece per tornare sui suoi passi.

No, non vada via, per piacere.

La figura sedeva su un'altalena che dondolava da un piccolo pero. Era, naturalmente, la donna con i capelli bianchi e lo scialle nero. Si erano trovati, come Giuseppe aveva previsto sin dall'inizio.

C'è silenzio qui, disse lei. Fece una risatina. Non mi piacciono i posti affollati.

Restò fermo per un lungo istante e poi, compreso quanto fosse scortese, arrossì e prese posto. La panchina era freddissima. Colse le note di una mazurka, lieve, vaga, come un sogno che svanisce.

Non è di qui, disse lui alla fine.

Si capisce tanto?

Be', dall'accento.

Guardò la donna in quel buio invernale, i capelli bianchi lucenti, circonfusi del bagliore elettrico che veniva dal giardino. Sentì un brivido sul collo.

Nel posto da cui vengo tutto questo non ce lo immaginiamo nemmeno, disse lei.

Da dove viene? chiese lui, avendo inteso che era quello che voleva sentirsi domandare.

Un'altra isola.

Non la Sicilia?

È come la Sicilia ma molto più antica. E più piccola. La mia isola è piatta, calda e secca.

Palermo le sembrerà strana.

Vivo a Roma adesso. Palermo non è strana.

Ah.

Sono un'attrice, disse lei. Sono qui per un film.

Restò in silenzio, a studiarla, a chiedersi se l'aveva mai vista prima. Gli pareva di no. Non era un intenditore di cinema.

Si sta chiedendo se mi conosce.

Senz'altro l'avrò già vista, disse lui educatamente. Su che cos'è il film?

Mi prometta di non ridere.

Perché dovrei?

È un film sperimentale.

Oh.

Lei continuava a dondolarsi piano nella penombra, facendo cigolare l'altalena. Glielo spiegherò come ha fatto con me Paolo. È il regista. Mi ha detto: Immagina un'isola. È addormentata da millenni in mezzo al mare. Per un certo tempo nessuno ci ha vissuto, perché non c'era acqua e i marinai ne temevano le scogliere. Nei suoi fondali viveva un mostro, si diceva. Le navi s'incagliavano lungo le coste.

Che genere di mostro?

Lei agitò la mano, impaziente. Il mostro non è importante.

La conosco l'isola?

No, non esiste. È solo un film.

Giuseppe guardò una coppia che scivolava lungo i viottoli del giardino, spariva nel buio. Prego, disse, continui.

Non sono io la protagonista.

Capisco.

È un'attrice francese. Senz'altro la conosce, è famosa. Il personaggio che interpreta va al Sud per stare sola sull'isola. Il marito l'ha tradita e lei cerca di decidere che cosa fare.

Giuseppe non sapeva cosa dirle. Alzò le mani, come rassegnato.

Ho letto la parte, ma non faceva per me. Almeno secondo Paolo. I produttori volevano un nome noto, capisce. Non un'interprete. Va così nel mondo dello spettacolo.

Ma poteva andar bene per un altro ruolo, disse lui.

Lo guardò per un istante prima di continuare. L'amica maledetta, disse. È quello il mio ruolo. Vivo col mio vecchissimo padre in un piccolo dammuso di pietra e argilla. Madre e fratello sono morti. Sull'isola c'è un paese, ma non ci andiamo quasi mai. A volte ci sembra di essere gli unici due al mondo. Tutte le sere, prima che s'imbarchi per andare a pesca, scendo a portare il pane a mio padre. Poi una sera arriva la francese a vivere vicino a noi, e tutto cambia. È scoppiata la guerra nel frattempo. Di notte vediamo passare le navi da guerra e il mare che si accende come se fosse in fiamme. Come succedeva nella vita vera.

All'epoca sarà stata molto piccola, nella vita vera.

La ricordo la guerra. Ricordo com'era.

Sì.

Ma non è un film di guerra.

No.

Il padre, che a poco a poco perde la vista, non esce più in barca. La francese siede al suo capezzale. La fame cresce. Di tanto in tanto io attraverso l'isola, tra cespugli di mirto e fichi d'India, per scendere lungo le scogliere vicino alla baia della Madonnina e nuotare nell'acqua bassa, in cerca di ricci e di altri molluschi con una cassettina di legno. Nelle fessure si nascondono le cernie. Ma sono pericolose. Deve immaginare come apparirà sullo schermo, con i raggi del sole che s'insinuano a illuminare alghe e scogli. Sarà tutto bellissimo, dice Paolo. Lì, una mattina, il mio personaggio scopre una grotta sott'acqua.

Giuseppe si accese una sigaretta e fumò, continuando ad ascoltarla. Una luce si spense sotto il pergolato alle loro spalle e la notte parve farsi più fredda. Non sentiva più né i musicisti né gli ospiti.

Paolo mi ha parlato di questa grotta, disse l'attrice. Poteva ricostruirla in un teatro di posa, ma preferisce che sia vera. Sarà molto buia nella versione definitiva. Come una palpebra chiusa, dice lui. Il mio personaggio sarà stupito di non averla vista prima. Non è in profondità, quindi trattenendo un po' il fiato sarò in grado di immergermi ed esplorarla. Il mio personaggio sa che è pericoloso. Sa che se qualcosa va storto le mancherà l'aria e annegherà. Ma ha fame e quando abbiamo fame non siamo sempre saggi.

Nessuno è sempre saggio.

È questa la molla delle sue azioni.

La fame.

Sì, in tutti i sensi.

Giuseppe annuì. Che cosa succede nella grotta?

Chiuda gli occhi. Deve immaginare la scena. La figlia del pescatore nuota all'imbocco della grotta, guarda dentro. I capelli la avvolgono sinuosi. La cinepresa è di fronte, come se fosse la grotta a guardare lei. Nuota in un'acqua verde, illuminata dal sole, caldo e luce ovunque. Poi l'inquadratura cambia, la cinepresa è accanto a lei. Si vede un'ombra fredda, di un nero assoluto. È come se avesse trovato la porta per un altro mare. La grotta è perfettamente tonda e liscia. Allunga la mano in quel freddo e lo vede svanire; ritrae la mano, come se si fosse scottata. Ha un coltellino per staccare i ricci dagli scogli e per sicurezza lo impugna. Ed è allora che vede muoversi quell'ombra. Sembra chiudersi in se stessa, farsi indietro. Naturalmente lei si spaventa e resta a corto di fiato, quindi torna in superficie in mezzo alle bolle.

Che cos'è? Che cos'ha visto?

Lei si risponde che era una piovra. Ma quel modo liquido di muoversi nel buio, come se fosse un'altra specie di acqua, non le ricorda le piovre che conosce. Va via, dimenticando per lo spavento la cassettina con i ricci. E quando arriva al dammuso, scopre che il padre è morto e che la francese ha rubato il loro unico tesoro.

Tesoro?

Un ritratto della madre morta. L'aveva dipinto un pittore famoso in viaggio sull'isola, molto prima che la figlia nascesse.

Giuseppe non la vedeva in viso. Udiva il sommesso cigolio dell'altalena, il frusciare dei piedi sull'erba. Si sentì molto vecchio.

È un film insolito, disse lei. Ma ho insistito molto per entrare nel cast. Mio nonno una sera uscì da solo in barca, con una lampara, e non tornò mai. Avevo otto anni. All'alba il sole rosseggiava sul mare. Fu allora che capii. L'isola del film non ha né inizio né fine, e la questione vera è arrivare. Così dice Paolo. È come la mia infanzia, gli ho detto io, come casa mia. Nel posto dove andiamo per le riprese è difficile arrivare. C'è un traghetto solo. I passeggeri sono pochi. Si deve attraversare un largo tratto di mare.

Andate a Lampedusa, disse lui sottovoce.

Un frusciare, un gorgo di vento.

Ero felice lì, mormorò lei.

***

Chi era quella donna? domandò più tardi Alessandra, nella penombra del loro palazzo. Un clic; nella tromba delle scale si sentirono vibrare le lampadine, prima che s'illuminassero appieno. La moglie andò allo specchio piccolo per togliersi la pelliccia.

Capì subito di chi parlava. La figlia di un pescatore, disse lui.

Licy, che si stava sfilando un orecchino, si fermò. Lui era in piedi sul secondo gradino, una mano poggiata alla ringhiera, e vedeva chiaramente il suo riflesso.

Viene dall'isola, continuò. Da Lampedusa.

Capisco, disse lei.

Che cosa?

È una tua suddita.

Non ho sudditi, tranne me stesso.

Mmm.

Non sarai gelosa, spero.

Mmm.

Licy si avvicinò e gli mise energica un braccio attorno alla vita; insieme salirono al primo piano. Non accesero altre luci.

Era così triste, amore, disse lui, in preda all'affanno per aver salito le scale. Era chiaro che si sentiva fuori posto.

Pensò di raccontare alla moglie la storia della grotta, della ragazza che nuotava al margine di quelle tenebre, ma una parte di lui quella storia non voleva metterla in parole, voleva stringerla a sé e tenersela vicino.

Mirella era in splendida forma stasera, disse invece.

Sì, splendida.

Per la moglie non era tardi, ma lui sentiva tutto il peso dei suoi anni e alla fine accesero una luce nella biblioteca storica e si sedettero. Giuseppe vide, con una certa ripugnanza, la lettera di Mondadori nella sua busta gialla, sopra un tavolino.

Guardala, disse. È ancora lì.

Me ne sbarazzerò io per te, disse a bassa voce Licy.

Lui prese la busta e la osservò, come per leggere con attenzione l'indirizzo.

Dovremmo proporre il romanzo a qualcun altro, continuò lei. Forse a Einaudi. È un editore rispettabile. Potrebbe presentarlo Flaccovio, mi hai detto che è in buoni rapporti con Vittorini.

Lui tacque. Si sentiva enormemente a disagio quando pensava al suo romanzo, e così tentò di non pensarci.

L'importante è che un editore accetti, aggiunse lei. Ne basta uno.

Lui sorvolò sul fatto che se Mondadori non aveva giudicato pubblicabile il manoscritto, molto probabilmente anche Einaudi l'avrebbe pensata così.

Giuseppe?

Tu pensi sempre che le cose debbano migliorare, disse infine.

Lei alzò gli occhi, sorpresa. Perché è così, ribatté.

Sei un'ottimista. A saperlo non ti avrei mai sposata.

Sei colmo di speranza, amore mio. È per questo che sei triste.

Crab stava grattando alla porta della sala da ballo. Licy si voltò per capire cosa succedeva, ma non si alzò. E lì, nel buio invernale della biblioteca, solo con lei, allungò un braccio per prenderle la mano. Era fredda. Cercò di scaldarla strofinandole il pollice sul dorso, e sembrò che gli anni svanissero; si sentì come se avesse di nuovo trent'anni, quando l'aveva presa per mano, prima che conoscessero rimpianto, stanchezza e tutto il resto. Rimasero a lungo così, senza parlare, e per un attimo la morte gli sembrò una cosa che succedeva soltanto agli altri.

***

Al mattino camminò per il centro storico e si fermò davanti alle rovine di casa Lampedusa. La festa in collina gli appariva sempre più lontana, come un sogno strano. Adesso sei padre, pensò.

Non sentì nessuna differenza. Non pioveva, ma il freddo era dentro di lui e non riusciva a scaldarsi. Non tornava in quella strada da dieci anni, e forse era stato l'appuntamento dal notaio in via Valverde a far scattare qualcosa. Strinse gli occhi per ricordare la madre, quel primo pomeriggio, quando si era fatta strada in mezzo ai calcinacci, tenendo stretta fra le dita bianche la pochette di pelle. Giuseppe aveva pianto. Lei no.

Quell'anno la madre sapeva già di essere sul punto di morire, adesso gli parve chiaro. Ci pensò percorrendo lentamente il perimetro esterno di quelle mura di pietra diroccate, alte più di quattro metri, pallide e abbandonate, immerse ancora in un'ombra fredda. Si sentiva dentro qualcosa che non andava, ma non era l'enfisema, almeno non solo. Restò al centro di via Lampedusa, con il bastone che grattava il lastricato, a osservare l'immobilità depressa del vicolo. Poteva sembrare un mondo abbandonato. All'angolo con via Bara all'Olivella trovò la porticina chiusa a chiave che un tempo era stata l'ingresso del custode e che ricordava sin dall'infanzia.

Il cielo era grigio, minaccioso. Era strano uscire per la città senza la borsa, senza i suoi cari libri. Si poggiò sul bastone, si tolse un guanto con i denti e scavò nella tasca in cerca della chiave.

Quella chiave che aveva preso dalla scrivania; la teneva sotto la pietra porosa che veniva dall'isola di Lampedusa, e adesso ne sentiva il peso familiare nel biancore scialbo del mattino. Che cos'aveva detto la ragazza, la figlia del pescatore che parlava di Lampedusa?

Fece un passo avanti e girò la chiave; quando vide che la porta non si apriva, si appoggiò con tutto il peso per far ruotare i cardini cigolanti ed entrare.

Aveva il fiatone. C'erano alberelli bassi, latifoglie e palme, che crescevano storti in mezzo ai calcinacci, giovani ma incongrui. Cespugli con le foglie ancora verdi, erbacce gialle che sarebbero arrivate alla cintola di un bambino e pozzanghere di pioggia notturna.

Aveva amato quella casa come nient'altro in vita sua. Ricordava le stanze in cui aveva dormito fino a due mesi prima che la bomba degli Alleati cancellasse il palazzo. Lui era nato su un tavolo a pochi metri da quel letto e per tutta la vita aveva creduto che sarebbe morto fissando l'intonaco di quel soffitto. In nessun altro posto si era sentito a casa. Solo lì sentiva che radici, tempo, spazio erano la stessa cosa, che si entrava nel mondo in un posto carico di sofferenza e amore. Aveva percorso le sale di quell'amore per la maggior parte della sua vita.

L'ala in cui erano vissuti i suoi nonni era finita in macerie, la lunga facciata di pietra bianca e le finestre color zolfo scomparse. I bombardamenti avevano squarciato l'ala orientale, che apparteneva alla famiglia di Giuseppe, esponendo alla pioggia e al vento i soffitti affrescati e i caminetti di pietra. Il boudoir della madre era in parte rimasto in piedi e così poté scorgere metà del pavimento, ora inaccessibile, e le pareti che si scrostavano, un tempo decorate con estrema eleganza. C'erano stati una finestra e un balcone che affacciavano sugli stretti giardini dell'oratorio di Santa Cita. Quella stanza era legata a uno dei suoi primi ricordi: la madre che si spazzolava i capelli mentre il padre sulla porta leggeva la notizia della morte del re. Ricordava il sole, l'argento e la soavità, gli stucchi rosa e azzurri che disegnavano fiori e rami sul soffitto. Si guardava attorno solenne, vagando per le macerie. Lettere e fotografie marcivano nella biblioteca in rovina, ma non ebbe cuore di raccoglierle.

Si fermò davanti a una struttura con il tetto di lamiera, costruita alla bell'e meglio nel cortile esterno, con un macchinario per i mattoni abbandonato da tempo. Lì aveva visto il nonno inveire contro suo padre, alzando il pugno al cielo mentre i domestici guardavano dalle finestre, due settimane prima che morisse. Era quasi l'ultimo ricordo che conservava del vecchio patriarca. Passò una mano guantata sulle foglie di una palma, che spuntava sinuosa da un cumulo di calcinacci. Cadde un filo d'acqua, tremulo di luce. Abbassò il viso. Quant'era stanco. Quant'erano lunghi gli inverni adesso.

Allora gli sovvenne qualcosa, spontaneamente. Era un ricordo di quegli anni cupi durante la guerra. Era tornato da Capo d'Orlando per controllare la casa e arrancava al centro di via Bara d'Olivella sotto il sole basso e caldo di fine settembre, quando un uomo vecchissimo era uscito dall'ombra del cancello e si era avvicinato. Da quanto tempo aspettava? Giuseppe non lo conosceva. Poteva essere un mendicante oppure una delle recenti vittime della guerra. Gli andò incontro strascicando i piedi in modo sinistro, una figura curva vestita tutta di nero, la polvere chiara della strada che spiccava su quegli indumenti troppo larghi, il cappello sbertucciato. Era magrissimo. Aveva le labbra esangui, la pelle livida; la palpebra sinistra abbassata, forse per via di una vecchia ferita. Si tolse il cappello rigirandoselo tra le mani. Aveva una chioma bianchissima.

Chiamò Giuseppe con il nome del padre e disse che era uscito di prigione in primavera. Aveva viaggiato verso sud, nonostante i pericoli, per farsi perdonare.

Doveva avere un problema alla lingua, non parlava bene.

Mi capisca, l'ho sempre amata, Don Giulio, disse. Lo so che non si può tornare indietro. Lo so. Ma la sogno da trent'anni. La amavo, la amavo, dovevo morire a Roma insieme a lei…

Fu allora che Giuseppe, sbalordito, capì.

Era il barone che aveva ucciso sua zia.

Il sole colpiva gli occhi di Paternò del Cugno, illuminandone l'insolito azzurro terso. Giuseppe tacque, non riuscì a dire nulla e si limitò a fissare severamente il barone. Preso dall'orrore, non sapeva come reagire. La via assolata era vuota.

Cugno tremava, aveva gli occhi acquosi. Mosse le labbra, come a voler dire qualcos'altro, ma alla fine si strofinò la fronte e si rimise il cappello in testa, vivo e libero. Gli porse la mano.

Don Giulio, disse. Per piacere.

Giuseppe guardò quella mano, macchiata, pallida, come se fosse rimasta a mollo per troppo tempo. Guardò il viso dell'uomo.

Don Giulio, ripeté Cugno.

E alla fine Giuseppe, senza sapere perché, gli strinse la mano.

Alla madre non lo disse. Per molto tempo fu consapevole di averla delusa, e la cosa lo addolorava. Non ne parlò neanche con Licy, temendo che la sua ostilità verso la madre la inducesse ad alleggerire quella colpa, a scusarlo, a fargli superare un dolore che lui voleva trattenere. Ma adesso che vagava per le rovine del palazzo, gli parve che il gesto cortese concesso all'assassino della zia non fosse un tradimento spaventoso, ma forse persino un'azione perdonabile.

I ruderi sembravano non finire mai. Alzò il viso e si arrampicò su un cumulo franoso di calcinacci, passò sotto un arco integro di pietra che un tempo aveva sorretto una terrazza, e si calò con attenzione in mezzo alle rovine.

Lì la luce arrivava a sprazzi. Vide quella che sembrava una metà del vestibolo d'ingresso, ancora in piedi, con lo scalone che saliva per poi interrompersi in cielo. Si sentì confuso, temeva di aver perso l'orientamento, perché da un lato pensò di riconoscere le stalle e la selleria, ma sapeva che non poteva essere così.

Scosse il capo. Piantò il bastone per stare in equilibrio e proseguì a fatica, fra le ombre. L'intonaco gli crepitava sotto le scarpe come foglie morte.

L'aria fredda si faceva sempre più cupa.

MORTE DI UN PRINCIPE

Luglio 1957

Nel sogno era di nuovo magro, giovane. L'avevano chiamato a rapporto con un telegramma e si era presentato in caserma per farsi fucilare da un plotone d'esecuzione. La luce che filtrava dalle imposte socchiuse disegnava lame oblunghe sul parquet; da una scrivania lontana giungeva il vago ticchettio di una macchina da scrivere. Ma lui non trovava il luogo dell'appuntamento e nessuno a cui chiedere.

Perché non riusciva a svegliarsi? Nel sogno era angosciato. Di tanto in tanto adocchiava una figura che infilava un corridoio, ma quando cercava di raggiungerla si ritrovava solo. Alla fine si sedeva su una panchina fuori da un ufficio e si tamponava fronte e labbro superiore con il dorso della mano. Stava lì per molto tempo. Da una finestrella su un cortile si sentivano i berci di un soldato, un tintinnio di catene e un gemere sommesso. A poco a poco gli veniva in mente – sempre come un pensiero nuovo – che poteva alzarsi e andarsene, per scampare alla propria esecuzione; e quindi si alzava e percorreva l'ampio corridoio, scendeva una scala sinuosa e usciva nel caldo estivo di una Palermo di cinquant'anni prima. Nessuno lo fermava. Entrava in una pasticceria all'angolo di una piazzetta, dove trovava suo padre, che beveva calmo un bicchiere d'acqua ghiacciata e al quale sussurrava all'orecchio: Dillo a mamma: sono scappato.

Che cosa c'entrava sua madre? Nel sogno non sembrava una frase incongrua. Infatti il padre si alzava e gli accarezzava una guancia con la mano fresca, come per dargli una benedizione, e lui sentiva il peso di quella mano, lo guardava meravigliato.

Poi attraversava le strade deserte fino ai cancelli di Villa Giulia, il grande parco della città in fondo alla Marina dove giocava da bambino, e stava lì con il cappello in mano, a guardare in alto, perché i cancelli per lui erano chiusi e anche se urlava e scuoteva le sbarre nessuno veniva ad aprirgli.

Solo allora si svegliava, sentendo di essersi avvicinato a una verità fondamentale, a un'interpretazione, e nel buio posava il braccio sudato sugli occhi e respirava.

Pensava a quel sogno adesso che era sdraiato nel caldo immobile, ad ascoltare il lontano fragore del traffico pomeridiano di Roma. A occidente il sole era rosso. Il suo corpo era tormentato dalla malattia, si corrompeva dall'interno. Capiva che stava morendo ma era sorpreso da quanto sembrasse tutto lontano, come se stesse succedendo al corpo di un altro, alla carne di un altro. Gli mancava Palermo, lo scrosciare sommesso delle onde nella pace d'inizio estate. A Roma anche la luce del sole era diversa, più fresca nelle sue gradazioni di bianco, priva della costante e opprimente sgradevolezza della luce siciliana. Si inumidì le labbra secche. Sentì la voce di Licy oltre la parete, la sorella Lolette che le rispondeva stizzita. Chiuse gli occhi.

A volte gli sembrava che il mondo seguisse una serie di schemi, che ci fossero dei messaggi per lui, se solo avesse saputo ascoltarli chiaramente e comprenderli. Forse quel sentimento lo si poteva scambiare per una specie di fede. Come il sogno del plotone d'esecuzione. Si ripresentava in momenti inaspettati, le notti in cui dormiva a tratti, e lui cercava di comprenderlo come fosse un romanzo di proporzioni misteriose.

Sdraiato su quel letto, provava di nuovo una sensazione che conosceva da anni. Come un foglio che si strappava nelle profondità dei suoi polmoni. Licy era convinta che la malattia fosse sopraggiunta solo di recente e che l'improvviso declino fosse cominciato in aprile, ma non era quella la verità. Ormai da tanto, sin da prima che morisse la madre, provava un senso di vertigine, come se si trovasse sull'orlo di un precipizio, con il vuoto che si spalancava sotto, e potesse finire risucchiato da un momento all'altro. Era come se il suo essere si andasse assottigliando, ma quando era arrivata era stata quella sensazione a ricordargli che era vivo, che non aveva smesso di vivere, che voleva di più. Era tutto passato da tempo. Pensava al suo romanzo, al suo principe astronomo al crepuscolo della vita, che non aveva creduto in niente ma desiderava disperatamente trovare qualcosa di più grande. Strinse gli occhi. Non credere in niente. Quel difetto non l'aveva mai avuto. La letteratura era stata una buona guida e una consolazione fin dalla fanciullezza, e lui le aveva dato ascolto per tutta la vita, nonostante non fosse riuscito, adesso lo sapeva, a comprenderne la sola verità: vivere. Aveva portato il romanzo con sé in ospedale, per avere qualcosa da fare, e aveva rimesso mano a un capitolo verso la fine, su Don Fabrizio e lo splendore decadente di un ballo, ma non aveva animo e così aveva riposto le pagine senza più toccarle. Lo rattristava che forse il romanzo sarebbe rimasto inedito, un dispiacere così grande che non riusciva a guardarlo in faccia, solo in tralice, come chi guardasse una lettera che non desiderava aprire. E capiva che così aveva guardato la vita per quasi tutto il tempo da lui trascorso sulla terra. Poteva vivere diversamente? Non importava adesso. Aveva aspettato a lungo quello che stava per arrivare, aveva fatto spazio nelle stanze della propria mente, addossando quasi tutto alle pareti, come se la morte fosse un mobile nuovo che stavano per consegnare.

Forse solo Giò l'aveva capito per un attimo, quando aveva detto sottovoce, a Capo d'Orlando: Papà, stai facendo spazio alla morte.

Ma gliel'aveva detto senza sorridere, lo sguardo colmo di quieta amarezza, tanto da rivelargli che in realtà non aveva capito quanto poteva essere pacifica e consolatoria una profonda malinconia.

Era un mattino ventoso e assolato a Capo d'Orlando, negli ultimi giorni di aprile, quando la malattia si era manifestata. Le nuvole, come macchie di bianco di zinco, erano sfilacciate e alte, si muovevano veloci nel cielo. Passeggiava insieme a Giò e a Lucio nel limoneto dei Piccolo, i pensieri che vagavano mentre il cugino parlava di poesia, quando aveva sentito una stretta al petto e aveva preso a tossire. Il fazzoletto era diventato caldo di sangue. Un sangue teatrale, scarlatto e acceso sulla seta bianca; lo guardò, affascinato. Sembrava uno schizzo della pittura a olio di Casimiro. Poi, siccome il cugino aveva intravisto il sangue, aveva inarcato ironicamente le sopracciglia.

Sono come un poeta inglese, aveva detto.

Ma a Palermo si era rivolto per una visita al professor Aldo Turchetti, aveva salito le ripide scale e si era spogliato nell'antiquato gabinetto rivestito di mogano, con le tendine che si gonfiavano nel caldo e un moderno ventilatore elettrico che ronzava. Sembrava tutto vagamente ridicolo. Turchetti aveva il colorito olivastro e il petto incavato; sbuffando e tossicchiando, scriveva lunghi appunti su un taccuino da medico, con aria di tacita riprovazione. Alla fine di maggio Giuseppe mandò Giò a ritirare i risultati degli esami, e così nel primo pomeriggio il ragazzo si ritrovò nella biblioteca storica di via Butera, con le mani intrecciate dietro la schiena, in imbarazzo, a esporre ai genitori adottivi la diagnosi del professore. Turchetti suggeriva di consultare un esperto in chirurgia toracica a Roma, ma Giuseppe, che dopo la semplice parola cancro era diventato come sordo, restò immobile a guardarsi le grandi mani deboli, d'un tratto sconcertato perché non le sentiva più, gli sembravano le mani di un fantasma.

Per due giorni non parlò di quei risultati. La tosse peggiorava. Evitò la presenza dolorosa di Licy, camminò per il porto ventoso e assolato, non chiamò gli amici. Il terzo giorno si svegliò sentendo il peso che gli si era piazzato sul cuore e capì che sarebbe morto. Era il 28 maggio. Quel pomeriggio si sedette nello studio e scrisse il testamento. Voleva che la sua morte non venisse annunciata. Diede ordine che il funerale si tenesse a un'ora scomoda, in forma semplice, senza fiori, senza panegirici e inni. Soprattutto non voleva nessuno ad accompagnare la bara, tranne Licy, Giò e Mirella. Sperava che il romanzo trovasse un editore e che un certo numero di amici e conoscenti ne ricevesse copia con dedica, ma in nessun caso lo si doveva pubblicare a spese degli eredi. Stette a lungo nella luce del tardo pomeriggio con la penna sospesa e lo sguardo che vagava fuori dalla finestra, ma poi tornò in sé e continuò a scrivere. Chiese perdono a tutti coloro che poteva aver offeso. Infine dichiarò che fra i vivi le sole persone che amava erano Licy, Giò e Mirella, e voleva che tutto ciò che era in suo possesso, compreso il nome, passasse nelle loro mani.

Quella sera lui e Alessandra prepararono le valigie e un vecchio baule da nave e affidarono Crab al caro amico Flaccovio, in vista della partenza per Roma dell'indomani mattina. La sua depressione si era trasformata in una forma di passività. Anche dopo che furono scesi dal treno, non riusciva a togliersi la sensazione di stare seduto, a osservare i campi e i nuovi condomini di cemento, il mondo che scorreva incessante e infinito. Per certi versi anche la sua vita era stata così, e sapeva che quella calma era segno di profonda rassegnazione. Ma quando le guardò il volto tirato e grigio, gli occhi invecchiati, vide chiaro il dolore acuto che la moglie aveva dentro e si rese conto che era già in lutto. Siamo tutti annoverati fra i morti, pensò con un colpo di coda della sua vecchia ironia. Solo che alcuni lo sono un po' di più.

A Roma faceva caldo, una cappa densa di fumi. Respirava a fatica. Fissava con disprezzo il traffico congestionato sulle vie antiche, le motorette che zigzagavano aggressivamente tra tombini e paraurti, all'ombra dei viadotti di pietra. Quel mondo, capiva, non era più il suo mondo, se mai lo era stato. La clinica di via Trasone era moderna, brutta: le pareti bianche, le barelle di metallo e le piastrelle splendenti avevano un aspetto asettico, effimero, come il funzionale mobilio di un obitorio. All'ingresso trovò ad accoglierlo una suora e dovette riempire molte pagine di documenti, che firmò tutte in fondo, con mano stanca; poi lo portarono da una suora con un'austera tonaca grigia, che lo guidò in silenzio lungo i corridoi fino al suo reparto. Per fortuna gli concessero una stanza tutta per lui; disfece la valigia e si sedette sul bordo del letto, dove la sbarra era abbassata. C'erano macchinari su rotelle, tubi e fili avvolti in un angolo, come se fossero irrilevanti, e lui provò a ignorarli. Alessandra sarebbe stata con la sorella Lolette, e Giuseppe aveva voluto che prima di raggiungerlo si sistemasse per bene. Si era preoccupato per l'angoscia di cui la vedeva preda, aveva voluto che riposasse. Non riusciva ad ammettere che la sua compagnia gli era di peso e che desiderava affrontare il ricovero da solo, senza dover nascondere la propria infelicità.

Il pomeriggio dopo ebbe a che fare per la prima volta con una macchina radiografica e con una raffica di raggi X, e la sera uno specialista lo visitò per confermare la diagnosi del professor Turchetti. La tosse era dovuta a una bronchite, che andava curata con antibiotici per poter esaminare bene il polmone destro e determinare la natura del tumore.

E quanto ci vorrà? aveva chiesto, come chi avesse qualche altra faccenda da sbrigare.

Non credeva che l'avrebbero operato. Sembrava più probabile che i medici tentassero una cobaltoterapia, che sarebbe durata tante settimane e l'avrebbe stremato. Alla fine di giugno lo trasferirono in una clinica più piccola, Villa Angela, sul Lungotevere. Gli vietarono le sigarette; aveva scarso appetito. Licy andava a trovarlo due volte al giorno, insieme alla sorella, mentre il vecchio zio Pietro arrivava con un cappello da canottiere e una canna da passeggio, come un attore di rivista della sua giovinezza.

Giò venne da Palermo per tre giorni, con il sole nella pelle e i suoi silenzi tranquilli, e passeggiarono per i corridoi della clinica, gioviali, divertiti. La sera Giuseppe s'infilava una vestaglia di seta blu e rossa, un regalo di Licy, e andava lentamente a sottoporsi alle terapie. Lavorava, si affaccendava e correggeva pagine del suo romanzo. Pensava a Capo d'Orlando e ai mesi di convalescenza. Non si discuteva molto di come progrediva il tumore e, pur avendo perso peso, sentiva di avere in qualche modo un futuro davanti a sé. Ai primi di luglio si trasferì nell'appartamento di Lolette, su piazza dell'Indipendenza, con quei cuscini bianchi e rossi e gli slanciati mobili di gusto moderno.

Poi, la mattina dell'8, ricevette un altro rifiuto, questa volta da Einaudi. Non avrebbero pubblicato il romanzo, dicevano, nonostante nel libro ci fossero passaggi belli, perché non pensavano che una storia così antiquata potesse trovare mercato. Quella sera lesse la lettera per intero, ad alta voce, mentre cenavano sulla veranda, con tono calmo e fermo, malgrado la delusione; dopodiché sorrise e la poggiò accanto al piatto, incrociando lo sguardo adirato di Licy. Lolette si allungò a prenderla.

Come recensione non c'è male, aggiunse lui per rompere il silenzio. Ma pubblicazione niente.

Quatto giorni dopo, a seguito di capogiri improvvisi e dell'affaticamento cardiaco, sospesero le sedute di cobaltoterapia, e allora il cancro al polmone si diffuse, consumandolo come un fuoco.

In lui cambiò qualcosa. Da un po' di tempo si era indebolito, lo sapeva, e aveva smesso del tutto di scrivere, ma adesso sentiva di aver perduto anche il desiderio di farlo. La mattina si trascinava sulla veranda e sedeva con una coperta sulle ginocchia a guardare il cielo sui tetti rossi di Roma. Sopra le tegole di coccio il sole era diretto, caldo, immobile. I Biancheri avevano un lungo appartamento chiaro, con i soffitti alti, che dominava la piazza; la luce lo inondava e si rifletteva sul parquet.

Lolette era la sorella più esile e mansueta. Nel suo viso ossuto e slavo vedeva l'ombra del viso di Licy. La moglie gli stava vicino, i capelli raccolti, gli occhi grinzosi. Certi giorni vagava con i pensieri, confuso, mentre riposava sulla chaise longue del salotto, e all'improvviso si scuoteva per trovare Licy o Lolette accanto a lui, a parlare, come se fossero lì da tempo. E richiudeva gli occhi, esausto, sempre più incerto su cosa fosse sogno e cosa veglia. Gli avevano dato un farmaco per il dolore, ma il cancro era inarrestabile. Pensava agli ultimi giorni di sua madre, tenace, arrabbiata, e si stupiva di quanto fossero distanti. Lui non aveva un briciolo di quella tenacia. Aveva quindici anni quando era venuto con lei a Roma, l'anno terribile dell'assassinio di sua zia. Ricordava il lugubre silenzio dei salotti, il ritratto del compianto re ancora in mostra, ricordava la madre che piangeva sommessamente davanti allo specchio e le morbide trecce che le cingevano la testa. Pensava che nessun'altra donna avrebbe mai potuto eguagliarne la bellezza. Ricordava anche il modo in cui gli posava una mano sulla nuca, fresca, morbida, per guidarlo oltre un arco dorato oppure in sale tappezzate di seta gialla. Adesso la adorava in un modo diverso, la temeva in un modo diverso, perché sebbene fosse morta lui aveva vissuto ancora dieci anni serbandone il ricordo, ed era cambiato. Finché qualcuno ci ricorda, continuiamo a cambiare, pensava sconsolato.

Giò e Mirella avrebbero portato nella seconda metà del secolo i ricordi che avevano di lui. Un vecchio pingue, eccentrico, stanco, colmo di tristezza e sciocchezze. Era questo che avrebbero ricordato, immaginava. Ma erano stati due fonti tardive di luce e gioia per la sua vita. Quando pensava al figlio adottivo, ora non riusciva a separarlo dal personaggio del suo romanzo, Tancredi, anche se aveva provato a infondergli soltanto l'allegria, l'arguzia e l'energia di Gioitto, e non il suo bagaglio morale. Aveva scritto una lettera molto chiara, in cui precisava che l'opportunismo di Tancredi non si basava su Giò, come se un giorno i lettori potessero chiederselo, e adesso si stupiva dell'audacia di quell'azione, della speranza che rivelava. *Sei colmo di speranza*, gli aveva detto Licy, *è per questo che sei triste.* Non ne era così certo. Lei era solita dire che esistono due tipi di infelicità: l'infelicità di chi aspetta il tramonto e quella di chi aspetta l'alba. La vita, diceva lei ai suoi pazienti, si vive nel momento. Che si aspetti l'arrivo delle tenebre o della luce, non importa.

E la sua infelicità? Lui aspettava le tenebre o la luce? Non sapeva se una vita va sempre ridotta in frammenti. Ma non lo sorprendeva aver vissuto così poco. Quando la metteva sulla bilancia, gli sembrava che la sua vita consistesse di appena qualche esperienza intensa, un certo numero di grandi dispiaceri, forse due o tre momenti di gioia esaltante. Lo rattristava pensare che il casato dei Lampedusa si sarebbe estinto. Il suo bisnonno aveva messo al mondo nove figli. Adesso lui era l'ultimo. Era nato durante l'involontario declino della famiglia, in mezzo agli sperperi di un'età in declino, quando un nuovo tipo di aristocrazia stava per salire alla ribalta, una stirpe di benessere e privilegio, con l'occhio allenato al valore della novità. Non ci sarebbe stata memoria storica, e dunque nemmeno comprensione profonda. Ciò che un tempo aveva valore perché era sopravvissuto attraverso i secoli avrebbe cessato di avere valore. Sarebbe rimasto solo il futuro, solo ciò che doveva venire. Forse, pensava tristemente, non era una gran perdita se non per lui. Forse di nostalgia ci si poteva ammalare. Si voltava verso il muro, chiudeva gli occhi.

Il martedì venne a trovarlo lo zio Pietro. Aveva preso l'autobus da casa sua, in via Brenta, ed era accaldato, stanco. Presto sarebbe andato a Genova. Sedevano sulla veranda dell'appartamento dei Biancheri, due uomini attempati, uno vetusto, l'altro in fin di vita, a parlare di un passato che per loro era ancora vivo. Giuseppe sentiva Licy che girava il macinacaffè in cucina, chiedendosi come mai non fosse con loro. Lo zio aveva abito e cappello bianchi, come un gangster americano, e una camicia con il colletto rosa confezionata a Parigi, intonata al fazzoletto da taschino con la piega quadrata; notando tutta quella cura, Giuseppe provò una gratitudine particolare. Prima di ammalarsi non ci aveva mai fatto caso, ma ora gli sembrava che quell'attenzione fosse segno di vita, che appartenesse al mondo dei vivi.

Hai messo su peso, disse lo zio compiaciuto.

Giuseppe si sforzò di sorridere.

La grande porta della veranda era aperta; la leggera brezza agitava le tende di mussola. Si sentiva il traffico della strada, il fracasso degli autobus a gasolio che passavano ogni dieci minuti. Giuseppe si era rasato e vestito con cura, una camicia bianca e un gilet rosso. Era la prima volta da giorni che non portava la vestaglia ma, nonostante le speranze di Licy, la cosa non aveva lenito la sua tristezza.

Pietro annuiva piano. Ho pensato molto ai miei anni londinesi, ultimamente.

È il destino dei vecchi vivere nei ricordi, disse Giuseppe.

Pietro sorrise. Tu non sei vecchio. Non dire sciocchezze.

Anch'io a volte penso a Londra, aggiunse Giuseppe. A quando avevi sposato la zia Alice. Ricordo quant'era bello sentirla cantare la sera. Le passeggiate primaverili lungo il Tamigi, e i ponti, quei taxi bellissimi. Gli ombrelli nella pioggia.

Sì.

Andammo al St. James, a vedere l'*Amleto* in costumi moderni. Lo spettro con la maschera antigas.

E il re in pigiama, disse Pietro con un sorriso. Ricordo.

A zia Alice non piacque, però.

Aveva le idee chiare, Alice, disse lo zio. È un tratto baltico. Anche Alessandra è così. La prima volta che la incontrai mi disse che non le andava a genio un patrigno italiano. Credeva che il nostro clima ci rendesse troppo emotivi, imprevedibili. Non siamo affidabili, diceva.

E poi ha sposato me.

E poi ha sposato te, sì.

Licy comparve sulla porta, teneva all'altezza dei fianchi un vassoio d'argento sul quale aveva sistemato le tazzine e i piattini per il caffè.

Parlavamo di te, le disse Giuseppe.

Naturalmente, annuì lei.

Posò il vassoio sul lungo tavolo da pranzo, dopodiché versò il caffè in due tazzine e lo mescolò prima di portarlo a Pietro e a Giuseppe. Piattino e cucchiaino d'argento tintinnavano leggermente nella sua mano malferma, allora Pietro se li mise in grembo.

Devi prendere la medicina, disse Licy.

Giuseppe prese le pillole e un bicchiere d'acqua dalla moglie, sorridendo allo zio come per scusarsi, come per dire che sciocchezza tutto questo agitarsi. Ma dopo aver bevuto stette per un lungo istante a occhi chiusi, con una mano sul petto, e respirò piano, sentendo alleviarsi il dolore.

Gli inglesi, disse seccamente, aprendo gli occhi. Gli inglesi mi divertivano sempre. Erano austeri, duri con se stessi, amanti del paradosso. Un gentleman è colui a cui non importa nulla di esserlo o no. Lo diceva Sir Herbert. Erano così bravi a trattenersi, gli inglesi. La prima volta che venni a trovarti in ambasciata pensai che si trattasse di disciplina, e poi di freddezza, ma non era nessuna delle due cose. Sono un popolo meraviglioso, in grado di resistere a tutte le avversità. Sai che cos'è, invece? La speranza. È così che vivono. Sperando.

Licy si lisciò la gonna, per poi scostarsi un boccolo dalla fronte. Giuseppe guardò prima lei e poi lo zio, dopodiché si perse con lo sguardo sulle tende luminose, agitate dall'aria.

Sono un popolo notevole, sì, disse Pietro.

Eravamo in pensiero per te, mia madre e io, disse Licy al patrigno. Tanti anni fa. Non dovevi opporti ai fascisti in quel modo.

Giuseppe guardò lo zio. Licy l'ha sempre considerato un gesto coraggioso, disse.

Pietro arrossì, vecchio, fragile e contento. No, si schermì. Non credo. Naturalmente agli inglesi non piaceva Mussolini.

A nessuno piaceva, tranne che a se stesso, disse Licy.

Non è proprio così, commentò Pietro.

Giuseppe pensò alla madre, alla zia, entrambe ammiratrici del dittatore, nel loro modo brusco. Tacque.

Ma agli inglesi piaceva Hitler, disse Licy. Ricordo.

All'inizio, rispose Pietro. All'inizio sì.

Mussolini ti lasciò lì per molto tempo, disse Giuseppe. Nonostante le tue idee. Mio padre pensava che ti avrebbe congedato.

Tuo padre, disse Pietro. Ma non concluse il pensiero. Mescolò il caffè e aggiunse: Penso che Mussolini neanche sapesse il mio nome. Era al ministro che facevo rapporto.

Furono loro a portarci alla rovina, mormorò Licy.

Facemmo tutto da noi, replicò Pietro.

E i tre rimasero a lungo nella stanza luminosa, mentre la città ronzava pacifica, estranea e mite, come se gli orrori del recente passato fossero lontanissimi, come se i morti fossero morti da decenni.

Quando fu il momento di andare, Pietro si alzò tremante, un piccolo uomo con il collo rugoso e grigio. Giuseppe notò le macchie che aveva sulla fronte, sulle mani.

Ci vediamo presto, disse lo zio con un'intensità particolare. Gli teneva forte le mani, come a stringerle nei suoi artigli, chino in avanti, gli abiti che odoravano di salsiccia e spezie.

Licy gli mise una mano sotto il braccio per accompagnarlo alla porta.

E qualcosa nell'espressione di Pietro, nel biancore delle sue labbra, forse un fremito delle vecchie palpebre, gli suggerì che non si sarebbero più rivisti.

Col passare dei giorni peggiorò. Era sempre più affranto. Smise di mangiare, beveva a piccoli sorsi l'acqua che gli portavano a letto. Parlava a malapena. Le ore scorrevano, il giorno cedeva il passo alla notte, e viceversa, e a poco a poco si sentiva sollevarsi, lievemente, liricamente, fuori da quella carne martoriata.

Aveva le lenzuola aggrovigliate ai piedi. Gliele rimboccavano con delicatezza fino alle spalle. Le sue mani brancolavano. Incontravano la stretta forte, calda, delle mani di Licy. Licy. Capì in modo confuso che quello di Alessandra Wolff Stomersee sarebbe stato l'ultimo viso che avrebbe visto prima di chiudere gli occhi. L'amava di una passione quieta da quasi trent'anni. Poi la sua mente vagava di nuovo, instabile, incapace di trovare appigli. Non pensava al lastricato di Stomersee, macchiato di prugne, né al cielo grigio che si increspava come un mare. Non pensava all'assaggio del Marsala fresco nella cantina dei vini, dopo che Licy era venuta per la prima volta in Sicilia, e all'odore del suo collo. Né pensava al peso di lei, al desiderio lento e cocente quando si era messa sopra di lui nel lettino dell'ambasciata londinese, e a come si era chinata e gli aveva afferrato il viso per baciarlo avidamente. Non pensava allo sferragliare della carrozza quando partiva da solo dal castello vicino a Riga. Tutti quei ricordi erano dentro lui, ma in costante movimento. Non ricordava le dita nodose della madre alla fine dei suoi giorni, né come gli alzava il viso prendendolo per il mento, come se fosse ancora un bambino. I pensieri non si soffermavano sulla luce dei saloni nella sua casa d'infanzia, sul modo in cui l'uno si apriva sull'altro, in una teoria infinita di stanze e di luce soffusa. Non ricordava i vecchi caffè di Vienna, bui già dal pomeriggio, che servivano il caffè con la panna montata. Non pensava a Giò, alle sue espressioni mutevoli e all'ironia della sua voce, né a Mirella, che guardava Giò con un'ombra negli occhi. Non pensava alla vista dalla terrazza di via Butera, al porto nella sua immobilità bruna. Non gli sovveniva neanche una sola pagina di un libro, neanche una riga di Stendhal o di Dickens, nessuna eco di quelle vaste stanze di pensiero e complessità umane che componevano la vita interiore da lui vissuta per tutti quei decenni. E non pensava nemmeno al massacro, al fango e all'orrore dell'Isonzo, alla propria innocenza insanguinata, alla fame, alla prostrazione e ai piedi piagati quando arrancava per tornare sul suolo italiano.

Si affacciava, invece, un ricordo molto più antico: il giardino ombroso e verdeggiante di Santa Margherita Belice, il sole che calava irradiando grappoli di luce tra le foglie delle palme. Aveva nove anni, le ginocchia lisce, i calzoni olandesi e una stretta blusa alla marinara che veniva da Vienna. I fiori purpurei erano in boccio, l'aria quieta e dolce nel caldo e nell'immobilità. Lui se ne stava accucciato in una conca di erbacce alte vicino a una fontana macchiata, senz'acqua, i cui cigni di pietra incrociavano il collo. In mano stringeva un libro rilegato in pelle della biblioteca del nonno. Perché quel ricordo? Perché ci pensava adesso? Ricordava la voce della governante francese che lo cercava, la gioia dolce e bruciante che provava nel non risponderle, nascosto e immobile mentre la sentiva passare vicino. Aveva preso un libro che gli avevano vietato di leggere e adesso lo apriva e studiava le parole stregato. *Che fu quel punto acerbo che di vita ebbe nome?* lesse. *Cosa arcana e stupenda oggi è la vita al pensier nostro, e tale qual de' vivi al pensiero l'ignota morte appar.* Alzò gli occhi lenti, batté le palpebre e lì davanti a sé, nel calice di un fiore, c'era un'ape, pelosa e perfetta, le spinose zampe posteriori strofinate l'una contro l'altra. Allora si sentì pervaso da una sorta di ebbrezza, una silenziosa compagnia che era la lingua, i cui ritmi gli si muovevano dentro. *Cosa arcana e stupenda*, continuò a mormorare, finché le parole persero significato e le sillabe divennero puro suono. *Cosa arcana e stupenda, cosa arcana e stupenda.*

C'erano figure in piedi, ombre, al suo capezzale. Zio Pietro, nel suo squillante abito bianco, un papillon rosso alla gola, come un nodo di sangue. Vedeva Lolette, con lo sguardo basso su di lui, il viso cupissimo, un'espressione addolorata sulle labbra. Teneva un bicchiere d'acqua con tutte e due le mani, come fosse un oggetto prezioso, un vaso di luce. Poi sentiva le dita di Licy intrecciarsi alle sue, la sentiva stringere e sussurrare qualcosa. Parlava in tedesco, e lui conosceva le parole ma non ne comprendeva il senso. Gli piaceva sentire la sua voce. Si girava ma non gli sembrava di trovarla. Un'ombra percorreva il soffitto come un ragno mostruoso.

Doveva essersi addormentato. Perché quando aprì gli occhi, con il respiro affannoso e un dolore acuto al petto, scoprì di essere solo nel silenzio assoluto. Osservò il bagliore rosso dell'orizzonte attraverso la finestra aperta, la crepa di luce rossa che si spandeva sui tetti, apocalittica e terrificante. Era di nuovo mattino? Spostò la testa e vide la moglie, assopita su una sedia accanto alla finestra. Si stupì di non averla sentita respirare. Aveva il mento affondato nel petto, una cascata di capelli sul viso, gli occhi belli e nerissimi chiusi. D'un tratto desiderò che si svegliasse e lo guardasse; aspettò, ma non accadde. Batté le palpebre e aprì la bocca, cercando di levare una mano che però non gli obbediva. Vide un libro aperto con il dorso all'insù sulle ginocchia di Licy ma non lo riconobbe. Era nero, le lettere bianche sulla costa, eppure non le capiva, come se fossero in un alfabeto ignoto, in una lingua che conosceva da bambino e poi aveva perduto. Deglutì a fatica. Un'ombra si allungava sul bicchiere d'acqua che aveva accanto al letto. Guardando fuori, vide che la vena di luce rossa oltre i tetti della città andava dileguandosi; strinse gli occhi e provò a parlare, quando la luce sembrò ritrarsi, come se il giorno lo stesse abbandonando. Sorgeva un mattino buio, bellissimo. Aveva gli occhi umidi e cercò di tenerli aperti, per vedere il mondo il più a lungo possibile. Ascoltava il respiro della moglie. Il libro nero sulle sue ginocchia rifletteva la luce. Che strano, pensò, che non conoscesse quel libro, che non sapesse cosa conteneva.

RELIQUIE

Agosto 2003

Non sapevo della lettera, spiegò gentilmente Gioacchino. Si passò una mano sui capelli.

L'intervistatrice, un'americana che lavorava per una casa di produzione cinematografica di New York, annuì. Gli sembrava incredibilmente giovane, anche se non poteva avere meno di trent'anni, e la sicurezza che traspariva dai suoi gesti pareva appartenere a un altro mondo. E in effetti era così. Non solo un mondo che si trovava oltre l'oceano, ma anche un mondo lontano nel tempo, ed era quello l'oceano più vasto. Tutto questo lo pensò in silenzio, lo tenne per sé. Ricordava la sua prima moglie Mirella, ricordava com'erano nei primi anni di fidanzamento; lei non era vissuta abbastanza da vedere quel nuovo mondo, quel mondo fatto di distanze ravvicinate, file digitali e computer su tutte le scrivanie. Non l'avrebbe neanche immaginato.

Passeggiavano lentamente per un giardino vicino al teatro San Carlo, di cui era sovrintendente. Le foglie erano verdi di caldo; lui alzò il viso, chiuse gli occhi, in ascolto. Era diventato compositore e musicologo e per un certo tempo aveva diretto l'istituto di cultura italiana della New York University. Negli anni aveva esposto pubblicamente i suoi ricordi di Giuseppe Tomasi di Lampedusa, e nell'ultimo decennio aveva scritto introduzioni alla ristampa inglese e francese del romanzo, nonché alle varie edizioni che si usavano nelle università italiane. Così si era imposto come uno degli ultimi testimoni di quella creazione. Aveva esitato ad assumere quel ruolo finché era in vita Mirella, perché non volevano contraddire i ricordi di Alessandra, diversi da quelli che aveva lui. Da molto tempo non c'era più nessuno da contraddire. Adesso l'intervistatrice lo interrogava sulla realizzazione del monumentale film di Luchino Visconti, *Il Gattopardo*, che stava per essere restaurato e distribuito nelle sale dalla casa di produzione newyorkese, ma lui non sapeva che cosa rispondere.

Ero soltanto un traduttore, capisce? disse lui.

Traduttore di cosa?

Del romanzo di Lampedusa, della sua scrittura. Di quello che aveva espresso. Visconti ci teneva molto a trovare le case giuste, la luce giusta per il film. Era il 1961 e le infrastrutture erano inesistenti, ma lui si era incaponito a girare in Sicilia.

Lo ammirava.

Lo ammiravo, sì. Era un artista.

Lei lo abbagliò con un sorriso smagliante, diretto, americano, spudorato, e gli toccò un braccio. Vorrei chiederglielo di nuovo mentre giriamo, se non le spiace.

Gioacchino abbassò adagio gli occhi, poco sorpreso. Sfilò un fazzoletto dalla tasca e si asciugò la fronte. Non gli dispiaceva. Non avevano ancora cominciato, ma era già stanco. Indicò una panchina di pietra e, quando la giovane si fu seduta aggiustandosi la gonna, si sedette anche lui. Pensava che l'operatore e il tecnico delle luci fossero quasi pronti. L'entusiasmo degli americani lo aveva sempre meravigliato. All'altro capo del torrido cortile il getto d'acqua di una fontanella, immerso nel sole, si accendeva di luce, torcendosi fluido, come il tempo.

Il tempo è la sola cosa veramente chiara, disse a bassa voce, come tra sé e sé.

La donna non sentì.

Mi racconti della lettera, disse invece. L'hanno trovata tre anni fa, nella vecchia biblioteca del principe?

Tre anni fa, sì, disse.

Più tardi, nel suo studio con l'aria condizionata, Gioacchino si trovò con le spalle incassate, un gomito sullo schienale di un vecchio divano verde, a osservare l'intervistatrice che sedeva di fianco alla telecamera.

Molti mi hanno chiesto se Visconti avesse tradito Lampedusa, disse. Fece una pausa, come a riflettere su cosa aggiungere. Che è una domanda tipicamente infida, aggiunse. Si chiederà perché gliene parlo. Quando mi pongono questa domanda, pensano di farmi cosa gradita: Si capisce, che cosa poteva saperne Visconti di Lampedusa? Questo pensano. Li ho sempre delusi, giacché ne ho fatto – e mi prendo la libertà di dirlo – una questione di classe. Il cinema ha proposto una lettura del Risorgimento assai diversa rispetto ad altre forme d'arte. Se Lampedusa guarda il Risorgimento con gli occhi degli sconfitti, Visconti adotta lo sguardo dei vincitori. È questa la verità. Luchino, in cuor suo, era uno degli studenti pronti a morire a Curtatone e Montanara, Lampedusa no.

La donna teneva il taccuino chiuso sulle ginocchia, annuiva. Si sarebbero piaciuti, secondo lei?

Visconti e Lampedusa? Gioacchino sorrise a quella domanda. Mi piace pensare di sì. Appartenevano entrambi a un mondo al tramonto, entrambi ne vedevano i piedi d'argilla, per così dire. Erano critici sul mondo che li aveva creati, su come si era autodistrutto.

Entrambi votati alla propria arte, suggerì lei.

Gioacchino annuì, accavallò le gambe, si lisciò i pantaloni. Che lavorasse su una sceneggiatura o su un libretto d'opera, Visconti aveva la straordinaria capacità di arrivare in scena sapendo esattamente cosa voleva. Era come se ripetesse una visione che aveva avuto in modo chiarissimo, e non apportava mai correzioni.

La donna s'illuminò. Mentre Lampedusa era più incerto?

Sì.

Probabilmente è la differenza tra scrittore e regista.

Gioacchino ci rifletté, dubbioso. Poi aggiunse cautamente: Il contributo di Luchino è inscindibile dalla sua idea di essere, come diremmo oggi, un discepolo *virtuale* di Stanislavskij. In altre parole, la condizione necessaria è sempre la completa autenticità. Usava oggetti e situazioni reali, che poi venivano reinterpretati. Ma l'autenticità era fondamentale. Dovevano esserci solo fiori veri, persino quando erano sullo sfondo e fuori fuoco. Aveva assoldato un artista che realizzò decori settecenteschi, piccoli paesaggi, gli affreschi in prospettiva che solitamente si dipingevano sui soffitti. Le modanature erano in gesso e il pavimento della terrazza in maiolica De Simone, fatta arrivare apposta.

Un lavoro difficilissimo, disse lei. Ma gli effetti si vedono in tutte le inquadrature.

Gli americani non la pensavano così.

No.

Ricordo quando il film uscì negli Stati Uniti. Non fu un successo.

Gli lanciò uno sguardo fulmineo, come a dire che la casa di produzione voleva rimediare a quell'insuccesso. Lampedusa avrebbe accettato quella trasposizione del romanzo?

Gioacchino esitò come per chiarirsi un punto della questione, ma senza sapere di preciso quale. Alla fine scosse il capo e sorrise rassegnato. Ho sempre considerato il libro come una proiezione del desiderio dell'autore, disse. Aveva avuto un'infanzia dorata e poi la sua vita era andata a rotoli, fino a portarlo a un passo dalla miseria, se così si può dire. Parlo degli anni immediatamente dopo la guerra. Non posso dire di averlo capito fino in fondo da giovane, ma anni dopo, rileggendo

Il Gattopardo, mi pare di potervi scorgere una lezione centrale. È come se dicesse: *Da siciliano non me la sono cavata. Voi giovani cercate di non ripetere i miei errori.* C'è il bisogno di conoscere il mondo nel suo complesso, di sbarazzarsi di ogni traccia di provincialismo, e soprattutto c'è l'idea che il mondo esterno sia molto diverso, e chissà chi mai lo porterà un giorno in Sicilia. Il desiderio di non morire come un topo in gabbia, ovvero grossomodo com'è successo a lui.

Ma non è un romanzo autobiografico. Non parla della vita di Lampedusa.

No.

Cioè, non era lui il gattopardo.

Giusto.

E lei non era Tancredi.

Gioacchino sorrise. Tancredi era un libertino opportunista.

Mmm.

Guardò in camera per un istante. Lampedusa lasciò una breve nota in cui esponeva le sue opinioni sui personaggi, disse. Quanto a Tancredi, scrive chiaramente che i suoi tratti, le manie, la fisionomia, un certo modo di parlare, *mi ricordano Gioitto*, com'era solito chiamarmi. E il suo carattere morale?

Una lunga pausa, poi Gioacchino proruppe in una breve risata ironica.

Quello, disse continuando a sorridere, s'ispirava completamente ad altre persone.

La lettera d'addio di Lampedusa, scoperta tre anni prima da uno studioso di letteratura, era nascosta nelle pagine finali dei *Viaggi del capitano Cook*, nella biblioteca storica del palazzo di via Butera, dove vivevano Gioacchino e la seconda moglie Nicoletta. In quarant'anni nessuno l'aveva notata. In biblioteca i libri, più che consultarli, si conservavano. E sia Lampedusa che Alessandra avevano l'abitudine di nascondere fogli in quei volumi. La lettera era indirizzata a lui. *Carissimo Gioitto, desidero che, anche a sipario calato, ti giunga la mia voce.* Quant'era commovente sentire di nuovo l'eco di quella voce. Gioacchino sedeva alla scrivania e si passava un fazzoletto sulle labbra, mentre le ombre nello studio diventavano più cupe. L'americana se n'era andata, il cielo estivo di Napoli era fosco, quasi bruno. Pensò a quei giorni prima della morte di Giuseppe Tomasi di Lampedusa, a come aveva sofferto quel vecchio uomo attraversando lentamente e a fatica il mondo. La ghiaia giallina del vialetto di sotto brillava nel caldo; un grande silenzio invase Gioacchino. *Desidero che ti giunga la mia voce per dirti quanto ti sono grato per la consolazione che la tua presenza...* Piegò il fazzoletto in un rombo preciso, lo ripiegò fino a un piccolo quadrato di luce, tenendo le dita occupate. *...ha arrecato a questi ultimi due o tre anni della mia vita che sono stati penosissimi e oscuri ma che, se non ci fossi stato tu e la cara Mirella, sarebbero stati addirittura tragici.*

Alla fine il romanzo era stato un successo. Aveva venduto più di tutti gli altri romanzi italiani del Novecento; da quarant'anni era oggetto di dibattiti, critiche ed elogi. Gioacchino aveva vissuto al suo fianco per tutta la vita, ne aveva fatto parte. Ricordava quei primi mesi dopo la morte di Lampedusa, quando Bassani era venuto a Palermo e aveva parlato con Alessandra in gramaglie, deciso a scovare i capitoli perduti. Che destino, pensava adesso. *La nostra esistenza, quella di Licy e la mia, era sul punto d'inaridirsi del tutto fra le preoccupazioni e l'età, quando l'affetto, la presenza costante, la vostra graziosa esistenza stessa hanno messo un po' di luce nella tetraggine nostra.* Bassani aveva voluto il libro per la collana che dirigeva da Feltrinelli, e per averlo fece di tutto.

Dopo la morte di Lampedusa Alessandra era invecchiata di colpo. Ricordava che non le piaceva alzarsi dalla sua sedia vicino alla finestra, che si massaggiava i polsi dolenti, con la schiena curva, un piccolo cuscino sulle ginocchia. L'intensità di quel cordoglio aveva sorpreso Gioacchino, e di tanto in tanto, quando sedeva con lei, aveva provato la sensazione di scivolare lungo una scala buia, molto ripida, inciampando a ogni gradino. La psicoanalisi era troppo dura per darle un qualche sollievo, e lui e Mirella la guardavano con una paura nel cuore. A poco a poco era diventata più solitaria, una donna troppo intelligente per sopportare le proprie infermità e troppo sola per mostrare pazienza verso quelle altrui. Parlava con giornalisti e critici con lingua velenosa, per poi lamentarsi di come la ritraevano. Gioacchino ricordava il suo modo d'intrecciare le dita arrossate sulla pancia, di stare a piedi discosti, di chinarsi in avanti, come un lottatore che affrontava il rivale. In quei primi anni aveva setacciato i documenti privati di Lampedusa e rimosso i passaggi che temeva sconvenienti, per poi pubblicare le opere emendate come complete. Gioacchino sapeva che il suo era stato un tentativo di salvare la reputazione del marito, ma a quarant'anni di distanza non riteneva fosse stata la cosa giusta da fare.

Quanto sembrava lontano tutto ciò. Non ci aveva pensato spesso negli ultimi anni, tranne quando non aveva scelta. Perlopiù aveva vissuto una vita sua. Lo avevano invitato in Islanda per il nuovo anno, in occasione di un convegno sul teatro d'opera, ma non sapeva se ci sarebbe andato. Doveva rispondere ancora a diverse lettere che meritavano la sua attenzione. E telefonare a un editore di New York, un uomo che stimava, a proposito di un saggio su melodia e significato in Puccini. Poi Nicoletta lo aspettava a Palermo di lì a quindici giorni.

Infilò un braccio nella manica della giacca di lino, pronto a uscire, ma poi decise di tornare alla scrivania. Aprì i cassetti uno dopo l'altro finché trovò le sigarette; poi si fermò e prese una pietra bianca, frastagliata, un fermacarte che aveva trovato sulla scrivania di Lampedusa mesi dopo la sua morte. La tenne in mano per un attimo, poi se la infilò in tasca.

Fallimento, si sorprese a pensare, come un'illuminazione. Era questo che interessava all'americana. Sistemò le carte sulla scrivania, spense la luce, ma non si alzò subito. Aveva dedicato tutta la vita alla musica, agli echi di un infinito destinati a svanire continuamente. Che cosa c'entrava il fallimento? Ma in cuor suo conosceva la risposta. Di là dal vetro la luce si offuscava. Era giovanissimo quando aveva conosciuto Giuseppe Tomasi di Lampedusa, troppo giovane. Degli umori di quell'uomo più grande non aveva capito quasi niente. Pensava ai suoi occhi tristi, al modo in cui i tratti marcati del viso si scioglievano in un sorriso ironico, alla pesantezza e alla delusione delle sue sottili labbra secche. Tutti i suoni che produciamo viaggiano, aveva letto una volta, in moto costante, allontanandosi per sempre da noi. E anche avvicinandosi per sempre. Esistono suoni vecchi di milioni di anni che oggi ci lambiscono appena dai confini estremi dell'universo, e anche quelli sono una sorta di musica. L'ultima volta che aveva visto Lampedusa erano a Roma, tre settimane prima che morisse, e il vecchio uomo era magro, sconfitto. Come scriveva nella lettera? *Io ti ho voluto molto bene, Gioitto; non ho mai avuto un figlio ma credo che ad esso non avrei potuto voler bene più di quanto ne ho voluto a te.*

Quel silenzio, quell'immobilità. Era rimasto alla finestra della sala da ballo a Palermo, in una luce familiare nella sua angolazione, tra i tendaggi e i mobili pesanti che Nicoletta aveva custodito, a leggere e rileggere quella lettera, con la musica che gli arrivava come da un'enorme distanza.

Al porto passeggiò a lungo da solo, pensando a quei giorni. La sua vita aveva fatto mille giravolte e Lampedusa non ne aveva saputo nulla. Che strano, pensava, che le vite debbano sovrapporsi e che alcune procedano dopo che altre sono finite. Sentiva il rametto di pietra che aveva preso dalla scrivania, la sua superficie ruvida e il peso nella tasca della giacca. Una volta, anni dopo la morte di Giuseppe, Alessandra aveva detto che veniva dall'aspra scogliera bianca di Lampedusa, che Giuseppe l'aveva conservato come un promemoria. Quando si prende una cosa da un posto, si porta via anche una parte di quel posto, aveva detto.

E aveva fatto un buffetto a Gioacchino, tenendogli sulla guancia la mano secca e leggera come carta.

Non sapeva se era vero. Il mare era nero come carbone e il cielo sopra l'orizzonte era di un blu scurissimo. Stava con le mani nelle tasche della giacca, sentendo sul volto la luce della sera. Aveva più anni di quanti ne aveva Lampedusa quando era morto. Guardò un bambino con un pallone rosso allontanarsi dalla madre, correre verso i frangiflutti. Si chiese come potesse vederlo quel bambino, se come un uomo o come un fantasma. I gabbiani, di un bianco abbagliante, volteggiavano sopra l'acqua nera, fendendo l'afa estiva. Era stanco e non pensava con chiarezza. Il tempo è la sola cosa veramente chiara, Gioacchino. Gliel'aveva detto Lampedusa cinquant'anni prima, sotto il pergolato nel giardino di Capo d'Orlando. Lampedusa si sentiva vicino a un mondo scomparso da tempo, estraneo a quello che aveva davanti a sé. E lui? Quel passato che gli si muoveva dentro l'aveva fatto vivere più, o meno, intensamente? Era invecchiato senza rendersene conto. Il bambino con il pallone rosso si allontanò dal frangiflutti, avvicinandosi a ogni passo a colui che sarebbe diventato. Gioacchino Lanza Tomasi sentì l'aria calda sul viso, come una carezza. Tutti i corpi sono porte, pensò, e se stiano per aprirsi o per chiudersi non spetta a noi dirlo.

Ringraziamenti

Sono anzitutto grato a Gioacchino Lanza Tomasi e alla moglie Nicoletta Polo, per la generosità e la cortesia che mi hanno riservato quando mi trovavo a Palermo.

Ringrazio anche Francesca Lombardo e Cataldo Failla, che sono stati mie guide pazienti in giro per la Sicilia; Francesca Gugliotta, per l'aiuto che ha voluto darmi a Villa Piccolo, a Capo d'Orlando; e Salvatore Tannorella, vicesindaco di Palma di Montechiaro.

Fondamentale per il romanzo è stato l'impegno instancabile della mia agente Ellen Levine, strenua sostenitrice e amica. Le devo tutto. Jonathan Galassi è stato un faro nell'ideazione di questo e di altri libri; i grazie non sono mai abbastanza. Il brillante Ravi Mirchandani di Picador mi ha offerto consigli e sostegno in un momento critico. Ma a guidare questo romanzo con mano gentile, permettendogli di diventare ciò che voleva essere, è stata soprattutto la meravigliosa Martha Kanya Forstner. Sia io che il romanzo ci sentiamo fortunati ad averla incontrata.

I miei grazie vanno anche a Jared Bland, Sharon Klein, Kelly Hill, Shaun Oakey, Joe Lee e tutta la squadra di M&S; Lottchen Shivers, Jeff Sorey, Alex Merto e la redazione di FSG; Ami Smithson e tutti quelli che lavorano da Picador UK; Claire Roberts, Martha Wydysh e Trident Media. Sono grato a Ivan Strausz, che non stava in sé dall'entusiasmo quando mormorava il nome "Tancredi!" una sera che eravamo a cena a Toronto: la sua gioia mi ha fatto compagnia durante la scrittura.

Infine grazie a coloro che rendono possibile e migliore la mia vita: quel gigante gentile di Jeff Mireau; i miei genitori Bob e Peggy; i miei fratelli; i miei splendidi figli Cleo e Maddox.

E grazie infinite alla mia amatissima Esi. Costruiamo questa vita parola dopo parola.

Indice

VICINO AL MOSTRO
Gennaio 1955 9

PALMA DI MONTECHIARO
Settembre 1955 43

I GUAI DI DON GIUSEPPE. Parte prima
Marzo 1911 101

I GUAI DI DON GIUSEPPE. Parte seconda
Maggio 1956 121

L'AMORE TORNA IN SICILIA
Ottobre 1956 169

L'AMBASCIATA DI LUCIO PICCOLO
Novembre 1956 225

UN RICEVIMENTO IN COLLINA
Dicembre 1956 237

MORTE DI UN PRINCIPE
Luglio 1957 271

RELIQUIE
Agosto 2003 289

Ringraziamenti 301

Printed in Italy